U0096314

人民共和國文化與文學叢書

五　編

李　怡　主編

第7冊

新世紀文學論稿
——作家與作品（上）

孟繁華　著

花木蘭文化事業有限公司

國家圖書館出版品預行編目資料

新世紀文學論稿——作家與作品（上）／孟繁華 著 — 初版 —
新北市：花木蘭文化事業有限公司，2017〔民 106〕
目 4+192 面；19×26 公分
（人民共和國文化與文學叢書 五編；第 7 冊）
ISBN 978-986-485-078-5（精裝）
1. 中國文學 2. 文學評論
820.8 106013283

人民共和國文化與文學叢書
五 編 第 七 冊 ISBN：978-986-485-078-5

新世紀文學論稿——作家與作品（上）

作　　者 孟繁華
主　　編 李 怡
企　　劃 北京師範大學民國歷史文化與文學研究中心
四川大學現代中國文化與文學研究中心
總 編 輯 杜潔祥
副總編輯 楊嘉樂
編　　輯 許郁翎、王 筑 **美術編輯** 陳逸婷
印　　刷 普羅文化出版廣告事業
出　　版 花木蘭文化事業有限公司
社　　長 高小娟
聯絡地址 235 新北市中和區中安街七二號十三樓
電話：02-2923-1455／傳眞：02-2923-1452
網　　址 http://www.huamulan.tw 信箱 hml 810518@gmail.com
初　　版 2017 年9 月
全書字數 326571 字
定　　價 五編30 冊（精裝）台幣56,000 元

新世紀文學論稿

——作家與作品（上）

孟繁華 著

作者簡介

孟繁華：祖籍山東，1951年9月生於吉林省敦化市。現爲瀋陽師範大學特聘教授、中國文化與文學研究所所長；中國人民大學、吉林大學博士生導師，中國當代文學研究會副會長，北京文藝批評家協會副主席，遼寧作協副主席、《文學評論》編委等。曾任中國社會科學院文學研究所研究員、博士生導師，當代文學研究室主任。

著有《眾神狂歡》、《1978：激情歲月》、《夢幻與宿命》、《中國20世紀文藝學學術史》（第三卷）、《傳媒與文化領導權》、《中國當代文學發展史》（與人合著）、《想像的盛宴》、《游牧的文學時代》、《堅韌的敘事》、《文化批評與知識左翼》、《文學革命終結之後》等20餘部。主編文學書籍80餘種，在《中國社會科學》、《文學評論》、《文藝研究》等國內外重要刊物發表論文400餘篇，部分著作譯爲英文、日文、韓國文等，百餘篇文章被《新華文摘》等轉載、選編、收錄；2014年獲第六屆魯迅文學獎文學理論評論獎、2012年獲華語文學傳媒大獎・年度批評家獎，多次獲中國社會科學院優秀理論成果獎、中國文聯優秀理論批評獎等。

提　要

《新世紀文學論稿——作家與作品》，是著名文學評論家孟繁華對新世紀重要作家作品評論的選集。其中既有對當代文學著名學者和批評家學術著作和成就的評論，也有對不同代際作家作品的評論。多年來，作者一直密切關注和追蹤當下文學的發展變化，並通過批評積極參與建構新世紀的文學版圖。這些文章雖然是具體的作家作品評論，但我們同時可以看到作者對新世紀文學充滿悖論的文化背景的理智分析、判斷和批評。因此，這些評論不禁有鮮明的現場感和時代性，同時更表達了作者一貫堅持的文學理想和價值觀。

當代的意識與現代的質地——《人民共和國文化與文學叢書》第五編引言

李　怡

我們對當代批評有一個理所當然的期待：當代意識。甚至這個需要已經流行開來，成爲其他時期文學研究的一個追求目標：民國時期的文學乃至古代文學都不斷聲稱要體現「當代意識」。

這沒有問題。但是當代意識究竟是什麼？有時候卻含混不清。比如，當代意識是對當代特徵的維護和強調嗎？是不是應該體現出對當代歷史與當代生存方式本身的反省和批判？前些年德國漢學家顧彬對中國當代文學的批評引發了中國批評家的不滿——中國當代文學怎麼能夠被稱作「垃圾」呢？怎麼能夠用作家是否熟悉外語作爲文學才能的衡量標準呢？

顧彬的論證似乎有它不夠周全之處，尤其經過媒體的渲染與刻意擴大之後，本來的意義不大能夠看清楚了。但是，批評家們的自我辯護卻有更多值得懷疑之處——顧彬說現代文學是五糧液，當代文學是二鍋頭，我們的當代學者不以爲然，竭力證明當代文學已經發酵成爲五糧液了！其實，引起顧彬批評的重要緣由他說得很清楚：一大批當代作家「爲錢寫作」，利欲薰心。有時候，爭奪名分比創作更重要，有時候，在沒有任何作品的時候已經構思如何進入文學史了！我們不妨想一想，顧彬所論是不是大家心知肚明的事實呢？

不僅當代創作界存在嚴重的問題，我們當代評論界的「紅包批評」也已然是公開的事實。當代文學創作已經被各級組織納入到行政目標之中，以雄厚的資本保駕護航，向魯迅文學獎、茅盾文學獎發起一輪又一輪的衝鋒，各級組織攜帶大筆資金到北京、上海，與中國作協、中國文聯合辦「作品研討會」，批評家魚貫入場，首先簽到，領取數量可觀的車馬費，忙碌不堪的批評家甚至已經來不及看完作品，聲稱太忙，在出租車上翻了翻書，然後盛讚封面設計就很好，作品的取名也相當棒！

當代造成這樣的局面都與我們的怯弱和欲望有關，有很多的禁忌我們不敢觸碰，我們是一個意識形態規則嚴厲的社會，也是一個人情網絡嚴密的社會，我們都在爲此設立充足的理由：我本人無所謂，但是我還有老婆孩子呀！此理開路，還有什麼是不可以理解的呢！一切的讓步、妥協，一切的怯弱和圓滑，都有了「正常展開」的程序，最後，種種原本用來批評他人的墮落故事其實每個人都有份了。當然，我這裡並不是批評他人，同樣是在反省自己，更重要的是提醒一個不能忽略的事實：

> 中國當代文學技巧上的發達了，成熟了，據說現代漢語到這個時代已經前所未有的成型，但這樣的「發達」也伴隨著作家精神世界的模糊與自我僞飾。而且這種模糊、虛僞不是個別的、少數的，而是有相當面積的。所謂「當代意識」的批評不能不正視這一點，甚至我覺得承認這個基本現實應當是當代文學批評的首要前提。

因爲當代文學藝術的這種「成熟」，我們往往會看輕民國時期現代作家的粗糙和蹣跚，其實要從當代詩歌語言藝術的角度取笑胡適的放腳詩是容易的，批評現代小說的文白夾雜也不難，甚至發現魯迅式的外文翻譯完全已經被今天的翻譯文學界所超越也有充足的理由。但是，平心而論，所有現代作家的這些缺陷和遺憾都不能掩飾他們精神世界的光彩——他們遠比當代作家更尊重自己的精神理想，也更敢於維護自己的信仰，體驗穿梭於人情世故之間，他們更習慣於堅守自己倔強的個性，總之，現代是質樸的，有時候也是簡單的，但是質樸與簡單的背後卻有著某種可以更多信賴的精神，這才是中國知識分子進入現代世界之後的更爲健康的精神形式，我將之稱作「現代質地」，當代生活在現代漢語「前所未有」的成熟之外，更有「前所未有」的歷史境遇——包括思想改造、文攻武衛、市場經濟，我們似乎已經承受不起如此駁雜的歷史變遷，猶如賈平凹《廢都》中的莊之蝶，早已經離棄了「知識分子」的靈魂，換上了遊刃有餘的「文人」的外套，顧炎武引前人語：「一爲文人，便不足觀」，林語堂也說：「做文可，做人亦可，做文人不可。」但問題是，我們都不得不身陷這麼一個「莊之蝶時代」，在這裡，從「知識分子」

演變爲「文人」恰恰是可能順理成章的。

在這個意義上，今天談論所謂「當代性」，這不能不引起更深一層的複雜思考，特別是反省；同樣，以逝去了的民國爲典型的「現代」，也並非離我們「當代」如此遙遠，與大家無關，至少還能夠提供某種自我精神的借鏡。在今天，所謂的批評的「當代意識」，就是應該理直氣壯地增加對當代的反思和批判，同時，也需要認同、銜接、和再造「現代的質地」。回到「現代」，才可能有眞正健康的「當代」。

人民共和國文學研究，我以爲這應當是一個思想的基礎。

目次

上冊

謝冕和他的文學時代

沙葉新先生《幸遇先生蔡》的發表，在這個時代似乎成爲一個隱喻，五四精神、蔡元培精神，在今天與知識分子還有多少關係是一件可以討論的事情。五四的先賢們只能存留在舞臺的想像中。事實的確如此，五四運動已經成爲一個遙遠的過去，它只可想像而難再經驗。這個判斷與我們正在親歷的思想文化環境有關，這是一個與五四大異其趣的時代，無論是精神空間、胸懷氣象還是話題對象、價值觀念。五四精神在今天正在消失。

今天的思想文化環境，與五四漸遠，卻與晚明相近。晚明處在大變動時代，雖然出現了一些大思想家如黃宗羲、顧炎武、王夫之、李贄等，但普遍的士風卻是逃禪歸隱、棄儒從商、縱慾享樂之風盛行。這與我們這個時代的思想文化環境多有相似之處。特別是學院知識分子，在當下學術制度、教育制度的制約下幾乎無所作爲。因此，五四時代形成的現代中國知識分子，正在蛻化爲人文知識專家。眾所周知，知識分子參與公共事務是這個階層首要的功能和義務。但是考察本學科知識分子自 90 年代以來，所思考的問題和發表的言論，更多的是尋章摘句、重複原典的所謂「學術」，能夠進入公共論域的話題或引起社會廣泛關注、爲社會提供思想的著述，幾乎鳳毛麟角。這時我想起了謝冕先生。他是我的老師，我可以經常見到他，但每當我想起他的時候，竟感覺遙遠無比。這個距離是我們與他的文學信念的距離，是與他強大而自信的內心的距離，當然也是與他對文化傳統、文化變遷判斷的距離。我們對當代人的肯定往往吝嗇：一是感覺我們自己更重要，一是對因對別人所知未深而自然流露的膚淺輕慢。這是這個時代學界的病症之一。

就 20 世紀的中國文學而言，五四和 80 年代，是最有成就的時代已是不爭的共識。然而，對這兩個不同時期的種種議論大概也最多。當然，我們還可以從另一角度考慮這一議論和挑剔：一是它值得議論，對它們的反覆提及人們懷有興趣；二是人們總願意以理想的方式設定於未來，寄希望於它更完美的形態。然而，這畢竟只是一種情感願望，歷史的發展和邏輯的發展難以訴諸於設定的形式。當我們以理性的方式面對這兩段歷史時，我們竟充滿了難以言說的敬意和懷戀之情。這是兩段相似又不盡相同的歷史，它深置於我們的記憶而使我們只能超越而難以走出，它是我們的精神故鄉，精神遺產，它們以特有的魅力向我們發出呼喚而我們則願意追隨。這一古舊的情懷不合時尙，於我們說來則不可換取，其原因也許在於，在五四運動 90 週年到來的時候，那一切只能追憶而難以重臨。

謝冕與這兩個不同時期密切相關。五四的精神傳統給他以思想和情懷的哺育，這一傳統就是科學與民主的傳統，它逐漸演化爲謝冕的精神信念。在這一信念的召示下，他不僅僅成爲五四精神的傳人，成爲 80 年代以降影響廣泛、成就卓著的文學批評家、思想家和文學教育家，而且使他成爲一個眞正意義上的現代知識分子。這一切，在他 80 年代以降的文學批評和教學活動中，以最具說服力的形式得以表達。因此，五四精神是謝冕主要的思想來源；這一來源支配著謝冕的情感方式，使他不能成爲純粹書齋式的、內心平靜的學者，他不能生存於超然的空間而獨善其身，現實的一切與他有關，因此他只能選擇介入的方式，入世的情懷，以文學批評的形式展開他宿命般的人生，在知其不可爲而爲之的生命過程中顯示著他特立獨行的人格成就和精神風采；但這並不意味著謝冕的批評方式和目標追求是超驗設定的，恰恰相反，現代理性和科學精神深置於他的思想深處，在他的批評實踐中，他求證和發現的文學思想和概念，因其科學意義和純正的學院品格而廣爲流行。上述三個方面，應該說是我們研究謝冕並走進他精神空間不可忽略的視角。

謝冕迄今爲止的絕大部分時間生活於北大，這所中外聞名的學府是五四運動的策源地和精神堡壘，近一個世紀來，五四精神和傳統幾近成了這所學府的象徵而被世人所矚目。謝冕求學並工作在這裡，他深被五四精神所感染，並決定了他以後許多年的精神信念。這一點不僅在他自傳性的長篇散文《流向遠方的水》〔註 1〕中有明確的陳白，而且始終如一的貫穿於他的批評實踐中。「他經常神往於五四時代，神往於那個勇敢、活躍、不妥協地除舊布新的

〔註 1〕謝冕：《流向遠方的水》，載《作家》1988 年第 10 期。

時代，那個『一切都將要發生，一切都正在發生』的時代。」〔註 2〕黃子平的這一認知相當準確。我們在謝冕的許多著作和文章中都常常讀到他對那一時代充滿激情神往的文字：「五四運動所體現的時代品質是重新開始幻想和爭取。它以決絕的態度批判舊文化、舊道德和舊文學，目的就在於它有一種肯定和憧憬的對象。」〔註 3〕這一對象就是「民主、自由、科學、人權的一套新的思想。」〔註 4〕謝冕對這一套新的思想作爲精神信念信守，與他從事文學批評的歷史處境密切相關。80 年代初期的中國，剛剛走出 20 世紀最黑暗的文革 10 年，然而，這 10 年作爲 80 年代最爲切近的歷史背景，它的歷史形態仍然以慣性的方式幾乎無處不在地彌漫四方，那不僅僅是一個「啓蒙」話語的時代，那同時也是專制話語餘威未盡的時代。於是，一方面是「歷史必然要求」的解放的企盼，一方面則是對這一要求的深切驚恐。20 世紀初期的歷史情境在歷經半個多世紀之後，幾乎又以相似的形態重演。這一切，首先最敏感地反映在文學藝術上。李澤厚後來對這一時期的時代精神或氣氛作過如下描述：

> 一切都令人想起五四時代。人的啓蒙，人的覺聯，人道主義，人性復歸……，都圍繞著感性血肉的個休從作爲理性異化的神的踐踏蹂躪下要求解放出來的主題旋轉。「人啊，人」的吶喊遍及了各個領城各個方面。這是什麼意思呢？相當朦朧；但有一點又異常清楚明白：一個造神造英雄來統治自己的時代過去了，回到了五四期的感傷、憧憬、迷茫、歎息和歡樂。但這已是經歷了 60 年慘痛之後的復歸。歷史儘管繞圓圈，但也不完全重複。幾代人應該沒有白活，幾代人所付出的沉重代價使它比五四要深刻、沉重、絢麗、豐滿。〔註 5〕

這樣一個與五四酷似的時期，加之這代人特有的情懷、知識背景和對中國屬於這代人的認識，他們選擇五四作爲自己的思想資源就是一種必然。因此，謝冕 80 年代初期乃至直到今天的文學批評，正是在這樣的思想框架中展開的。1980 年 5 月 7 日，謝冕在《光明日報》上發表了他的曾引起廣泛爭論的文章：《在

〔註 2〕黃子平：《通往「不成熟」的道路——〈謝冕文學評論選〉序》，湖南文藝出版社 1986 年版。

〔註 3〕謝冕：《新世紀的太陽》57 頁，時代文藝出版社 1993 年版。

〔註 4〕同上，第 3 頁。

〔註 5〕李澤厚：《二十世紀中國文藝一瞥》，見《中國現代思想史論》255 頁，東方出版社 1987 年版。

新的崛起面前》。這篇文章所傳達的思想觀念在今天看來已遠遠構不成「異端」，然而在當時它卻有如石破天驚，它使一些人震怒並且恐懼，作爲文壇「公案」，對它的「訴訟」長達數年之久。這篇不足三千字的短文，他同樣首先談到了五四：「當前這一狀況，使我們想到五四時期的新詩運動。當年，它的先驅者們清醒地認識到舊體詩詞僵化的形式已不適應新生活的發展，他們發憤而起，終於打倒了舊詩。他們的革命精神足爲我們楷模。」〔註 6〕面對又一場詩歌革新運動他指出：「對於這些『古怪』的詩，有些評論者則沉不住氣，便要急著出來加以『引導』。有的則惶惶不安，以爲詩歌出了亂子了。這些人也許是好心的。但我卻主張聽聽、看看、想想，不要急於『採取行動』。我們有太多的粗暴干涉的教訓（而每次的粗暴干涉都有堂而皇之的口實），我們又有太多的把不同風格、不同流派、不同創作方法的詩歌視爲異端、判爲毒草而把他們斬盡殺絕的教訓。而那樣做的結果，則是中國詩歌自五四以來沒有再現過五四那種自由的、充滿創造精神的繁榮。」〔註 7〕謝冕對上述觀點的表達是柔和而平靜的，即便在當時看來，他也不是有些人認爲的所謂「激進」。當然，這一從容的表達並不是顧及某種壓力或是策略上的考慮。事實上，從那時起他所選擇的陳述對象，無論是詩潮還是具體的詩人詩作，他都將五四精神作爲一個明確的參照，從而去維護、鼓勵那些具有革新精神和創造精神的詩人們去大膽的探索。他最先評論、支持的一批青年詩人，先後構成了 80 年代「新詩潮」的主力陣容：北島、舒婷、楊煉、顧城、江河、駱耕野、徐敬亞、王小妮、傅天琳、梁小斌、陳所巨、王家新等等。這已成爲史實的現象說明謝冕不僅僅具有民主、寬容、自由的五四精神傳統，同時亦說明他所具有的超越於普通批評家的審美洞察力。上述詩人的作品不止於因當時表達了不合世風的思想觀念而卓然不群，同時重要的是，他們在詩歌的表達形式、語言、審美取向等方面的重大超越。而謝冕正是以他作爲傑出批評家獨具的敏銳眼光做出了自信而正確的判斷。這一情景自然讓人聯想到五四時期周作人對李金髮的支持，魯迅對蕭軍、蕭紅、殷夫、高長虹等青年作家詩人的鼓勵與提攜等等，他同樣肩著閘門。不同的是，雖然「那時的舊勢力太強大也太猖獗」，〔註 8〕但他們畢竟沒有象謝冕那樣除了文化之外還要承受霸權話語

〔註 6〕謝冕：《在新的崛起面前》，載《光明日報》1980 年 5 月 7 日。
〔註 7〕謝冕：《在新的崛起面前》，載《光明日報》1980 年 5 月 7 日。
〔註 8〕謝冕：《新世紀的太陽》第 3 頁。

的雙重壓力。因此，謝冕和他有共同信念的人一起，是以不妥協的堅持戰取了 80 年代中國文學關鍵的一役。從那時起，當代中國文學才有了多種選擇的可能。時代多變，但無論任何時候，只要想起那一時期代表當代中國文學健康力量的決絕和堅韌，依然給人以一言難盡的萬端感慨。

謝冕深被五四精神所吸引，這決定了他的「情感方式」和人生態度。在古代中國，知識分子歷來處於「進與退」、「出與入」、「兼濟天下」與「獨善其身」的矛盾和選擇中；到了現代，是做「問題中人還是學術中人」，是重思想還是重學術，是知其不可爲而爲之還是知其不可爲而不爲，依然痛苦地困擾著他們。但就中國具體的歷史處境而言，那些具有憂患意識和使命意識的知識分子大都選擇了前者，百年來的內憂外患，使這樣的知識分子難以安於書齋，中國的歷史境遇培育了知識分子中國式的特有的思想情感方式。他們雖然歷經了五四以來新思想、新文化的洗禮，對傳統的「入世」思想進行了創造性的改造，但就其本質而言，誠如余英時先生指出的那樣：近百餘年來，中國知識分子的獨特傳統不但沒有失去它舊日的光彩，而且還煥發了新的光輝。中國近代史上一連串的「明道救世」的大運動都是以知識分子爲領導主體的。無論是戊戌政變、辛亥革命、五四運動、國民革命，其領導人物主要都是來自知識階級。西方文化（包括馬克思主義）的衝擊使中國知識分子獲得了重大的思想解放是一件無可否認的事實。「五四」以來，中國知識分子不再把傳統的名教綱常看作天經地義了。但是這種影響僅限於思想信仰的內容方面，中國知識分子的性格並沒有發生革命性的變化。〔註 9〕這一性格隱含著無可抗拒的文化基因，它不是一種姿態或對革命有著先天的狂熱，它首先是現代中國歷史發展的需要，同時也是他們發自內心的情感需要。謝冕常常表達他這樣的看法：「我們有幸站在兩個重大時代的交點之上。歷史給我們以機會和可能進行範圍廣泛的全民的反思。這種歷史性的反思，以深刻的批判意識開啓民族的靈智。作爲這一時代的知識分子，我當然無法（當然也不謀求）逃遁這一歷史的使命。」「中國詩歌傳統的強大和豐富，曾經痛苦地折磨著、并考驗了我們的前輩——五四新詩革命的前驅者們。如今，輪到我們承擔他們所經歷的一切。」〔註 10〕這多少有些悲愴的意味彷彿成了一種無可迴避的

〔註 9〕余英時：《中國知識分子的創世紀》，見《內在超越之路》236 頁，中國廣播電視出版社 1992 年 5 月版。

〔註 10〕《謝冕文學評論選．後記》，湖南人民出版社 1986 年版。

被選擇的宿命。這種介入或「入世」的精神使謝冕與現實的關係充斥著一種緊張感。他的研究或批評對象基本是在詩歌領域，但是，他的每本著作或每篇文章，幾乎都密切地聯繫著百年中國，尤其是當代中國的現實，聯繫著每一時期重大的理論命題，也正因爲如此，謝冕的影響才遠遠超出了詩的領界，才會在文學界、文化思想界乃至全社會產生廣泛而深遠的影響。百年中國的歷史境遇和文化的命運始終是謝冕從事文學研究的宏闊背景，他不是爲文學而文學、爲研究而研究的所謂「學術中人」，他的文學功用觀前後雖然有過不小的變化，但他始終沒有動搖的則是文學力求「有用」的看法。作爲他那一代人，他也難免受到時代觀念的影響，他曾經認爲：「把詩歌當成一種『甜蜜的事業』，實在是一種誤會。常常被人們喻詩歌爲炸彈和旗幟，是就其主要的戰鬥性能而言的。這種性能當然不是唯一的，當然會有也應當允許有讓人娛樂、讓人休息、讓人輕鬆的詩。但這些，從來也不構成詩歌的主流。要是把討人喜歡當作詩歌刻意追求的目的，要是立志只做甜蜜的詩人而迴避詩人的憤怒，我們只能爲詩歌的失責而遺憾。」〔註 11〕這一看法就其針對長久流行的「頌歌」傳統而言是切中要害的，鼓勵詩人的社會批判職能同樣能夠理解，但他後來對文學功用觀的表達則更爲平實並切近文學有所作爲的可能性：「文學對社會的貢獻是緩進的、久遠的，它的影響是潛默的浸潤。它通過愉悅的感化最後作用於世道人心。它對於社會是營養品，潤滑劑，而很難是藥到病除的全靈膏丹。」〔註 12〕謝冕對文學功用觀認識的發展是極其重要的，它啓示我們對文學的可能性及有限性持有清醒的認知，而免於陷入對文學功用的自我誇大或沉迷於自造的神話。他對諸如「文學救國」的幻覺持有清醒的理性認識，但這並不意味著他對文學作用於社會持虛無態度，他同時被感動的還有「一百年來文學爲社會進步而前赴後繼的情景」。

謝冕的介入意識、憂患情懷和文化批判取向，雖然密切地聯繫著 70 多年前的那場偉大的創世紀的運動，他嚮往、憧憬但並不膜拜，他倒是經常提醒自己和世人對五四的激進和偏執有所警覺：「70 年前的缺憾是創造的激情把舊物當成了否定物，因而展現出對待傳統的無分析性和片面性。」〔註 13〕「我

〔註 11〕謝冕：《詩論》120 頁，青海人民出版社 1985 年版。

〔註 12〕謝冕：《世紀末：中國知識分子的思索》，見《二十世紀中國文學叢書》總序，時代文藝出版社 1993 年版。

〔註 13〕同注〔註 3〕第 3 頁。

們希望站在分析的立場上，我們願意認同於近代結束之後中國知識分子的吶喊、抗爭以及積極的文化批判。因爲它順應了社會現代化的歷史要求，它的功效在於排除通往這一目標的障礙。但我們理所當然地注意到保存和發揚那些優良傳統的必要，而避免採取無分析的一概踩倒的激烈。」〔註 14〕這一立場出於不偏不倚的策略性考慮，事實上他對於傳統有分析的對待時常有不經意的流露，但他的「傳統」不是那個一成不變的古老神話，不是隨意可以裝進敘事「口袋」的材料。在他看來，「我們生活在傳統中，我們也創造著傳統。傳統之於我們，並不意味著一潭死水，更不意味著是失去意義的河床。傳統是長河，源流綿遠，從遠古流淌至今。它處於不斷凝聚而又不斷更新的狀態。它並非凝固不變，一個歷史悠久的民族，經過歷代先民的智慧創造，積澱而爲豐富的文化詩歌傳統，儘管它的構成之中有相當穩定的基因，但又是不斷發展不斷豐富著的。」〔註 15〕謝冕的這一「傳統觀」不僅使他擁有了面對「權威」從容自若的心態，自信他既生活於傳統之中也以自己的方式豐富創造著傳統，同時也使他擁有了對於自己也是傳統過程的歷史感。他常常坦然地訴說自己那類似「中間物」般的真誠心境。80 年代中期，他已是受到青年熱愛尊敬的著名批評家，但他仍不斷地檢視自己：「像我這樣的人，可以理解我的師輩，也可以理解我的同輩，我理解他們痛苦的追求、追求的痛苦。但對於我的晚一輩，我的學生就不能夠很充分地理解。」〔註 16〕在具體的批評實踐上，他同樣認爲：「單一的評論面臨多樣的創作的挑戰，這個挑戰是很嚴竣的。作爲一個文學評論工作者，我感到了一種力不從心的困窘。我所熟悉的那套評論模式，有的已不夠用，有的是不適用了，需要用新的姿態、新的面貌去學習許多新的課題，迎接這場有意義的挑戰。」謝冕的人格成就和精神風采也許正是因爲不僅僅體現於他那特立獨行的文學批評實踐中，而且同時也體現於他那敢於正視自己，檢視自己，以同樣真誠的心態進行自我批判並坦然處之的健康心態中才爲我們格外的尊重。這種自我更新的內在緊張，是謝冕保有批評活力、長期處於批評領域前沿的一個不能忽視的秘密。

多年來，我曾就學於他，對他的情趣和愛好我們是有可能瞭解的。在我

〔註 14〕同注〔註 3〕第 2 頁。

〔註 15〕謝冕：《傳統之與我們》，見《謝冕文學評論選》31 頁。

〔註 16〕謝冕：《中國新時期詩歌變革的潮流》，見《地火依然運行・代序》，三聯書店上海分店 1991 年 3 月版。

看來，無論是生活還是審美，他都有一種明顯的「唯美」傾向，他喜歡詩，喜歡美文，喜歡哪怕是文學批評的文字也能給人帶來「愉悅」。這一切，只要讀他的詩意般的批評文字便會明確感知，這自然也確立了他獨樹一幟的文學批評風格。但是，讓我們同樣感受深刻的還有他作爲學者嚴謹的科學精神。如果說「問題中人」與「學術中人」、「重思想」與「重學術」這種知識分子類型劃分成立的話，一般說來謝冕屬於前者。如前所述，他的情懷、使命意識和他身處的歷史境況，都使他只能選擇知其不可爲而爲之的沉重，只能選擇索性在荊叢中走一走的悲愴，他選擇了啓蒙話語和特殊時期作爲相對眞理的人道主義思想作爲武器。但是，就謝冕的文學批評活動而言，又使我們認識到，上述「類型」的劃分又並非是截然對立的，它們只有相互滲透、互爲前提才能成立。就人文學科而言，「問題」與「思想」如果失去科學依據和學術品格，也只能流於膚淺或虛假；而「學術」如果不具思想或發現「問題」，也會流於雕蟲小技或繁瑣考據。因此二者的關係不可能也沒必要截然對立。80 年代以降，謝冕作爲一個重要的文學批評家和思想家已成爲事實，他前瞻性的思想鋒芒和他的科學精神同樣是我們不能忽略的事實。那是一個必須潛心認眞對待的時代，一切似乎都須從頭說起，關於傳統，關於革新與保守，關於開放與關閉，關於成熟與陌生以及許多與藝術相關或並無直接關聯的話題，都需持之有據，立論堅實，他們那代人的沉重和堅韌大概是絕無僅有的。因此，無論從哪個意義上考慮，謝冕都不能允許自己失之於嚴謹和愼重，而這些又必須通過他科學的表述才能得以實現。他那些宏觀性的命題常常讓人感到高屋建瓴氣勢宏闊，但卻不能離開他對具體的文學現象和作品的熟知。他對自己的研究工作曾有過如下陳述：對新出現的詩歌現象，「在反思的基礎上，我看到了新的崛起；繼而，我想宏觀地瞭解一下中國詩歌從『五四』以來的發展過程；到了去年，我開始在研究生和進修生中就藝術流派和藝術群落問題進行一些具體考察。這也是我的薄弱環節。這項工作進行了以後，我覺得還不夠，因爲不斷有我們不熟悉、不理解的新的詩歌出現。於是今年，我們進行更加微觀的研究，十幾個人在一起，一首一首地剖析。一首詩，在我們面前展開了一個陌生的世界。」〔註 17〕這種具體的研究，使謝冕首先掌握了第一手感性材料，它們成了謝冕立論的基礎和最初的依據，也正因如此，

〔註 17〕謝冕：《中國新時期詩歌變革的潮流》，見《地火依然運行・代序》，三聯書店上海分店 1991 年 3 月版。

才使他的論著有難以抗拒的魅力和說服力。

謝冕文學批評的科學精神還同時體現於他對學術規範的重視。80 年代以來，自由的空氣使一些研究有「不拘小節」的放縱陋習，人們隨意地使用概念，沒有界定，內涵或所指不明的詞語幾近泛濫，許多時候，我們不得不沿用一些「約定俗成」的概念去從事研究，這在很大程度上損害了研究的可靠程度和學術品質。在這一方面謝冕有自覺的抵制和刻意的追求。他率先廢除了「朦朧詩」這一含混不清和感性化的概念（將「朦朧詩」稱爲概念都十分勉強），而使用了「新詩潮」這一經過論證的、準確的並有極大涵蓋性的概念。他認爲，「新詩潮」的含義，「就是新時期詩歌變革的潮流。變革是對不變革的固化狀態的詩歌現象而言，因此新詩潮是特定時代的產物。」〔註 18〕同時他還首先提出了「現代傾向」這一概念，在論證這一概念時他指出：「我們還談不上準確、嚴格的現代派和現代主義。我們同西方，背景不同，時代也不同，我們是從封閉的文化性格向著現代傾向的一種推進，或說逼進。」「在這樣的含義下，無論詩人是什麼年齡，什麼風格，屬於哪個藝術流派，只要具備了這種逼近和推進的性格，他就自然地加入了新詩潮。」〔註 19〕這種開放的視野和超越了進化論的胸襟，這種基於具體研究而獲得的結論，自然會令人樂於接受並不徑而走。

多年來，謝冕所展示的闊展胸懷和非功利性的目標追求，使他具有一種純正的學院品格。他身置「永遠的校園」，持有明麗眞誠的理想主義情懷和鮮明的文化批判立場，他以往的研究，也曾「自願地（某些時期也曾被迫地）放棄自身而爲文學之外的全體奔突呼號。」〔註 20〕也曾爲文學的自由而不得不著眼於它的外圍。因此，謝冕的許多著作都是論文的結集，切近和現實的問題使他不能安於書齋去構建個人的學術體系，他寧願暫時放棄個人的興趣而去關懷社會共同面臨的問題並及時地作出回應，這常常讓我們想起魯迅的文學生涯。90 年代以來，謝冕企望並爲之爭取的自由的文學環境或許已經實現，他開始逐步整理並出版他系統的 20 世紀中國詩歌史的著作，然而，這並不意味著他可以對社會現實棄之不顧。恰恰相反，對社會現實關注已久的情

〔註 18〕謝冕：《中國新時期詩歌變革的潮流》，見《地火依然運行・代序》，三聯書店上海分店 1991 年 3 月版。

〔註 19〕謝冕：《中國新時期詩歌變革的潮流》，見《地火依然運行・代序》，三聯書店上海分店 1991 年 3 月版。

〔註 20〕謝冕：《新世紀的太陽》57 頁，時代文藝出版社 1993 年版。

感方式，使他仍不時地以不合時宜的不認同姿態作出反應。最初，謝冕的理想情懷是訴諸於全社會的，那是因爲，百年來，「人們在現實中看不到希望時，寧肯相信文學製造的幻象」〔註 21〕，他也願意以文學家的使命意識和憂患情懷作用於社會的改造，然而，「事實卻未必如此」〔註22〕，90 年代以來，謝冕的理想情懷更多地限定於文學的範疇，他對文學現狀的考察與批判，比如對《廢都》、《英兒》、《我的菩提樹》、《露莎的路》、《北京人在紐約》、《霸王別姬》乃至《廊橋遺夢》的分析評價中，都有明確無疑的表達。他看到了文學的可能性和有限性，亦深知作爲一個學者在什麼樣的範疇內才有所作爲。但是，現代知識分子的宿命也許就在於知其不可爲而爲之，他仍心繫社會現實，仍寄希望於文學能作用於社會：「文學若不能寄託一些前進的理想給社會人心以引導，文學最終剩下的只能是消遣和塗抹。即眞的意味著沉淪。文學救亡的夢幻破滅之後，我們堅持的最後信念是文學必須和力求有用。」〔註 23〕「對於那些洞徹中國社會根底的人，會對那些旨在啓蒙式試圖救贖的文學動機感到可笑。但是，關於重建社會良知或張揚理想精神的呼籲顯然不應受到奚落。……擁有自由的文學家可以盡情地去寫你們想寫的一切，但是，我們卻有理由期望那些有志者爲中國文學保留一角明淨的精神空間。」〔註 24〕這種理想情懷、精神信念和社會使命意識的堅持，在 90 年代以來的文化失敗情緒中顯得格外醒目，而我們對其則持有如下評價：一個民族或者社會無論發展到怎樣的地步，知識分子都無需也不能放棄他的良知、理性和精神傳統。社會轉型帶來的進步已爲全社會共享，而它的負面也有人在無聲承擔，知識分子不能無視這一存在並容忍它的無限漫延，他須以前瞻性的批判加以阻止並告知世人，而不是熟視無睹，以討人喜歡的面孔加以迎合或認同。這一切的最終目標，無非是以理想的方式訴諸於它的未來，使社會更多地告別醜惡和更多地接近文明。謝冕所堅持的一切顯然與上述目標相關。

謝冕和他的文學時代並不遙遠，但今天想來竟恍如隔世。我們都在從善如流。

〔註 21〕謝冕：《新世紀的太陽》57 頁，時代文藝出版社 1993 年版。
〔註 22〕謝冕：《新世紀的太陽》57 頁，時代文藝出版社 1993 年版。
〔註 23〕謝冕：《新世紀的太陽》57 頁，時代文藝出版社 1993 年版。
〔註 24〕謝冕：《90 年代：回歸本位或繼續漂流？》，載《湖南文學》1995 年第 9 期。

「守正納新」的方法論價值和文化意義

——評《劉中樹文學論集》

劉中樹教授從事中國現當代文學研究與教學，已過半個世紀。50 多年的辛勤耕耘，不僅使劉中樹教授成爲一個建樹卓越的學者，在魯迅研究、現代文學與中外文化關係研究和東北亞區域文化研究等幾個領域都取得了豐碩的成果，而且在學術實踐過程中，也逐漸形成了他個性鮮明的學術品格和風格。兩卷《劉中樹文學論集》的出版，選取了劉中樹從事文學研究與教學 50 年來重要的學術論文，它從一個方面反映了一個成熟學者的與眾不同和獨樹一幟。此前曾有學者認爲，劉中樹的學術品格在於他「穩健而不保守，開放而不激進」，〔註 1〕我非常同意這一表述和判斷。但在劉中樹的表述中，他沒有使用「穩健」，更多的時候他使用的是「守正」。這顯然是一個深思熟慮並且大膽的觀念：在一個處處求新求變並標榜「日新月異」的時代，「守正」很可能因不合時宜被譏諷爲保守、傳統、落後甚至「九斤老太」。但學術研究不是流行色，不是消費時尚，不是惟新是舉就是創造。特別是在今天，社會生活完全被「新」所覆蓋，「新」已經構成了新的同質化，就像城市建設一樣，舊貌換新顏——但千城一面，城市風格已經沒有區別，恰恰是城市中那些沒有變的東西成爲景觀；在「新」的意識形態統領一切的時候，要挽救的恰恰是那些即將消失的事物，比如「非物質文化遺產」等。在文學研究方面，事情的發展與「新」這個神話也相似到這樣的程度：80 年代到現在，歐風美雨遍及文學研究的各個角落，從存在主義一直到後現代、後結構，我們一直跟著西方走，但我們自己差不多已經迷失了方向感。我們的文學研究將要走向哪

〔註 1〕王俊秋：《開拓與堅守——訪劉中樹教授》，《學習與探索》2005 年 1 期。

裏，大概已經沒有人能夠回答。也正是在這樣的語境中，《劉中樹文學論集》的出版，就有了不同尋常的意義。

事實上，這樣的文學研究語境，早已爲劉中樹所感知。他曾經說：「當下人文科學工作者的學術操守並不是沒有令人質疑之處的。由於人文社會科學研究價值的不確定性，致使一些研究者出於對權威的敬畏或利益的誘惑，缺少學術操守，不斷改變自己的觀點，像某些股評師一樣，充當『詮釋者』和『解說員』的角色，甚至成爲各種『托兒』，使社會對人文社會科學和研究者本身失去信任。然而，這是短暫的，是不可能長久的。因此，我始終堅持自己學術指導思想和方法上的一貫主張：『把社會的歷史的和美學的批評，建立在馬克思主義的辯證唯物主義和歷史唯物主義之上，以歷史的邏輯的和美學的相一致的方法爲核心，來進行文學史研究和作家作品研究。不受時勢變化的影響。』」〔註 2〕這一自覺使劉中樹的文學研究一直走著自己的道路，這條道路就是「守正納新」的道路。所謂「守正」「就是要堅守馬克思主義的基本理論，以馬克思主義的基本理論來認識和解決現實生活中精神、物質和政治文明建設中提出的一些理論問題和具體的實踐問題，並以此來豐富和推動我國人文社會科學的建設。這一點我們做的還很不夠。我們還不能適應當代理論發展、文化建設和教育實踐的要求。過去我們常常受教條馬克思主義的束縛，我們的理論也受錯解了的馬克思主義的扭曲，當我們從這裡爭脫開後，又易於對馬克思主義的眞理性產生某些懷疑。」〔註 3〕堅持馬克思主義的基本理論是劉中樹「守正」觀念的核心。劉中樹「守正」觀念的方法論則是：「把社會的歷史的和美學的批評建立在馬克思主義的辯證唯物主義和歷史唯物主義之上，以歷史的邏輯的和美學的相一致的方法爲核心，這是我所遵循的文學研究與批評的基本的理論與原則。這就是以先進的理論爲指導，運用科學的方法，堅持人的主體地位，把文學放到一定的歷史時代和社會環境中加以考察，在特定時代意識形態的總體中和文學發展過程中，對具體的作家作品進行思想和藝術的剖析，判斷它的眞實性，揭示它的社會功利作用和審美價值，從而做出歷史的和美學的評價。」〔註 4〕多年來求新求變是文學研究界沒

〔註 2〕王俊秋：《開拓與堅守——訪劉中樹教授》，《學習與探索》2005 年 1 期。

〔註 3〕劉中樹：《文藝學學科建設要守正納新　守正創新》，《劉中樹文學論集》（2）59 頁。

〔註 4〕劉中樹：《守正納新　思理常新》，《劉中樹文學論集》（1）第七頁，吉林出版集團有限責任公司 2008 年 12 月 1 版。

有言說的一種心理，新和變不是手段而是目的。但對新和變存在的問題幾乎沒有人檢討和反省過。這種新和變有時又並不表現爲方法論上，而是對歷史已形成的觀點的激進顛覆。我們知道，「糾正通說」是取得新成果重要的手段，但這個通說的糾正必須是在佔有大量材料基礎上，通過嚴密的論述表達出的新的研究成果，而不是僅僅憑情感態度或一種簡單的立場。針對近年來現代文學研究界出現的一些新動向和問題，比如五四運動是激進主義的產物、比如對茅盾評價的分歧等，劉中樹撰寫了《「五四」文學革命運動史論》一書。書中以史實爲基礎，充分肯定了「五四」運動的歷史功績和偉大意義。因此，「守正」在劉中樹這裡，體現的是「實事求是」的科學態度。他不是爲「新」而新，爲「變」而變。守正不變有時可能需要更大的勇氣和膽識。

劉中樹是魯迅研究專家，他認爲「學習魯迅是將魯迅思想經典化的過程，也是魯迅意義和價值最大化的過程。這是由魯迅思想本身所決定的，也是由當下社會時代的選擇所決定的。歷史研究是爲了尋求對象的當代意義，通過當代人的闡釋而使其價值重新定位。任何有生命力的文化或思想都必須於當下有益或有效。對於魯迅研究而言，我們的目的並不是要執意證明魯迅世界的完美性，而是要保持其思想的主體價值，認識其當下的有效性。不能因爲過去和現在對魯迅價值的工具性的肢解而放棄這一追求。」〔註 5〕曾一時間裏，魯迅又重新被議論，但這議論卻是非議。百年中國文化家底並不豐厚，但有了魯迅我們便有了現代的文化底氣，便有了全球化時代保有中國現代文化民族性的資本。魯迅再次遭到非議，可見文化破壞性格的頑固，也可窺見「標新立異」之風的另一面。魯迅研究是劉中樹多年研究實踐的重要領域。在兩卷文學論集中，就有15 篇文章分別從不同方面研究魯迅的，可見魯迅研究在劉中樹文學研究中的分量。不僅對魯迅的研究別開生面，提出了諸多發人未見的新看法和見解。而且魯迅的思想也成爲劉中樹研究其他文學和文化問題的思想資源之一。在分析和處理當下文藝實踐問題的時候，劉中樹發現了通俗文藝與高雅文藝發展的不對稱性。在市場經濟條件下，如何理解這兩種不同類型的文藝，一時間裏曾爭論不休莫衷一是。劉中樹借用魯迅《文化偏至論》中的話說：「遞夫十九世紀後葉，而其弊果益昭，諸凡事物，無不質化，靈明日以虧蝕，旨趣流於平庸，人惟客觀之物質世界是趨，而主觀之內面精神，乃捨置不之一省。重其外，放其內，取其質，遺其神，林林眾生，物欲來蔽，社會憔悴，進步以停，於是一切詐僞

〔註 5〕王俊秋：《開拓與堅守——訪劉中樹教授》，《學習與探索》2005 年 1 期。

罪惡，蔑弗乘之而萌，使性靈之光，愈益暗淡：十九世紀文明一面之通弊，蓋如此矣。」〔註 6〕應該承認，魯迅當年表達過的看法，彷彿就是針對今天而說的。劉中樹援引魯迅當年——而今天仍然有效的看法，比當下許多詞不達意言不由衷的表達更有說服力。這就是魯迅的魅力。木心先生在《魯迅祭》中說：「21世紀再讀魯迅的雜文，當年的是非善惡已成了歷史觀照，但營營擾擾之間，事實的正負然否的基本原則還是存在的，不可含糊的。凡與魯迅筆戰過的人，後來的作爲、下場都不見好，甚而很可恥，益顯得魯迅目光的精準……，先生已成了象徵性人物，他爲眞理而戰，爲正義、爲民族、爲軒轅而奮鬥不息。」〔註 7〕斯言甚是。

「守正」在方法論上，就是堅持「實證」的、實事求是的研究方法。魯迅研究在中國現代文學研究中已經成爲一個「顯學」，劉中樹在這個領域不僅在正面研究中取得了突出的成就，而且在材料研究方面也有自己獨到的發現。比如《魯迅著作和魯迅研究在東北——1931～1949》《1931～1945 年間東北報刊有關魯迅資料摭拾》等，將魯迅著作在東北的傳播和研究狀況，做了翔實的整理和歸納。這種工作雖然是資料性的工作，但它所花費的時間和經歷甚至要比一般性的研究還要多。它從一個方面表達了劉中樹作爲學者的品性和情懷。比較起來，這種紮實的資料工作要遠比那些名躁一時的「研究」有價值得多。

多年來，學界對毛澤東文藝思想的評價一直存在不同的看法。如何評價毛澤東文藝思想直接關係到對中國現當代文學的評價。因此，「毛澤東文藝思想」是中國現當代文學研究最重要的關鍵詞，是任何一個該領域的學者都不能迴避的理論話題。在《確立現代化、個性化、學術化的批評品格》一文中，劉中樹對毛澤東《在延安文藝座談會上的講話》的評價，就體現了實事求是的研究方法和歷史觀。論文把《講話》納入到中國社會和文化發展的歷史過程之中，納入到人類思想史的發展進程之中，既肯定了當時功利性的文學價值觀，又從一般的思維邏輯上指出了其當下多樣化理解的可能性。這一觀點的重要就在於，毛澤東文藝思想也一直在建構和發現之中。在毛澤東社會變革的總體結構中，文學從來不曾作爲一個獨立的單元存在，而是實現社會變革目標的工具之一。他並不否認功利的需求：「唯物主義者並不一般地反對功

〔註 6〕魯迅《文化偏至論》，見《劉中樹文學論集》（2）89 頁。
〔註 7〕木心：《魯迅祭》，《明日教育論壇》第 48 輯，福建教育出版社，2009 年 8 月。

利主義，……世界上沒有什麼超功利主義，在階級社會裏，不是這一階級的功利主義，就是那一階級的功利主義。」他自信是代表最廣大群眾的目前利益和將來利益的，因此是無產階級的、革命的功利主義者。由於毛澤東對中國革命和所處環境的理解與認識，決定了他在組織一個現代民族國家過程中，不可能採取緩慢的漸進方式，他必須盡可能地動員一切力量，讓最廣大的人民大眾參與到他宏偉的設想和目標的實踐中去。這時他的「功利主義」就是對於效率的強調。而效率不僅含有速度的緊迫感，同時更要有實效性，它需在實踐中受到檢驗，並在實踐中不斷得以修正。這種修正和變化，常常使毛澤東在不同的歷史處境中對同一問題表達了不同的看法，因此使他的思想具有一種「非連續性的」特徵。這也是後來在許多問題的爭論中，大家都引用毛澤東的觀點，卻得出了不同結論的原因之一。也就是說，在毛澤東看來，由於中國的特殊性，在實現現代民族國家的目標過程中，並沒有現成的、完整的方案。這時，他對於文學理論或文學藝術作品所期待的，就是能夠幫助動員最廣大的人民群眾，把人民組織到實現偉大構想的行動中去。因此他特別強調文藝的大眾化、民族形式、中國風格和中國氣派，特別強調「新文化」和創作出能體現新文化的新形象。而這些，是傳統的中國文藝思想和西方文學教科書所無法承擔的。劉中樹在他的文章中有說服力地證實了這一點。

劉中樹的「守正」觀念，還包含著堅持學者主體性的意識，這種主體意識就是學者的自主性。我們發現，越是成熟的學者，越是有獨立見解的學者，他的主體意識就越是自覺。在《魯迅的啓示：走向世界　創造自我》一文中，他準確地分析了魯迅所處的時代，那是一個「收納新潮，脫離陳套」的時代，但魯迅爲代表的先驅者在吸納新潮中，更注意「比較揣摩，融合創新，形成自己的創作風格和創作道路」。〔註8〕正因爲他們有「很好的中國優秀傳統文化的素養，又受到近代西方科學文化的陶冶」，〔註9〕才能夠創造「現代化的自我」。這裡，劉中樹強調的是對西方文化的態度。這就是有識別、有選擇、有比較。而不是盲目的「拿來主義」。這個看法的提出，顯然是有針對性的。在劉中樹寫這篇文章的時候，中國文壇的主流話語我們都沒有忘記。但時至今日，一切都大白天下：該煙飛灰滅的，並不因爲「新」就留存下來；該流傳下來的，也未因爲「舊」而沒了蹤影。劉中樹所繼承的魯迅的精神、思想由此可見一斑。當

〔註8〕劉中樹：《魯迅的啓示：走向世界　創造自我》，《劉中樹文學論集》（2）31頁。
〔註9〕劉中樹：《魯迅的啓示：走向世界　創造自我》，《劉中樹文學論集》（2）31頁。

然，這種主體意識的獲得，更重要的是劉中樹所堅持的馬克思主義的辯證唯物論。這個世界觀和方法論使他最終獲得了一個學者的主體性。

堅持「守正」，同時不廢「納新」，「守正納新」是一個不能偏廢的整體。說到劉中樹的「守正納新」的觀念，我想起了現代文學史上的《學衡》《甲寅》。吳宓、梅光迪和胡先驌都先後遭到詬病或批判，甚至魯迅先生也曾討伐之。但今天回頭看，《學衡》當時主張的「論究學術，闡求眞理，昌明國粹，融化新知。以中正之眼光，行批評之職事，無偏無黨，不激不隨」是何等的正確。這裡不是說劉中樹先生就是當年的吳宓以及《學衡》或《甲寅》的同仁們，這個類比既不合適也不恰當。因爲吳宓、胡先驌或梅光迪更多的是「思想上的復古」，具有明顯的文化本位主義傾向，最後走向了文化保守主義；劉中樹是樹立了馬克思主義世界觀和方法論的當代學者，他的「守正」與保守無關。他恰恰對復古主義和保守主義有清醒的認識：他借用湯因比在考察「文明解體」時，「注意到了復古主義者所以受人非難的原因，是他的企圖的本性永遠是要調停於過去和現在之間。這兩種互相衝突的要求之不能並立，正是復古主義作爲一種生活方式內在的弱點。我們可以說，復古主義無異立足於進退維谷的兩難境地，不管他向哪一邊去，都將找不到出路。」〔註 10〕但是，在文化認同這一點上，他們卻有了「文化同一性」。這是一個有趣的問題，可另做文章研究。我想說的是，面對學術或對眞理的追求，有時可能會超越文化態度而殊途同歸。面對當下新的文化語境，劉中樹的「守正」是在「納新」中發展的，或者說，沒有「納新」，「守正」也無從談起。我發現，在劉中樹的許多文章中，他對當下現代文學研究的發展變化耳熟能詳。比如，他在《新時期的文化思潮與中國現代文學研究》一文中，對現代文學史編撰中提出的新看法以及「重寫文學史」中許多不同觀點，都發表了中肯的意見。他認爲，錢理群、溫儒敏、吳福輝的《中國現代文學三十年》中提出的「本世紀中國圍繞『現代化』所發生的歷史性變動，特別是人的心靈的變動，就自然構成了現代文學所要表現的主要歷史內容」。「這種闡述較『改造民族靈魂』的表達更全面，有分寸了。」〔註 11〕此外，劉中樹對「人文精神」討論、對市場

〔註 10〕劉中樹：《新時期的文化思潮與中國現代文學研究》，《劉中樹文學論集》（2）79 頁、75 頁。

〔註 11〕劉中樹：《新時期的文化思潮與中國現代文學研究》，《劉中樹文學論集》（2）79 頁、75 頁。

經濟環境下的大眾文學與嚴肅文學的處境、以及對年輕一代人的文章都非常熟悉並直言不諱地闡明自己的觀點。因此，劉中樹的「納新」，就不止是對西學，同時也對當代中國的青年學人。當代學界有一個沒有被言說的秘密，那就是對同代人研究的默然置之。而劉中樹則洞若觀火不廢長幼，有價值的「新學」他都吸納。這就是一個成熟學者的情懷和胸懷。

因此，劉中樹的「守正納新」的文學研究觀念，不僅在方法論上給我們以極大的啓發或參照，更重要的是它所蘊涵的文化意義。20 世紀的中國現代文化或文學的歷史，從某個方面可以概括爲一種激進主義的歷史。這種激進主義也孕育了我們一種頑固的破壞主義的文化性格。20 世紀以來，我們破壞了一個文化的「舊世界」，但是否建設了文化的「新世界」？我們激進地走過了百年之後，在文化上是否還有方向感是大可討論的。這時，劉中樹「守正納新」的謹慎文化態度就顯得格外重要了。在未來的時間裏，他對我們的重要啓示和構成的有效參照，一定會日益凸顯出來。

「現代性」與中國當代文學歷史敘述
——評陳曉明的《中國當代文學主潮》

2008 年秋天的一個夜晚，和幾位青年批評家聚散後，我和陳曉明、程光煒、陳福民坐在萬柳東路的一家咖啡館裏，聽曉明講述他剛剛完成的這部著作——《中國當代文學主潮》的基本構想或某些細節，他從容而耐心，款款道來目光炯炯。這時的曉明沒有雄辯時淩厲的手勢，思維仍敏捷而嚴密，優雅的適可而止。不那麼明亮的燈光照在他青春晚期的臉上，幾根白髮倔強地閃爍，顯示著主人曾經的滄海。雖然沒有女研究生們激動或景仰的目光，但曉明仍然激情澎湃興致不減，絲毫沒有「白髮盈肩壯志灰」的頹唐。我們熟悉的他那渾厚或略帶磁性的聲音就這樣低回在咖啡館的某個角落，在座的我們深受依然英姿勃發的曉明的感染。而此時，他的大著——《德里達的底線》剛剛送到我們手上不久，當我們還沒有讀完這部著作的時候，他又完成了《中國當代文學主潮》的寫作，曉明的學術才華、敬業和對學術的熱衷，由此可見一斑。

多年來，陳曉明一直站在中國當代文學的最前沿，引領著當代文學批評的風潮，發動了一次次標新領異的批評活動，對改變當代中國文學批評的型構、方法乃至修辭方式，做出了重要的貢獻。他因此獲得了同行和作家朋友的信任，也奠定了他在當代文學批評中的地位。到北大工作後，教學的需要使他必須系統地講授中國當代文學的歷史，這部著作就是他在講稿的基礎上修訂完成的。北大是中國當代文學史研究的重鎮，十年前～1999 年，洪子誠先生就出版了《中國當代文學史》，這部文學史的出版，不僅改變了中國當代文學歷史敘述的格局和面貌，重要的是他將中國當代文學建構爲一門眞正的學問。多年來，洪子誠文學史的巨大影響依然存在。在這種處境中，包括陳曉明在內的所有當代文學史寫作面臨的困難和巨大挑戰可想而知。但這也誠如他自己所說的那樣：「在做當代的人中，我算是偏向理論的，寫文學史自然難免有理論闡述，這也是我寫文學史的理由。沒有對文學史的整體把握，沒有文學史的觀念，這樣去寫文學史肯定是不能把文學史說透的。如果我的文學史與他人一樣，論述的層面和學理內涵沒有個人的東西，那我寫作的衝動肯定不夠充分。」〔註 1〕這個獨白已經告知我們，陳曉明的文學史一定與眾不同。

無庸諱言，發生在 80 年代末期的「重寫文學史」的巨大衝動，與夏志清的《中國現代小說史》的問世有千絲萬縷的關係。夏志清教授除了在意識形態和文學史觀與中國主流現代文學史有重大差異、「政治標準太暴露了」〔註 2〕外，一個重要的方面就是他鉤沉了中國現代文學史上一直被邊緣化的人物——沈從文、張愛玲和錢鍾書。這一現象一時間裏使大陸現、當代文學史界大嘩，重新評價現當代作家作品蔚然成風蔚爲大觀。以至於新世紀以後，張愛玲的地位大有取代魯迅之勢。當張愛玲因夏志清而在大陸走紅後既受寵若驚又不無迷茫地說，「不知怎麼地歷史的發展就站在我這一邊。這是怎麼一回事呢？」〔註 3〕是，在我看來，事情遠沒有結束，中國現代性的不確定性也沒有結束，歷史究竟站在那一邊我們有充分的耐心拭目以待。現在，問題終於被再次提出：陳曉明的《中國當代文學主潮》的基本框架，就是從中國的現代性出發來闡釋中國當代文學歷史的：「本書所追求的文學史的觀念與方法，可能就是在現代性與後現代性綜合的基礎上建構起來的當代文學史敘事——既給於了中國當代文學史以一個完整的、有序的、合乎邏輯的總體趨勢，又試圖去揭示這個歷史過程中被人爲話語縫合起來的文學現象的關聯譜系。如果沒有一個完整的歷史圖景作支撐，過去發生的文學事件和文學作品的性質和意義將無法理解；而歷史圖景的定位一旦給出，這個完整模式所包含的虛構性和理論強迫性的敘事特徵又可能對文學造成另一種侵害。保持現代性的歷

〔註 1〕陳曉明：《中國當代文學主潮》596 頁、15 頁、27 頁、24 頁、24 頁，北京大學出版社 2009 年 4 月。

〔註 2〕劉再復語，見張英進：《魯迅……張愛玲：中國現代文學研究的流變》，載《作家》2009 年 7 期。

〔註 3〕見張英進：《魯迅……張愛玲：中國現代文學研究的流變》，載《作家》2009 年 7 期。

史觀念，是爲了獲得一種對歷史的完整解釋，但對其具體過程，對那些歷史事實的關聯以及這個歷史建構的方式則需要保持必要的反省。」〔註4〕在另一處又說：「我把中國當代文學放在世界現代性的歷史進程中來理解，它是中國的『激進現代性』的一個組成部分。它無疑意味著一種新的不同於西方資產階級現代性的文化的開創，它開啓了另一種現代性，那是中國本土的激進革命的現代性。文學由此要充當現代性前進道路的引導者，爲激進現代性文化創建提供感性形象和認知的世界觀基礎。因此，『主潮』就有一條清晰的線索，就是中國現代性的歷史進程，從激進革命的現代性敘事，到這種激進性的消退，再到現代性的轉型。這是指內在文學史敘述的理論線索。」〔註5〕因此，可以把「現代性」這個核心概念作爲理解陳曉明《中國當代文學主潮》的基本理論支撐。

「現代性」是一個極其複雜的概念，相關理論或闡釋也多如牛毛，「多元的現代性」是我們面對的一個龐雜的理論迷陣：在西方，馬克斯・韋伯、帕森斯、鮑曼、吉登斯、哈貝馬斯、德里克等，都對現代性作過理論表達。爲了回應起源於西方的現代性，發生了中國的現代性。但如何表述中國的現代性是一直是理論界懸而未果的問題。南帆在《現代主義、現代性與個人主義》中援引了馬泰・卡林內斯庫的觀點認爲：存在兩種相互對立的現代性模式。一種現代性源於啓蒙話語，世俗化、工具理性、科學主義、大工業革命、民族國家的建立、科層制度、市場經濟與全球化均是這種現代性的表徵。相對地說，另一種現代性是審美的，文化的，這種現代性的首要特點即是對於前者的強烈批判。馬泰・卡林內斯庫將第一種現代性稱之爲「資產階級現代性」，進步的學說，相信科學技術造福於人類，精確計算時間，理性崇拜，抽象意義上的自由理想，這些均是現代觀念史早期階段的傑出傳統；「相反，另一種現代性，將導致先鋒派產生的現代性，自其浪漫派的開端即傾向於激進的反資產階級態度。它厭惡中產階級的價值標準，並通過極其多樣的手段來表達這種厭惡，從反叛、無政府、天啓主義直到自我流放。因此，……更能表明文化現代性的是它對資產階級現代性的公開拒斥，以及它強烈的否定激情。」

〔註4〕陳曉明：《中國當代文學主潮》596頁、15頁、27頁、24頁、24頁，北京大學出版社2009年4月。

〔註5〕術術、陳曉明：《雲譎波詭的60年文學——關於陳曉明新著〈中國當代文學主潮〉的訪談》，見新浪網2009年9月8日「新浪論壇」。亦可參見陳曉明《中國當代文學主潮》第2頁。

〔註 6〕美的現代性或文化的現代性並不認同「資本主義的現代性」，後者對前者的否定或激進的顛覆，我們在「現代派」或「現代主義」的文學藝術中已耳熟能詳。中國的現代性雖然在表現形式上不同於西方，但在邏輯上幾乎沒有差別。

因此，如何界定中國的現代性就是陳曉明首先要處理的問題，也就是「怎麼理解中國社會主義文化與文學的現代性意義，只有解釋這一根本問題，才能在世界文學的框架中來解釋中國這 60 年的文學經驗。」〔註 7〕解決這一問題，首先要解決的是如何理解和評價毛澤東的《在延安文藝座談會上的講話》，它是中國革命文學方向和文學觀念確立的基本來源和依據。但是面對在「講話」指導下的文學歷史，陳曉明認爲：「這個深刻的歷史轉變，是理解中國當代文學史發生發展的前提。在這一意義上，革命文藝展開的是又一次新文學運動。這項文學運動具有雙重意義：一方面，它是與歷史劇變聯繫在一起的具有鮮明的時代政治意識的文學；另一方面，它又是有最廣泛人民群眾參與的文學，是人民爲主體的文學。」〔註 8〕「革命的現代性」是這一時代文學最重要和突出的特徵，陳曉明在具體的歷史語境中肯定了這一時代的文學，顯然是有歷史眼光的。也正因爲如此，他認爲趙樹理的作品雖然被稱之爲「問題小說」，但它幾乎就是在回答現實出現的問題，他的作品卻充滿了藝術魅力。也許有些人對此不以爲然，但我這一輩，還有相當多的讀者，是很喜歡《小二黑結婚》、《登記》這些作品的。再比如《紅旗譜》，梁斌自己津津樂道的是他對青年時期生活的記憶，是他描寫鄉村中國生活的那種鄉土氣息，那些人倫風習。即使像《創業史》和《豔陽天》這種要專注於表現農村階級鬥爭的作品，你可以說，這就是概念出發，農村哪有什麼階級鬥爭或路線鬥爭，這種文學作品，對歷史現實的基本把握就是錯誤的，但那又怎麼辦呢？那種框架並不重要。其實作家對歷史現實的理解經常是錯誤的，荒謬的。就像喬依斯的《尤利西斯》，它對歷史的神秘和輪迴的理解，那種宿命的虛無，就是正確的嗎？也不見得。當然二者非常不同。中國的這些作品被政治所框

〔註 6〕南帆：《現代主義、現代性與個人主義》，載《南方文壇》2009 年 4 期。

〔註 7〕術術、陳曉明：《雲譎波詭的 60 年文學——關於陳曉明新著〈中國當代文學主潮〉的訪談》，見新浪網 2009 年 9 月 8 日「新浪論壇」。亦可參見陳曉明《中國當代文學主潮》第 2 頁。

〔註 8〕陳曉明：《中國當代文學主潮》596 頁、15 頁、27 頁、24 頁、24 頁，北京大學出版社 2009 年 4 月。

定，但也正因爲如此，對社會歷史的理解變成一種框框，而他眞正在表現的是當時農村要進行社會主義革命和建設家庭倫理所面臨的挑戰，它確實也寫了在政治滲透下的中國鄉村生活的變遷。這類小說雖然不多情愛的表現，但父子關係，鄰里關係的表現卻是極其生動細緻的。這類例子甚多，這是我處理文學與政治關係的方式之一。〔註9〕在我看來，這是陳曉明運用「現代性」觀念處理那一時代文學最成功的經驗，也是他「我把中國當代文學放在世界現代性的歷史進程中來理解」的最好佐證。過去，我們批評或否定某部作品，作家的觀念幾乎是決定性的，但即便是最偉大的作家，比如巴爾扎克、雨果、托爾斯泰、曹雪琴以及後來的「現代主義」、「後現代主義」作家等，他們的社會、倫理、道德等價値觀念都是正確的嗎？如果不是，他們是否還是文學家？此前似乎還沒有人回答過類似問題。

「十七年」一直是中國當代文學史的一個難題。它之所以難處理就在於文學與政治的關係、作家觀念與文學性的關係。「重寫文學史」的時代雖然改寫了單一政治維度評價文學作品的標準，但它「逆向」的評價方法在邏輯上仍然是單一的「政治標準」。雖然此前唐小兵的「反現代的現代性」理論已經進入文學史敘述，「紅色經典」的闡釋已經在合理性的範疇內展開，恢復了《白毛女》《小二黑結婚》《李有才板話》《青春之歌》《林海雪原》《暴風驟雨》《創業史》等作品的文學史地位，但因具體時段的限制，《再解讀》的作者們還沒有涉及到後來發生的「現代主義文學」的個人政治，與排斥「個人主義」的通俗的「國家主義文學」的關係。這個局限可能也是「反現代的現代性」行之不遠的致命原因。但《中國當代文學主潮》不是具體地處理某一時段的文學，它將 1942 至今的文學歷史有一個總體性的把握：「回首過去，我們無疑會看到歷史的多個側面。它如此複雜，眾多因素糾雜其中，造成的最終結果又未嘗不是一種歷史的『必然性』。如果從現代性是中國不得不面對的歷史關口這一點來理解這一歷史進程，也許更能體現出具有包容性的歷史主義態度。」〔註 10〕這個歷史觀，使《中國當代文學主潮》即看到了中國現代歷史是中國現代性的必然過程，是面對西方挑戰選擇的必然道路，它有歷

〔註 9〕術術、陳曉明：《雲譎波詭的 60 年文學——關於陳曉明新著〈中國當代文學主潮〉的訪談》，見新浪網 2009 年 9 月 8 日「新浪論壇」。亦可參見陳曉明《中國當代文學主潮》第 2 頁。

〔註10〕陳曉明：《中國當代文學主潮》596 頁、15 頁、27 頁、24 頁、24 頁，北京大學出版社 2009 年 4 月。

史的合理性；同時也看到了「歷史的偏激」，那裏既有被掩蓋的苦難，也有「倔強而放縱的狂熱」，而對歷史「不斷激化的選擇」，陳曉明的歷史性分析客觀而冷靜。

陳曉明一直是當代文學批評的前沿批評家，他對當下文學的熟悉和敏銳幾乎有口皆碑。因此，除了對 1942～1976 年代文學歷史作出了新的理解和評價之外，他對 80 年代至今的文學發展所作的梳理和闡釋，不僅有鮮明的「陳氏風格」，更因其參與親歷而有了「現場感」。此前他的《無邊的挑戰》《表意的焦慮》《不死的純文學》等著作，雖然帶有前沿文學批評性質，但那裏的歷史眼光和感性積累，爲他對這一時期文學史的寫作奠定了堅實的基礎，他是對當下文學最有發言權的批評家之一。但文學史的寫作畢竟與文學批評不同。如果說他對莫言、賈平凹、余華、劉震雲、鐵凝、王安憶、馬原、格非、殘雪、王朔、閻連科、劉醒龍等當代名家已爛熟於心的話，那麼如何將他們在文學史中作出適當的評價，可能對陳曉明是一個更大的考驗。更值得注意的是，這部文學史一直寫到「80 後」和「網絡文學」。這一選擇的大膽幾乎前所未有，但它卻保證了對「當代中國文學歷史敘述」的完整性。

還需要指出的是，文學歷史的書寫雖然是一種「敘事」或「結構」，是一種「整體性的歷史」或「結構性的歷史」，但陳曉明力圖維新，「理解歷史，不是判斷歷史或設定歷史，而是無探究歷史爲什麼會這樣，歷史這樣究竟意味著什麼」。〔註 11〕而他提供的「以論帶史」的文學史寫作方法，也從一個方面強化了當代文學歷史敘述的理論性，他不僅洞見了一些被遺忘和遮蔽的作家作品，而且也因理論表達的透徹使這部文學史更加明快。可以肯定的是，《中國當代文學主潮》是近年來這一領域的重要收穫：從 1999 年至今，當代文學史的研究寫作幾近處於停滯狀態，而陳曉明的文學史爲我們提供了新的觀念、視角和範式。

〔註 11〕陳曉明：《中國當代文學主潮》596 頁、15 頁、27 頁、24 頁、24 頁，北京大學出版社 2009 年 4 月。

文本細讀與文學的經典化：從理論到實踐

——以陳曉明《衆妙之門——重建文本細讀的批評方法》爲中心

進入 21 世紀之後，中國的外國文學理論的專家們在譯介西方文學理論的時候，他們特別提到了在西方受到歡迎的一些大學文學教材。這些教材與我們流行的文學理論教材的區別，表明我們與西方不在同一個學術時間裏，我們從事的是與西方非常不同的文學教學實踐。當然，我們也可以說，由於我們與西方的價值觀、文學觀的巨大差異，決定了我們對文學教材編寫的內容與方法，決定了我們文學教學的理論邊界。但是，這樣的說法也掩蓋了我們一直存在的巨大欠缺：在具體的文學教育上，特別是在具體的文學教研方法上，我們究竟是先進還是落後，是守舊還是進步？一些專家雖然沒有在這一敏感的層面討論問題，但是，他們的譯介和研究表明，西方那些受到歡迎的教科書在研究具體文學作品的觀念和方法方面，都值得我們借鑒和學習。比如北京大學出版社出版的周啓超教授主編的《當代國外文論教材精品系列》，已經出版了多種：俄國瓦・葉・哈利澤夫的《文學學導論》、英國彼得・威德森的《現代西方文學觀念簡史》、美國邁克爾・萊恩的《文學作品的多重解讀》、英國拉曼・塞爾登的《當代文學理論導讀》等。值得注意的是，拉曼・塞爾登的《當代文學理論導讀》第一章講解介紹的就是「新批評、道德形式主義與利維斯」。而美國邁克爾・萊恩的《文學作品的多重解讀》，本來就與新批評有密切關係。他選擇了莎士比亞的劇作《李爾王》、亨利・詹姆斯的《艾斯彭遺稿》、伊麗莎白・畢肖普的詩作和托尼・莫里森的《藍眼睛》等四種經典文本，做了多角度的細讀。細讀在西方世界不止是面對具體的文學文本，即便面對宏大的理論世界，細讀也是重要的方法之一。比如《當代文學理論導讀》《現代西方文學觀念史》，或講當下最重要的文學理論專題，或講文學的歷史或文學觀念的演變軌跡。都是從細部講起又融會貫通了多種批評方法。新批評作爲一種潮流可能已經衰落了，但它強調的文本細讀的方法，作爲文學批評的重要遺產，已經進入了文學批評的常態，被接受是沒有問題的。我們將要討論的批評家陳曉明的新作《眾妙之門——重建文本細讀的批評方法》，就是當代中國文學批評運用這一方法的範例和重要收穫。

一、文本細讀與文學的經典化

新批評、文本分析、文本細讀等概念或觀念我們已經耳熟能詳。艾略特、瑞恰慈、燕卜遜、蘭色姆、韋勒克、沃倫、布魯克斯等新批評的大師，也早已爲我們所熟知。作爲一種新的批評方法，80 年代以來在中國曾經引發過巨大的熱潮。新批評的經典著作幾乎都有中譯本。在 50 年代的歐美已經逐漸衰落的一種批評方法，在中國卻大行其道，顯然有未做宣告的秘密。新批評在歐美的衰落，後來新批評的領袖們曾做過如下反思：韋勒克認爲原因有三：首先，大家對「新批評」代表人物的政治和宗教觀點深感懷疑；其次，20 世紀中葉後，文學作爲藝術審視對象的思想基礎遭到了來自結構主義哲學的削弱和顛覆，文學藝術普遍遭到攻擊，在允許任意解釋存在的無序批評狀態下，「新批評」成了「虛無主義」的犧牲品；最後也是韋勒克最不能容忍的是，「新批評」派批評家極端地以英格蘭爲中心，認識問題常常流域狹隘，他們很少嘗試探討外國文學或者說只偶而地涉及幾個有限的文本，這樣的局限使他們完全忽略了世界文學中那取之不盡的寶藏。韋勒克還認爲，在與其他理論角力中崛起的過程裏，「新批評」派理論家爲了捍衛自己的立場常常矯枉過正，將某些包含著眞知灼見的觀點推向絕對化，從而招致當時及後來各種批評理論的反對。〔註 1〕「新批評」雖然在 50 年代的歐美逐漸衰落。但「新批評」的遺產卻被西方批評大師們繼承下來。最值得注意的是 1943 年布魯克斯、沃倫編著的《小說鑒賞》，2006 年在中國出版了中英文對照版；1994 年哈羅德・

〔註 1〕王臘寶、張哲：蘭色姆《新批評》譯序，第 8 頁，江蘇教育出版社 2006 年 12 月版。

布魯姆出版了他影響巨大的《西方正典》，2005年江寧康的譯本由譯林出版社出版；2005年上海三聯書店出版了申慧輝等譯的納博科夫的《文學講稿》。這些著作的出版，不止是從觀念上闡釋了新批評或文本細讀的理論，重要的是，它們以文本細讀示範的方式對文學經典作的闡釋。它們改變了以往只注重文學觀念的批評方式，而對文本的具體解讀成為第一要義。這些著作，無一例外地成為大學文學專業的教科書或重要的必讀書目。

布魯克斯、沃倫的《小說鑒賞》，是一部短篇小說鑒賞集，全書選擇了51篇短篇小說，除了英美之外，還有歐洲、拉美、俄羅斯等不同國度和地區的代表性短篇作品。布魯克斯和沃倫堅持把文學作品的本體研究作為文學研究的主要任務，摒棄文學自身之外的一切因素，通過語言分析、細讀作品的本意，將文本作為一個獨立自足的世界。從而擺脫了著重討論作家的思想、背景以及作品的思想、歷史和社會政治意義。比如，他們是這樣分析契訶夫的《萬卡》的：

> ……這篇小說的重點放在動人哀憐的詞句上，很可能產生傷感的氣氛。假定用另一種寫法，只是大致按年代順序，歷敘萬卡一生中所有苦難，知道聖誕的前夜，他獨自一人呆在那個陰暗寒冷的小屋裏做禱告。要是這樣描寫，這篇小說根本就毫無小說味道了，充其量只不過是一篇充滿感傷氣氛的速寫。或者假定這封信按照確切地址送到了爺爺手裏，無奈爺爺沒法違反學徒合同，以致萬卡達到的境遇比過去還要糟。那該是一篇多麼拙劣的小說啊！
>
> 正是由於不知道確切地址——最後這麼一點年幼無知，確實哀婉動人——才使得這篇小說定型。……我們知道這封信根本送不到萬卡的爺爺手裏。那麼，它會送到誰的手裏呢？它送到了讀者——也就是你們大家的手裏。它終於成為來自世界上所有小萬卡寄給我們大家的一封信，所以「耍花招的結尾」畢竟遠遠不止是一個花招了。我們從這裡就可以對這篇小說的奇特結構，以及破題中冗長而又不太均衡的組成部分有所理解了。

《萬卡》是世界短篇小說中的奇葩名篇。但是，只有布魯克斯、沃倫的解讀分析，我們才更深切地理解了契訶夫的不同尋常——那封信爺爺沒有、也不可能收到，但全世界的讀者都收到了。這個細讀帶來的震撼，使我們進一步理解了《萬卡》經典意義：它是如此的讓我們感到高山仰止難以企及。《小說鑒賞》對經典小說文本的「小說的意圖與要素」、「情節」、「人物性格」、「主題」、「新小說」、「小說與人生經驗」等不同方面的分析和解讀，都給我們以極大的啓示。

哈羅德·布魯姆與德·曼、哈特曼和米勒並稱耶魯四大批評家。他 1973 年出版的《影響的焦慮》，被譽爲「一本薄薄的書震動了所有人的神經」，在美國批評界引起巨大反響。譯成中文後在我國同樣產生了巨大影響。而他的《西方正典——偉大作家和不朽作品》，其影響更爲巨大。在這本書的「中文版序言」裏他說：

> 也許你們已經知道，在二十世紀最後三分之一的時間裏，我對自己專業領域內所發生的事一直持否定的看法。因爲在現今世界的大學裏文學教學已被政治化了：我們不再有大學，只有政治正確的廟堂。文學批評如今已被「文化批評」所取代：這是一種由僞馬克思主義、僞女性主義以及各種法國／海德格爾式的時髦東西所組成的奇觀。西方經典已被各種諸如此類的十字軍運動所代替，諸如後殖民主義、多元文化主義、族裔研究、以及各種關於性傾向的奇談怪論。如果我是出生在 1970 年而不是 1930 年的話，我就不會以文學批評家和大學老師爲職業，就算我有十二倍的天賦也不會作此選擇。但是，正如我在一些完全亂套的大學中對懷有敵意的聽眾所說，我的英雄偶像是賽繆爾·約翰遜博士，不過即使是他，在如今大學的道德王國裏也難以找到一席之地。

布魯姆教授毫不掩飾他對包括文學教育在內的大學教育的失望情緒。如果是這樣的話，那麼，我們也可以把布魯姆寫作《西方正典》理解爲是他對大學文學教學的一種修正。在這本著作中，布魯姆同樣以文本分析和細讀的方式，討論了他的「偉大作家和不朽作品」。在布魯姆看來，莎士比亞是迄今爲止最偉大的一位文學巨匠，他讓我們無論在外地還是異國都有回鄉之感。他的感化和浸染能力無人可比，這對世界上的表演和批評構成了一種永久的挑戰。〔註 2〕但是，布魯姆在討論評價莎士比亞時，並非僅僅下了這些斷語。他在「貴族時代」第一個討論的就是《經典的中心：莎士比亞》，這個討論，首先是莎士比亞的評價史。布魯姆對莎士比亞的研究史如數家珍，對不同時

〔註 2〕哈羅德·布魯姆：《西方正典——偉大作家和不朽作品·序言與開篇》，譯林出版社 2005 年版。

代、不同批評家如何評價莎士比亞極其熟悉。但是，布魯姆並非是理論化地闡釋作爲經典中心的莎翁。他的具體分析才眞正顯示了作爲大批評家的才能和強大的闡釋能力：

> 當我們要分析莎士比亞的現實意識時（或者如果你願稱爲戲劇中的現實的話），我們可能會對它感到迷惑。如果你與《神曲》保持一定距離，該詩的陌生性會令你吃驚，但莎劇似乎能讓人馬上就感到熟悉，而且劇情意蘊豐富令人難以一下子悟透。但丁爲你解說他的人物，如果你不接受他的裁決，他的詩就拋棄你。莎士比亞的人物容納多種觀點，以致他們成爲你判斷自我的分析工具。如果你是一位道德家，福斯塔夫會惹惱你；如果你變得墮落，羅瑟琳會揭穿你；如果你是老古板，哈姆雷特決不會接近你。假如你是解說者，莎氏筆下的惡棍會使你一籌莫展。伊阿古、愛德蒙和麥克白等人的行爲動機過於複雜，其中大多數是他們爲自己想像和發明出來的。和福斯塔夫、羅瑟琳及哈姆雷特等大智者一樣，這些惡魔式的人物都是自我的藝術家，或如黑格爾所説的是自我的自由藝術家。哈姆雷特是最豐滿的人物，莎士比亞賦予它一種創作的意識，而不是莎氏自己的意識。闡釋哈姆雷特如同闡釋愛默生、尼采和克爾凱郭爾等箴言家一樣困難。〔註 3〕

布魯姆的博學、透徹，在他對 20 餘位經典作家的分析中展現的一覽無餘，一種貫通的理論和方法閃耀在他的字裏行間。讀這樣的批評，我們才眞正有可能領會了大批評家的風采。經典作品只有在這樣批評家的讀解中才會煥發出固有的光芒和特殊的價值。布魯姆也許並未從具體的修辭或情節入手，但他的每一個結論和斷語，都不會離開背後隱含的細讀經歷。

在這方面有特殊造詣的，還有小說家納博科夫。這個自我期許甚高的流亡者，因小說《洛麗塔》而聲名遠播。當然他絕非浪得虛名，他是一位才華橫溢的作家。一生中創作了十七部長篇小說，四百餘首詩歌，五十多篇短篇小說，同時還有詩劇、散文劇以及譯著多種。他崇尚藝術，認爲藝術高於一切，語言、結構、文體等屬於藝術範疇的概念，要比作品的思想性和故事性遠更重要。《文學講稿》是他在五十年代在威爾斯利和康奈爾大學的講課稿，

〔註 3〕哈羅德・布魯姆：《經典的中心：莎士比亞》，《西方正典——偉大的作家和不朽的作品》，47 頁，譯林出版社 2005 年版。

成書過程非常複雜。但我們讀到的這部充滿課堂氣息的講稿，的確與眾不同。他不乏語驚四座口無遮攔的偏激甚至狂妄，當然也可以理解爲他坦白率眞的個人性格。他在康奈爾剛剛開始學術生涯的時候，曾給艾德蒙・威爾遜寫信：「明年我要開一門『歐洲小說』課？我起碼得講兩位作家。」威爾遜馬上回信說：「關於英國小說家，依我之見，兩位無可比擬的最偉大的（喬伊斯是愛爾蘭人，故不在此列）小說家是狄更斯和簡・奧斯丁。如果你沒有重讀過他們的作品，設法重讀一次。讀狄更斯的晚期作品《荒涼山莊》和《小杜麗》。簡・奧斯丁的作品値得全部重讀一遍——即使她的小作品也是出色的。」納博科夫回信道：「謝謝你對我的小說課提出的建議。我不喜歡簡，事實上，我對所有的女作家都包有偏見。他們屬於另一類作家。怎麼也看不出《傲慢與偏見》有什麼意義……我準備用斯蒂文森代替簡・奧斯丁。」威爾遜不同意納博科夫的看法，而納博科夫終於一反常態繳械投降了，他接受了威爾遜的建議。〔註4〕這些通信不僅讓我們看到了納博科夫的個人性格，同時我們也看到了這些西方教授對待講課是多麼的認眞和用心。納博科夫對自己精心挑選的七部作品，簡・奧斯丁的《曼德菲爾德莊園》、查爾斯・狄更斯的《荒涼山莊》、居斯塔夫・福樓拜的《包法利夫人》、羅伯特・路易斯・斯蒂文森的《化身博士》、馬塞爾・普魯斯特的《追憶似水年華》、弗朗茨・卡夫卡的《變形記》、詹姆斯・喬伊斯的《尤利西斯》的分析和解讀，也的確獨樹一幟標新立異。他的方法同樣是細讀。比如他在講弗朗茨・卡夫卡《變形記》的時候，第一部分專門講了七個場景和段落，第二部分專門講了十個場景，第三部分也講了十個場景。結合這些具體場景，納博科夫講主題、人物、細節、反諷、行動、關係等等。一部作品在這樣的具體分析中，眞相逐漸顯露出來。

這些有教授身份的批評家，對經典的指認和對經典的解讀，是西方文學經典化的一部分。你可以不同意他們的看法，但你要反駁他們時，卻會感到爲難。這也是細讀的力量和魅力之一。

二、《衆妙之門》：既是方法也是發現

多年來，陳曉明一直站在中國當代文學批評的最前沿。他的《無邊的挑戰——中國先鋒文學的後現代性》《解構的蹤跡：歷史、話語與主體》《不死的純

〔註4〕約翰・厄普代克：納博科夫《文學講稿・前言》19～20頁。上海三聯書店2005年版。

文學》《中國當代文學主潮》等，已經成爲這個時代重要的文學研究成果而在學界產生了不可替代的影響，從而奠定了陳曉明在中國當代文學界和文學理論界的重要地位。如果說，《無邊的挑戰》，在闡釋解讀中國先鋒文學的同時，他更意屬於文學觀念的辯難、更沉浸於先鋒文學席捲了一成不變的傳統文學觀念的興奮，那麼，《眾妙之門——重建文本細讀的批評方法》，則改變了他的批評策略：他更執著於本文的解讀或細讀。他的導言開宗明義：「中國當代文學理論與批評一直未能完成文本細讀的補課任務，以至於我們今天的理論批評（或推而廣之——文學研究）還是觀念性的論述佔據主導地位。中國傳統的鑒賞批評向現代觀念性批評轉型，完成得徹底而激進，因爲現代的歷史語境迫切需要解決觀念性的問題。」但是，「在當今中國，加強文本細讀分析的研究顯得尤爲重要，甚至可以說迫切需要補上這一課。強調文本細讀的呼籲，實際上從 80 年代以來就不絕於耳，之所以難以紮紮實實在當今的理論批評中穩步推進，也有實際困難。〔註 5〕這個困難不只是說，觀念性的批評經過半個多世紀的浸淫，其慣性強大而難以改變；而文本細讀的批評在西方已經日益式微，這個源於西方也式微於西方的批評方法，對熱衷於追新逐潮的中國批評界來說，其吸引力也逐漸失去。但是，如前所述，作爲一種批評方法的重要遺產，歐美大學的文學教材卻依然信奉文本細讀，並受到學生的歡迎。也正是因爲陳曉明對文學批評和教學前沿狀況的瞭解，他才知難而進地堅持了他的選擇。我們發現，陳曉明 2003 年調到北大工作之後，他先後給學生開了八門課程：《解構主義導讀》《現代性理論導讀》《現代主義與先鋒派理論導讀》《中外文學批評方法》《中國當代文學史》《當代小說經典文本分析》《中國當代先鋒文學研究》《九十年代以來的長篇小說研究》等，這八門課程，既有偏重理論性的，也有偏於文本分析的。他有意識地側重理論批評和創作實踐的不同方面，向學生表達他對文學的理解和研究。如果是這樣的話，《眾妙之門——重建文本細讀的批評方法》，就不是心血來潮的即興之作。這本書陳曉明寫了整整八年，這對下筆萬言倚馬可待的才子陳曉明來說，不啻爲一個例外。這也從另一個方面說明他對這本書的重視。雖然不能說陳曉明試圖寫一部中國的《小說鑒賞》《西方正典》或《文學講稿》，但他試圖用細讀的方法構建中國新時期以來的文學經典的努力，還是有跡可循的。

〔註 5〕陳曉明：《眾妙之門——重建文本細讀的批評方法》第 1、3 頁，北京大學出版社 2015 年 8 月版。

《眾妙之門》，這個來自老莊哲學的書名，一出場就給人不同凡響之感。這裡的「妙」，是玄妙、深遠，但又不是修辭意義的玄妙、深奧，而是玄妙又玄妙、深遠又深遠，是宇宙天地萬物之奧妙的總門。它於深奧的玄妙之中，包涵一切玄秘深奧，又超越一切智慧。而玄妙正是洞悉一切奧妙變化的門徑。僅從這個書名，我即可窺探到陳曉明寫作此書的勃勃雄心，他未必是老莊哲學的信徒，但他動用了這書名，並用八年多的時間完成此書，他的學術抱負可謂一覽無餘；另一方面，書的設計者似乎也盡可能地給予了作者絕妙的配合。此書的封面——數層階梯，從一個幽暗的房間直通那扇「眾妙之門」——門外就是那玄妙神秘、久遠無盡的遼闊空間和萬事萬物。於是，這個具有比喻性的眾妙之門就這樣打開了——

《眾妙之門》全書十五章，除兩章講述文學現象之外，分別選擇了、馬原的《虛構》、格非的《褐色鳥群》、余華的《在細雨中呼喊》、蘇童的《罌粟之家》、阿城的《棋王》、王安憶的《新加坡人》、白先勇的《遊園驚夢》、鐵凝的《永遠有多遠》、王小波的《我的陰陽兩界》、王朔的《我的千歲寒》、賈平凹的《廢都》、《秦腔》、《古爐》、劉震雲的《一句頂一萬句》以及莫言的小說等十三位作家的作品。這是陳曉明根據課堂上給學生開的「當代小說經典文本分析」的講稿整理而成。事實上，這些內容在學術雜誌上都刊登過。成書之後，雖然稱作「當代小說經典文本」還勉爲其難。因爲其作家作品基本屬於「新時期」的範疇。但是，這個名單一經開出，其陣容和內容的影響力都難以置疑。

看到這本書，我不免想起20多年前陳曉明出版的《無邊的挑戰——中國先鋒文學的後現代性》。這是國內第一次出版的系統闡釋中國先鋒文學的著作，初版6000冊，迅速銷售一空。那時，陳曉明以其個人的理論修養、前瞻視野，以全新的理論和話語，爲中國突如其來的先鋒文學做了透徹和令人耳目一新的闡釋。他孤軍奮戰，卻也實施了一場有聲有色的文化挑戰。可以說，中國的先鋒文學能夠在那個是時代獨領風騷，與陳曉明的批評工作是密不可分。1998 年我在《英姿勃發的文化挑戰》中，曾對陳曉明的這一工作有過詳細的評價。那個時代在今天看來眞是恍如隔世，現在的年輕人讀先鋒文學幾乎有與生俱來的無師自通，但那個時代，無論是先鋒文學還是陳曉明的理論批評，不啻爲天外來客。各種評價自然如滿天飛雪。因此，那時的陳曉明，除了在文本上努力分析理清這些作品的話語風格、精神變異和文化斷裂的合理性外，他不得不更多地著眼於文學觀念革命的闡釋。那時，如果不從這個方面入手，先鋒文學的合理性甚至合法性將處在危機之中。我這樣說，並不意味著是陳曉明一人撐起了先鋒文學的大廈，但他確實是那個時代先鋒文學批評的中流砥柱。

20 多年過去之後，當年那個翩翩少年也已經兩鬢飛雪，他面對文學時的激進與衝動也緩解了許多。特別是在文學革命終結之後，我們如何面對已經成爲歷史的文學遺產和沉積物，可能是我們面對的更爲切實的問題。經過八年的時間，陳曉明爲我們呈現了他的這部著作。《眾妙之門》雖然是文本細讀，但是，作者並不是「執著於某一種流派的觀念方法，也不是演繹某一類操作套路，而是回到文本，去接近文本最能激發閱讀興趣和想像力的那些關節，從而打開文本無限豐富廣闊的天地。」〔註 6〕這一看法同布魯克斯、沃倫、布魯姆和納博科夫在細讀西方經典時有異曲同工之處。這些西方大師也不拘泥於某一種方法，只要有益於文本細讀，哪種方法都可以兼蓄並用。比如陳曉明在分析格非的《褐色鳥群》時，不厭其煩地分析那個女人目睹丈夫在棺材裏的情形——丈夫死了，但棺材裏的屍體動了一下。而且是抬起了右手解開了上衣領口的一個口子。這個費解的細節，他做了很長的解讀，甚至這個細節受到生活中哪個故事的啓發都不厭其詳。接著他用譜系的方法一直延續到《約翰預言》，然後告訴我們：「小說敘事的本質可能就在於『說出眞相』；與之相反，『隱瞞眞相』也是（不）說出眞相的一種方式。」當然，他旨在通過《褐色鳥群》的細讀，在分析這篇小說「眞相」的同時，亦告知讀者這篇小說與過去一覽無餘的現實主義小說的巨大區別。當然，對格非等那個黃金時代的先鋒文學作家來說，還是帶來的關於文學語言的變革：「這麼一個群體，雖然風格各異，但還是可以看出他們鮮明的共同的傾向，極爲鮮明的藝術特徵。他們取消了文學與現實直接對話這道意識形態軸心，取而代之的軸心是文學自身。」〔註 7〕語言的變革，才是文學眞正的變革。那種風格學意義上的變化，都是在承繼他們前輩的基礎上實現的。只有語言實現了變革，才是「另起一行」的創造；在細讀余華的《在細雨中呼喊》時，陳曉明用了一個重要的關鍵詞——棄絕。當然這是沿用的德里達的概念，也是從余華的小說中提煉出來的核心概念。那麼余華的《在細雨中呼喊》究竟棄絕了什麼，是陳曉

〔註 6〕陳曉明：《眾妙之門.導言》第 10 頁，北京大學出版社 2015 年 8 月版。
〔註 7〕陳曉明：《眾妙之門》第 42 頁，北京大學出版社 2015 年 8 月版。

明圍繞小說本文要講述的：首先余華改寫了「兒童文學敘事所掩蓋的童年生活。」在陳曉明看來：「余華一向擅長描寫苦難兮兮的生活，我曾說過，他那詭秘的目光從來不屑於注視蔚藍的天空，卻對那些陰暗痛苦的角落沉迷不已。余華對『殘酷』一類的感性經驗具有異乎尋常的心理承受力，他的職業愛好使他在表達『苦難生活』的時候猶如回歸溫馨之鄉。『苦難』這種說法對余華是根本不存在的，因爲它就是生活的本來意義，因而，『我』這個名爲『孫光先』的孩子，生活於棄絕中乃是理所當然的。余華冷靜，娓娓敘述這段幾乎可以說是不幸的童年經歷，確實令人震驚。在這裡，極度貧困的家庭、不負責任且兇狠無賴的父親、孤苦的祖父、屈辱的母親、經常的打罵、被冷落歧視，然後是像貓一樣被送走，又像狗一樣跑回來……。這就是生存的棄絕之境了，也是生存之絕境。在絕境中生存與成長，這是成長殘酷而極端的面向。」但是，在陳曉明看來，「余華的特殊之處就在於他並沒有簡單去羅列那些『棄絕』生活的感性世相，而是去刻畫孤立無援的兒童生活更爲內在的棄絕感。……一個被排斥出家庭生活的兒童，向人們呈示了他奇異而豐富的內心感受，那些生活事件無一不是在童稚奇妙的目光注視下暴露出它們的特殊含義。被家庭成員排斥的孤獨感過早地吞噬了天真的兒童心理，強烈地渴望同情的心理與被無情驅逐的現實構成的衝突，使『我』的生存陷入一系列徒勞無益的絕望掙扎之中，而『呼喊』則是生活含義的全部概括或最高象喻：那是孤獨無助的棄絕境遇，得不到回應的絕境。〔註 8〕在我的余華評論的閱讀經驗裏，應該說，這個分析是相當透徹的。

後來，陳曉明在分析書中提到的所有作品時，幾乎都會使用一個乃至幾個關鍵詞。比如「重複虛構」與馬原、「欲望、暴力與頹廢」與蘇童、「吃與棋」與阿城、「身份政治」與王安憶、「沒落美學」與白先勇、「自我相異性與浪漫主義幽靈」與鐵凝、「性、區隔與荒誕」與王小波、「越界」、「絕境」與王朔、「在地性」與莫言、「去——歷史化」與劉震雲等等。這些關鍵詞是打開這些文本的鑰匙。這就是陳曉明通過文本細讀對作家作品的發現。在這個意義上，陳曉明與西方那幾位大師在具體表述上還是有很大差異的。比如布魯克斯、沃倫、納博科夫等，都沒有採取這種方式，他們的題目就是他們講述的對象。倒是布魯姆的《西方正典》使用了這一「極權主義」的方法。他大膽地斷言莎士比亞是「經典中心，薩繆爾・約翰遜博士是「經典批評家」，歌德《浮士德・第二部》

〔註 8〕陳曉明：《眾妙之門》第 69～70 頁，北京大學出版社 2015 年 8 月版。

是「反經典詩篇」。這種敢於在題目中使用斷語的批評方式，一方面顯示了批評家的自信，一方面當然也面臨著風險——因它的醒目或搶眼，極易遭至辯難甚至反對。但是，當我們試圖挑戰他們的看法時，我們確實也深感爲難。

還需要指出的，是陳曉明在《眾妙之門》中的批評視野。新批評衰落的重要原因之一，是那幾位傲慢的英國紳士，除了英格蘭作家之外，他們幾乎很少涉及其他國家和地區的作家。但是，我發現，陳曉明雖然用的是起源於英倫的批評方法，但卻沒有這一批評的狹隘之氣。他在評價分析中國文學黃金時代的才子才女們時，其譜系關係和承繼關係如數家珍。他分析格非的《褐色鳥群》時，明確地指出：「《褐色鳥群》無疑受到了博爾赫斯的影響。『棋』與『鏡子』就是博爾赫斯小說和詩歌裏經常出現的意象，且這種敘述方式和結構也與博爾赫斯不無關係。《褐色鳥群》某種意義上比博爾赫斯更激進，它不止是揭示眞相，也是眞相的變異。博爾赫斯的眞相最終可以大白於天下，但格非的眞相卻是迷失的，不可確認的。」〔註9〕在格非的其他小說裏，陳曉明甚至發現了格非接受的現代作家施蟄存和徐圩影響；而余華對川端康成、普魯斯特、曼斯菲爾德的崇拜，以及卡夫卡對余華的影響，都被陳曉明看得一目了然；而對克爾凱郭爾「棄絕」哲學的分析，更顯示了陳曉明的理論修養和雄辯風格。在評論王小波的時候，他同時也分析了亨利·米勒的《性》和美國的女權主義者凱特·米利特的《性的政治》。他甚至坦白地指出：「蘇童、余華、格非、孫甘露、北村等人在那個時期的創作——今天或許看的更清楚，我們不得不承認，他們深受莫言的影響。至少莫言爲題目掃清了道路上的障礙。比如蘇童在 1987 年發表的《一九三四年的逃亡》，在當時看來，在今天看來依然是——這是一篇向莫言致敬的作品。『我祖父』、『我祖母』與莫言的『我爺爺』、『我奶奶』有同族之緣。狗崽聳著肩向城市逃亡時走過的那條灑滿月光的道路，與莫言《紅高粱家族》中的羅大爺到縣城去報案走的那條道路，彷彿殊途同歸。《一九三四年》中的『盛開的野菊花』，與淹沒了單家父子的那一池綠水上盛開的野白蓮花何其相像。但到了《罌粟之家》中的『罌粟花』，就開出了蘇童自己的意味。」〔註10〕讀到這樣的批評文字、這樣的發現，我不得不由衷地表示欽佩。我想，即便是蘇童看過後，也不得不心服口服吧。

〔註 9〕陳曉明：《眾妙之門》第 56 頁，北京大學出版社 2015 年 8 月版。
〔註10〕陳曉明：《眾妙之門》第 314 頁，北京大學出版社 2015 年 8 月版。

李敬澤說：「二十多年來，我已經習慣於從曉明先生豐沛的理論思維獲得啓發。他如果僅僅是天馬行空的理論家就好了，但問題是，他竟還是不避庖廚的批評家，把高深的理論鍛造成了具有如絲的文本感受力的刀。由此，曉明先生使得以批評爲業者——比如我——面對著艱巨的高度和難度。」〔註 11〕我想，這既是敬澤的謙虛，也應該是他的由衷之言。

三、《衆妙之門》的超越和可以討論的問題

我不知道是否可以冒昧地說，《眾妙之門》是陳曉明自覺追隨或學習哈羅德·布魯姆《西方正典》的一次寫作實踐，是試圖在中國「重建文本細讀的批評方法」的有意示範。不同的是，陳曉明的工作可能還要困難的多。《西方正典》從莎士比亞、但丁、塞萬提斯、莫里哀到博爾赫斯、喬伊斯、普魯斯特，這些作家的經典性幾乎無可置疑，關鍵是如何重新闡釋他們、重新發現他們。但是陳曉明面對的是中國新近三十年的作家作品。三十年對於文學史來說實在是太短暫了，短暫的時間使這些作家作品的經典化過程還遠遠沒有、也不可能完成，甚至有的作家還在爭議之中，比如王小波。王彬彬曾著文說：「在很大程度上，王小波是被製造出來的一個神話。在王小波不幸逝世後，對他的歌頌達到高潮。當時，應南京一家報紙之約，我寫了一篇《我看王小波》。那是一家小開版的報紙，一版只能發四千多字。約稿的編輯說，字數控制在一版之內。我於是就只寫了四千多字，未能對王小波的作品展開充分的分析。但王小波並非傑出作家的觀點是明確表達了的。王小波的那些小說，在當代算不上一流，寫得比他好的人並不很少。記得王蒙先生曾經說過，王小波的雜文、隨筆比小說好。我完全同意這種看法。但是，那些雜文、隨筆，也沒有好到可以讓王小波成爲「思想家」的程度。雜文、隨筆寫得比王小波好的人，在當代也不並難找。王小波的那些雜文、隨筆，表達了那種自由主義的文化觀念、倫理觀念。這些觀念，是自由主義的常識。一個人，如何能夠憑藉宣傳常識而成爲「思想家」呢？」〔註 12〕王小波在《眾妙之門》中雖然是一個個別的例子，但已經從一個方面說明了當代文學經典構建過程的道路還很漫長。當然這樣的例子不止在中國，在美國也同樣有「被高估的

〔註 11〕見《眾妙之門》封底評語。

〔註 12〕王彬彬：《被高估的與被低估的——在解讀開場白》，《文藝爭鳴》2013 年 2 期。

十五位作家」，〔註 13〕甚至有人指出整個「美國文學被高估」了。〔註 14〕這是指認當代文學經典的困難，也是當代文學研究者的宿命。但是，「經典是有用的，因爲它們可以讓我們以別的方式去處理難以處理的歷史沉積物。它們這麼做靠的是肯定一些作品個更有價值，更值得仔細關注。那些作品的價值是否完全取決於它們以這種方式被挑選出來，則是一個有爭議的問題。經典與非經典的著作之間無論如何都存在著完全不會弄錯的地位差異，雖然它們都進入了經典之中。但是，一旦它們都進入了經典，某些變化就會接踵而至。首先，它們完全被鎖定在它們的時代之中，它們的文本幾乎被凝固了，因爲虔誠的學術使它們變得如此，它們的語言變得越來越隔膜。其次，面對這種現實，它們又自相矛盾地力圖擺脫時代的束縛。第三，由於經典被作爲一個整體來對待，所以各個獨立的部分不僅憑藉其自身的價值成爲經典作品，而且也成爲這個更大的整體的一部分。第四，這個整體以及它的所有相互關聯的部分，都可被認爲具有無窮無盡的意義。」〔註 15〕這是經典與權力關係帶來的必然後果。

需要指出的是，《眾妙之門》雖然旨在「重建文本細讀的批評方法」，但是，陳曉明在貫徹這一思想的同時，他還是難以完全擺脫對「觀念」的迷戀。在行文中，面對馬原、格非、余華、蘇童等先鋒小說家，他的這一特點延續了《無邊的挑戰》立場和言說方式，這大可理解。但是，即便面對王安憶、鐵凝、賈平凹等作家時，他仍然不時展示他雄辯的風采：他在分析鐵凝時說：「反抗主體同一性的自我相異性。由此可以理解鐵凝表現的女性與自我相異性的那種衝動，植根於生命律令這一意義。自我相異性，實際上要擺脫的是社會給予的存在邏輯，女性要成爲更具生命本能意義上的自我；那個本己之己是社會規訓的自我。」〔註 16〕他在分析賈平凹時，不斷闡釋德里達的「絕境」概念以及德里達對海德格爾的評價。類似的表達在《眾妙之門》中幾乎隨處可見。陳曉明沒有像納博科夫那樣對場景、人物、人物關係等不厭其煩的「細讀」。我們究竟應該怎樣評價陳曉明理解的文本「細讀」，也確實頗費躊躇。有研究者評價說：「50 年代以後，『新批評』逐漸衰落。其原因除了極

〔註 13〕《中華讀書報》2010 年 8 月 11 日。

〔註 14〕《郭小櫓稱美國文學被高估》，《新京報》2014 年 1 月 25 日。

〔註 15〕弗蘭克·克莫德：《經典與時代》，見閻嘉編《文學理論精粹讀本》57 頁，中國人民大學出版社 2006 年版。

〔註 16〕陳曉明：《眾妙之門·導言》第 207 頁，北京大學出版社 2015 年 8 月版。

端地以英格蘭爲中心、認識問題過於偏狹外，韋勒克還認爲：『新批評』使文學批評的重心從文學的外部因素轉移到內部因素，這本來具有革命性的積極意義，人們開始關注文學的審美性，關注文本的形式研究。……但是，外部研究並非沒有價値，……布魯克斯也認爲，批評在許多情況下都大大需要語言史、思想史和文學史的幫助，批評與正統研究在原則上並非格格不入，而是相輔相成，只不過對作者心理和經歷或者讀者感受進行研究『雖然很有價値，很有必要，卻不能等同於對文學作品本身的研究。』」〔註 17〕「新批評」的封閉性也在其他研究者那裏受到過批評和檢討。如果是這樣的話，那麼陳曉明經常借助其他理論和方法來闡釋分析他的文本，也可以說是在修正新批評的完全忽略外部研究的偏差。或者說，在中國的語境中，關於文學觀念的變革，實在是一件艱難的事情。陳曉明的用心在這個意義上可謂「良苦」。

對有些作品的譜系分析，也有遺漏之嫌。比如在分析莫言的《豐乳肥臀》時，他正確地寫到：「上官魯氏勝利一對雙胞胎，男孩取名上官金童。這個男孩是個混血兒，是上官魯氏與瑞典籍的神父馬洛亞偷情的結果。上官金童作爲一個男孩，是一個家族的希望所在，卻是母親與帝國主義神父偷情的產物，這形成一個內涵豐富的暗喻。」〔註 18〕承認莫言的才華沒有問題。但問題是，《豐乳肥臀》發表於 1995 年 11 月，而此前劉恒的《蒼河白日夢》於 1993 年出版。上官魯氏與曹家二奶奶鄭玉楠與來自法國的技師（後來版本改爲來自瑞典）大路通姦，生下了金髮碧眼的嬰兒如出一轍。後來劉恒將來自法國的技師改爲來自瑞典，顯然也不是隨意爲之。還有，對於本書內容的安排，大概還是略有瑕疵——第十章《「動刀」的暴力美學》、第十五章《「逃離」與文本敞開的浪漫主義》，應該是對文學現象的分析和闡釋，而不能納入到文本細讀的範疇，儘管這些現象在當代文學中是一個了不起的發現；書中有些概念也確實需要討論商榷。比如「晚鬱時期」：「我們需要去理解漢語文學所達到的一種境界——漢語文學成熟的晚期風格或『後鬱時期』。這就是說隨著一批中國作家走向成熟（他們已都人到中年），中國當代文學從 20 世紀初期的青春／革命寫作，轉向了 20 世紀後期及 21 世紀初期的中年寫作或類似賽義德所言的晚期風格（late style）一類的『晚鬱時期』（the belatedmellow period）」

〔註 17〕瑪麗琳・巴特勒：《重新佔有過去：——一種開放性文學史的個案》，閻嘉主編《文學理論精粹讀本》105～106 頁，中國人民大學出版社 2006 年版。

〔註 18〕陳曉明：《眾妙之門》第 319 頁，北京大學出版社 2015 年 8 月版。

〔註19〕這一段話裏，「晚鬱時期」、「後鬱時期」、「晚期風格」等羅列在一起，也確實構成了很大的閱讀障礙。其實，後來他解釋說「晚鬱時期」也就是「遲來的成熟時期」。如果就用「遲來的成熟時期」就不會沒有人理解。我記得在海南召開的中國當代文學年會上，當曉明宣讀完他的這一論文時，當時就有人指出「晚鬱風格」沒有一個人懂。這當然是一個極端的例子；還有，本書已經被北京大學列爲「精品教材」，而且曉明也從 2004 年開始，講了四、五輪課，那麼，如果能多一些課堂氣息可能讀起來會更親切。現在的面貌還是「高頭講章」——嚴整而無懈可擊。

當然，這些都需要討論的問題。我欽佩的是陳曉明教授通過文本細讀的方式，對建構中國近 30 年來文學經典孜孜不倦的努力。這個努力也許超越了文學的範疇。我們知道，當代中國的價值觀正在發生巨大的變化。這個變化我們由衷的感受是喜憂參半，甚至更不樂觀。在這樣的語境中，如何佔有過去的文學遺產，如何確立我們的文學經典，就成爲一種戰鬥或爭奪。爲了我們中國文學的聲譽不再淪落，爲了我們的文學經典不再受到威脅，我們必須參與其間。如果是這樣的話，那麼，陳曉明包括《眾妙之門》的努力，終將會在更大的範疇內產生它應有的影響，他的重要性將會在未來的時間裏進一步得到證實。

2015 年 9 月 26 日於北京

〔註19〕陳曉明：《眾妙之門》第 346 頁，北京大學出版社 2015 年 8 月版。

並未終結的「八十年代」
——程光煒與當下中國文學的一種潮流

「八十年代」，是當下中國文學研究和創作的一個重要的關鍵詞。或者說，不僅研究者將「八十年代」逐漸做成了一門「顯學」，成爲當代中國文學研究新的學術生長點，而且在創作領域、特別是小說創作，「八十年代」的時代環境和場景，也越來越多地出現在不同作家作品中。無論是「重返」還是「再現」，「八十年代」又如千座高原般地佇立在我們面前。這個現象提醒我們注意的是：八十年代已經成爲過去，但是，八十年代一直沒有終結。而對這一研究領域做出開拓性貢獻的，是著名學者程光煒教授。

從 2005 年開始，程光煒陸續發表了他針對「八十年代」的研究成果。這些成果是：《文學講稿：「八十年代」作爲方法》（北京大學出版社 2009）、《文學史的興起》（河南大學出版社 2009）、《當代文學的歷史化》（北京大學出版社 2011），主編了《重返八十年代》、《文學史的潛力》等。這些成果不僅表達了程光煒先生研究的對象、範疇，而且彰顯了他新的文學史研究的視野、方法和觀念。程光煒的研究開闢了當代中國文學研究新的空間，他將文學的「八十年代」經過知識化、歷史化和系統化告知我們，即便是切近的文學歷史，也可以做成「學問」。他認爲：「新時期不光確指 1978 年以來的這一歷史階段，而且也是表明這一階段文學性質、任務和審美選擇的一個最根本的特徵。更何況，它被視爲是一種對『十七年文學』和『文革文學』清算、反撥、矯正和超越的文學形態，具有顯而易見的『歷史進步性』，充分顯示出『當代文學』對文學性的恢復與堅持的態度。正是這一點，成爲它穩固存在的一個相當有說服力的歷史依據。」事實的確如此。應該說，在程光煒先生的帶動下，對文學「八十年代」的研究正風起雲湧方興未艾。後來我們看到的關於「八十年代」的訪談、研究乃至創作，雖然不能說受到了程光煒研究的直接影響，但總有千絲萬縷的聯繫是沒有問題的。

程光煒對「八十年代」文學研究始於2000年，或者說，他從這一年開始準備，直到2005年，他本人並帶領他的博士研究生，開始陸續在學術刊物上發表研究成果。在談到這一研究緣起的時候程光煒說：「我曾說過八十年代是個制高點，它同時也像個交通樞紐，是聯繫『十七年文學』和九十年代文學的樞紐。我們重返八十年代文學，實際上是對過去的八十年代文學批評的反思，是清理和整理性的工作。我們不會簡單地認同那個結論，而是把它作爲起點，思考那代批評家或作家爲什麼會這樣想問題，背後支撐的東西是什麼，我們想回到歷史的複雜性裏面去。」「我們今天來研究過去幾十年的歷史，怎麼重新獲得當時那種歷史感？我是親歷者，但對我的80後博士生來講，他們怎麼去獲得那個他們還沒出生的時候的歷史感？作爲研究文學和文學史的學者，歷史感是很重要的，一定要體貼歷史，同情歷史，那些作家和作品已經成爲歷史的亡靈，要跟這些亡靈對話。第二是我們用什麼途徑進去？也就是研究方法，研究方法並不是現成擺在那的，我們要不斷地去尋找、去重建，又要不斷推翻，重新懷疑。學問就是懷疑，我們的課堂很平等，學生也經常懷疑我的想法，我也會批評學生，作爲研究者，我們是平等的。」〔註1〕從這一立場出發，程光煒不僅建立了自己新的學術研究領地，發表了大量文章和專著，而且他通過這一發現，帶出了許多優秀的青年學者——楊慶祥、黃平、楊曉帆、劉紅霞等就來自程光煒的「八十年代」討論的課堂。

我們知道，從80年代中期開始，黃子平、陳平原、錢理群提出「20世紀中國文學」之後，試圖將百年中國文學作爲「整體」進行嘗試的「文學史研究」一直沒有終止。至今，以「二十世紀中國文學」爲題目的專著或教材已經出版多部。這些研究確實改變了百年中國「近代」、「現代」、「當代」「三分天下的文學史研究格局，爲百年中國文學史研究帶來了新的氣象和面貌。但是，值得注意的是，在文學史寫作實踐中，「當代文學」並沒有被廢除，洪子誠的《中國當代文學史》、陳思和的《中國當代文學史教程》、董健、丁帆、王彬彬的《中國當代文學史新稿》以及我和程光煒的《中國當代文學發展史》，

〔註1〕程光煒：《重返80年代：尋找精神來路》，羊城晚報2013年7月9日。

仍然是許多大學使用的當代文學史教材。當代文學在百年中國文學史中的特殊性，是它能夠相對獨立存在的基本前提。它所承載的巨大的歷史內容，仍然是我們今天無可迴避的精神難題。如果是這樣的話，程光煒將「八十年代」「另闢一章」，與我們對「當代文學」的理解就有了同構關係。我注意到程光煒在《文學講稿：「八十年代」作爲方法》一書中關注的問題與「方法」。一般來說，有價值的學術研究應該做的工作是：塡補空白、糾正通說、重估主流和發現邊緣。而程光煒關注的問題比如《文學史與 80 年代「主流文學」》、《文學的緊張——〈公開的情書〉、〈飛天〉與 80 年代「主流批評」》、《第四次文代會與 1979 年的多重接受》」等提出的問題，就是對 80 年代主流創作與批評的重估；《一個被重構的「西方」》、《人道主義的討論——一個未完成的文學預案》、《經典的構築和變動》等，或糾正了通說，或是發展性的研究；而「文學作品的文化研究」中，對王蒙的《布禮》、劉心武的《班主任》、禮平的《晚霞消失的時候》、韓少功的《爸爸爸》、王安憶「三戀」的重新解讀和批評，改寫了過去對這些作品的評價方式和方法。程光煒卓有成效的工作，引起了許多學者特別是青年學者的積極回應。而有「學院左翼」背景的李陀、劉禾、唐小兵、賀桂梅、羅崗、倪文尖等學者，也紛紛參與了這一工作。2012 年 6 月中國人民大學文學院文藝思潮研究所與美國哥倫比亞大學東亞系在京聯合舉辦的「路遙與八十年代文學的展開」國際學術研討會，無論從內容還是問題的提出，都可以看做是對程光煒教授工作範疇的某種延續。

2012 年，羅崗在《「前三年」與「後三年」：「重返八十年代」的另一種方式》〔註 2〕中，特別是通過 80 年代「後三年」的歷史性變化，並以「新寫實

〔註 2〕羅崗認爲：成效與危機並存，這就是「後三年」所面臨的複雜狀況。就「成效」而言，「市場經濟體制」的逐步確立自然意味著「現代化」敘事佔據主導地位，傳統「革命」敘事逐漸退場。「王朔熱」的出現尤其是那份「頑主」式地戲謔「革命」傳統的自信，對應著的就是這一歷史過程；從「危機」來看，雖然不至於完全破壞「改革」的共識，卻分化出對「改革」的不同理解，堅持在社會主義自我更新的框架內進行「改革」與激進地要求按照西方市場經濟模式進行「改革」，構成了這種理解圖譜的兩極，中間自然還有形形色色的過渡形態；更關鍵的則是，人們開始意識到「改革」不僅不能解決所有的問題，還帶來了新的問題，而且這些新問題是以前沒有遇見過的，也找不到現成的解決方案，這就導致了一種前所未有的焦慮感和危機感。譬如當時從中央關於精神文明建設的文件到媒體圍繞各種社會新聞展開的討論，都涉及到所謂「一切向錢看」帶來社會風氣敗壞、道德淪喪的問題，儘管可以在理論上弘揚「共產主義道德」來抵制「一切向錢看」的風氣，但找不到從根本上

小說」爲例宣告了「80 年代的終結」。但事實可能遠非如此。作爲物理時間的「80 年代」無可避免地終結了，但作爲文學史意義上的「80 年代」，一直沒有成爲過去。即便是「新寫實小說」與後來「底層寫作」的譜系關係，至今仍然是一個未被言說的秘密。這可能也正是程光煒對 80 年代文學研究意義的一個方面。那個時代未被認知的文學問題大概遠遠多於我們已知的。

另一方面，我發現將 80 年代作爲小說的環境、背景，同時反省和檢討 80 年代的「光榮與夢想」，業已成爲一個重要的小說現象。比如艾偉的《風和日麗》、格非的《春盡江南》、蔣韻的《行走的年代》、李曉樺的《世紀病人》等。這些作品重新想像、也重新構建和塑造了 80 年代的歷史以及從 80 年代走過的人物。格非的《春盡江南》，講述的是變革時代知識分子心靈受到的衝擊，但卻示喻了這個時代整體的精神裂變。因此，這是一部與我們當下的精神處境相關的小說。故事開始於 80 年代末一個文藝女青年和一個詩人之間的相遇，這是那個年代常有的浪漫故事，是蔣韻在《行走的年代》中曾爲讀者呈現的詩意篇章：文藝女青年委身於僞詩人，眞詩人的女神黯然夭亡，小說結尾文藝女青年離開大學到鄉下當了小學老師，而她也終於見到眞詩人。而此時的詩人已棄文從商，並聲稱自己從來不是個詩人。這個感傷的文本爲我們緬懷那個時代提供了最好的起點。《行走的年代》的不同，就在於它寫出了那個時代的熱烈、悠長、高蹈和尊嚴，它與世俗世界沒有關係，它在天空與大地之間飛翔。詩歌、行走、友誼、愛情、生死、別離以及酒、徹夜長談等表意符號，構成了《行走的年代》浪漫主義獨特的氣質。但是，當浪漫遭遇現實，當理想降落到大地，留下的青春過後的追憶也僅此而已。因此，這是一個追憶、一種檢討，是一部「爲了忘卻的紀念」。那代人的青春時節就這樣如滿山杜鵑，在春風裏怒號並帶血綻放。不誇張地說，蔣韻寫出了我們內心流淌卻久未唱出的「青春之歌」。而《春盡江南》似乎是接著這個故事往下說的：當一個文藝女青年遇到一個眞詩人，他們從高揚理想的激情時代共同走進物欲橫流的滾滾紅塵之中會怎麼樣？文藝女青年秀蓉改名爲家玉，通過奮鬥成

杜絕這一風氣的方式。正如一句流行語——「錢不是萬能的，沒有錢卻是萬萬不能的」——表明的，「市場經濟體制」的逐步形成不僅確立了「金錢」關係的合法性，而且進一步將各種複雜的社會關係重置於「金錢」的客觀性上，由此使得人與自我、人與社會以及人與國家的關係發生了一系列根本性的變化，並最終導致了「80 年代」的終結。見《「前三年」與「後三年」：「重返八十年代」的另一種方式》，載《文景》2012 年 12 期。

爲一名律師，徹底告別了過去的自己和過去的時代，詩人譚端午還是詩人，但他還是80年代的詩人嗎？

李曉樺是詩人、作家，他曾獲得過全國優秀詩歌獎，但他似乎又並不以文學爲業。他有多種經歷，曾入伍當兵、下海經商，遠走國外。在2014年，他捲土重來發表了長篇小說《世紀病人》。這是一部讓我們震驚不已的小說，小說用黑色幽默的筆法，講述了一個在第一世界與第三世界之間的邊緣人的生存與精神狀況。欲罷不能的過去與無可奈何的現狀打造出的這個「世紀病人」，讓人忍俊不禁的同時，更讓人不由得悲從中來。這是我們多年不曾見過的具有「共名」價值的人物。從某種意義上說，我們可能都是「世紀病人」。

這是一部用「病人囈語」方式講述的一部小說，是在虛構與紀實之間任意穿越的小說，是在理想與自由邊緣舉棋不定充滿悖論的小說，當然，它還是一部痛定思痛野心勃勃的小說。講述者「李曉樺」一出現，就處在了兩個世界的邊緣地帶：他離開了祖國，自我放逐於異國他鄉；他也不可能進入加國的主流文化，這一尷尬的個人處境注定了主人公的社會身份和精神地位。於是我們看到的是李曉樺矛盾、茫然、無根、無望、有來路無去處的精神處境。他看到了那些在異國他鄉同胞的生活狀態，他們只爲了活著而忙碌。李曉樺在應對了無意義生活的同時，他只能將思緒安放在曾經經歷的歷史或過去。我注意到，小說多次講到主人公當兵的經歷，講他站崗、出差、到軍隊辦的雜誌當編輯、成爲軍旅詩人；講他與國內作家的關係、喝酒吃飯、到京豐賓館開文學的會，寫到了莫言、王朔、劉震雲、王海鴒等；他還提到他那首要和鬼子決鬥的詩以及夢見老作家葉楠，當然他還寫了那難忘的與「二炮」女兵喝酒的情形。還有，他還寫到那個將軍的女兒愛美，她隨丈夫到了溫哥華，她全部的念想就是期待女兒的成功，成爲一名能跳「小天鵝」的芭蕾舞明星。爲此，她甚至連父母離世她都沒有回國見上最後一面。李曉樺顯然在質疑這一生活道路的選擇。

一切都破碎了。歷史與現實都已經是難以拾掇的碎片，既不能連綴又難以割捨。是進亦憂退亦憂，前路茫茫無知己，這是此時李曉樺的心境，當然也是我們共同的心境。小說中有這樣一段話：「家爲心之所在。我之所以要還鄉，就是爲了找到一個地方，把心安放。可我發現我無法找到。因爲，家爲心之所在，而心在流浪中已不知遺忘在何處。心丟了，家何在啊？！」小說有鮮明的八十年代精神遺產的風韻，也許，只有經歷過這個年代的作家，才有如此痛苦的詩意，有如此強烈的歷史感和悲劇性，才會寫得如此風流倜儻一覽無餘。

文學史反覆證實，任何一個能在文學史上存留下來並對後來的文學產生影響的文學現象，首先是創造了獨特的文學人物，特別是那些「共名」的文學人物。比如十九世紀的俄國，普希金、萊蒙托夫、岡察洛夫、契珂夫等共同創造的「多餘人」的形象，深刻地影響了法國的「局外人」、英國的「漂泊者」、日本的「逃遁者」、美國的「遁世少年」等人物，這些人物代表了西方不同時期文學成就。如果沒有這些人物，西方文學的巨大影響就無從談起；中國二三十年代也出現了不同的「多餘人」形象，如魯迅筆下的涓生、郁達夫筆下的「零餘者」、巴金筆下的覺新、柔石筆下的蕭澗秋、葉聖陶筆下的倪煥之、曹禺筆下的周萍等等。新時期現代派文學中的反抗者形象，「新寫實文學」中的小人物形象，以莊之蝶爲代表的知識分子形象，王朔的「頑主」等，也是這個「多餘人」形象譜系的當代表達。「世紀病人」是這個譜系中的人物。不同的是，他還在追問關于歸屬、尊嚴、孤獨、價值等終極問題。他在否定中有肯定，在放棄中有不捨。他的不徹底性不是他個人的問題，那是我們這一代人共同的屬性。他內心深處的矛盾、孤魂野鬼式的落魄、以及心有不甘的那份餘勇，都如此恰如其分地擊中我們的內心。於是我想到，我們都是世紀病人。於是，世紀病人、「李曉樺」就這樣成了我們這個時代的「共名」人物。

「80 年代」就這樣在批評和小說中構成了一種當下新的文學潮流。而它背後隱含的更爲有抱負的宏大訴求，我們可能在不久的將來就會看到。

全球化語境與中國的文化問題
——評戴錦華的中國當代文化研究

文化研究在中國的興起並日益成爲「顯學」的看法，在學界大概不會遭遇歧義。我們不僅隨處可以看到前沿雜誌發表的文化研究的文章，看到不斷出版的文化研究的專著，而且在著名的大學課堂上已經開設了文化研究的專門課程，成立了專門的「文化研究研究室」〔註1〕同時也出現了專業性的《文化研究》雜誌。〔註2〕這一現象證實了文化研究地位在中國的確立，而且其本身就是文化研究有趣的話題之一：一方面，文化研究的範疇歧義叢生，學科界限模糊不清；一方面，文化研究又規模巨大，參與熱情空前高漲。這一領域，就像一個嘈雜紛亂的建材市場，每個專業工人都懷抱著新型的建築材料，奔向沒有邊界的建築工地，然後在一個沒有藍圖的建築方案上，搭建不知所終的宏偉樓盤。但也正是這樣一塊自由的理論「飛地」，爲研究者和實踐者提供了理論想像與構建的巨大空間：腳下是無邊的「千座高原」，前方是沒有盡頭的天高地遠。

文化研究於20世紀50年代在英國獲得立足點之後，雖然出版了理查德・霍加特的《文化的用途》、雷蒙・威廉姆斯的《文化與社會》、E・P・湯普森的《英國工人階級的形成》等經典著作，爲文化研究奠定了理論基礎和研究對象範例。但對文化研究作爲一個學科的理解仍然莫衷一是。但有一點可以

〔註1〕1995年10月，著名學者戴錦華在北京大學成立了「北京大學比較文學與比較文化研究所文化研究研究室」，她自己戲稱爲「文化研究工作坊」。

〔註2〕《文化研究》雜誌由陶東風、金元浦、高丙中主編，2000年6月在北京創刊，由天津社會科學院出版社出版。

肯定的是，文化研究的興起與馬克思主義在西方的現代復興有密切關係。這不止是說葛蘭西的「文化領導權」理論點燃了文化研究理論的靈感，推動了文化研究的發展，而且從文化研究關注的某些對象上，也可看到馬克思主義的深刻影響。〔註3〕儘管至今文化研究的界限仍不清晰，但它的大致範疇還是可以描述並大致可以達成共識的。這就是：1.與傳統文學研究注重歷史經典不同，文化研究注重研究當代文化；2.與傳統文學研究注重精英文化不同，文化研究注重大眾文化，尤其是以影視爲媒介的大眾文化；3.與傳統文學研究注重主流文化不同，文化研究重視被主流文化排斥的邊緣文化和亞文化，如資本主義社會中的工人階級亞文化，女性文化以及被壓迫民族的文化經驗和文化身份；4.與傳統文學研究將自身封閉在象牙塔中不同，文化研究注意與社會保持密切的聯繫，關注文化中蘊涵的權力關係及其運作機制，如文化政策的制訂和實施；5.提倡一種跨學科、超學科甚至反學科的態度與研究方法。〔註4〕這一描述雖然粗略，但大致可以窺見文化研究的基本邊界。

文化研究作爲一個跨國性的理論現象，與全球化的語境密切相關，同時也與在全球化的影響下，中國文化出現的新的複雜的文化景觀密切相關。因此，文化研究在中國的興起，就不應僅僅看作是對西方理論潮流的時尚性追逐。但值得注意的是，文化研究在我國興起之後，仍然是理論討論多於訴諸具體的批評實踐。如上所述，當諸如文化研究的定義、範疇、學科界限被爭論得一場糊塗的時候，再糾纏這些問題就顯得瑣屑而空洞。對於當代中國文化的現實而言沒有實際意義。

著名學者戴錦華是研究電影史的專家，是著名的中國當代文學研究者。進入 90 年代以後，她在自己的專業領域展開學術活動的同時，也對當下中國文

〔註 3〕理查德·約翰生在《究竟什麼是文化研究》中描述了文化研究之一翼受馬克思主義影響的三個方面：第一、文化研究與社會關係密切相關，尤其是與階級關係和階級構形，與性分化，與社會關係的種族建構，以及與作爲從屬形式的年齡壓迫（age oppressions）的關係。第二、文化研究涉及權力問題，有助於促進個體和社會團體能力的非對稱發展，使之限定和實現各自的需要。第三、鑒於前兩個問題，文化既不是自治的也不是外在地決定的領域，而是社會差異和社會鬥爭的場所。這決非窮盡了現存狀況下仍然活躍的、充滿生機的、隨機應變的馬克思主義因素，只要它們也在細緻的研究中受到批判、得到發展的話。見羅鋼、劉象愚主編《文化研究讀本》，中國社會科學出版社 2000 年 9 月版 5 頁。

〔註 4〕羅鋼、劉象愚主編《文化研究讀本·前言：文化研究的歷史、理論與方法》，同上。

化問題進入了深入而卓有建樹的研究。這主要反映在她的《隱形書寫——90年代中國文化研究》和《書寫文化英雄——世紀之交的文化英雄》兩本著作中。這兩本著作是針對中國當下、特別是90年代以來文化現實做出的重要的研究成果。進入90年代，具體地說是1993年之後，中國的大眾文化和文化消費市場才眞正得以建立。大眾文化雖然在80年代初期就已經在中國登陸，但由於不同的歷史處境，那一時代的大眾文化還處在地下或半地下狀態。〔註5〕鄧麗君儘管已經被大陸青年所接受甚至喜愛，但她仍然被主流意識形態認爲是個「異數」，是個資本主義的抒情歌星。因此，大眾文化在80年代還不具有生產和消費的合法性。1993年之後，「南巡講話」的精神得以貫徹，文化領域意識形態控制的鬆動和文化市場的初步形成，以及以電視爲代表的大眾傳媒的激進發展，不僅促進了大眾文化生產的規模，同時也使這一文化形態獲得了未作宣告的合法性地位。然而，突如其來的文化生產有限度的自由，卻使文化生產和消費市場慌亂而無序：中國的大眾文化生產就像一個巨大的實驗場所，幾乎無奇不有。這一東方奇觀雖然爲官方的治理整頓帶來了空前的麻煩，而對於文化研究者來說卻恰逢其時。

戴錦華較早地意識到了大眾文化時代到來對文化研究者意味著什麼：90年代中國社會轉型對人文學者們所構成的挑戰，不僅僅意味著研究與關注對象的轉移與擴展，而且意味著對既定知識結構、話語系統的質疑；它同時意味著對發言人的現實立場和理論立場的追問。如果說，站立於經典文化的「孤島」上，將雜蕪且蓬勃的「大眾」文化指斥爲「垃圾」並慨歎當代的「荒原」或「廢都」，是一種於事無補的姿態，那麼，熱情洋溢地擁抱「大眾」文化，或以大理石的基座、黑絲絨的襯底將其映襯爲當代文化的「瑰寶」，則同樣無益且可疑。在此，且無論中國是否已進入或接近了一個「後現代」境況，也不論西方的「後現代」情境是否眞正「填平了雅俗鴻溝」，在今日之中國，一個不容置疑的事實是，「大眾」文化不但成了日常生活化的意識形態的構造者

〔註5〕需要說明的是，大眾文化是一個需要識別的概念，也就是說，五四運動之後，精英知識分子致力於大眾文化的實踐。特別是1942年，經過「走向民間」運動，知識分子完成了話語的民間「轉譯」，他們創作了人民大眾喜聞樂見的具有民族風格和民族氣派的作品。但有趣的是，這一大眾化的文化形式所負載的恰恰是國家民族的意識形態，建構起的是階級、民族的政治。而這裡所說的大眾文化，是在全球化資本主義過程中形成的具有中國特色的，同時又具有消費功能的文化形態。在同一個概念裏，蘊涵了兩種截然不同的文化內容和功能。

和主要承載者，而且還氣勢洶洶地要求在漸趨分裂並多元的社會主流文化中佔有一席之地。簡單的肯定或否定都無助於拓清這一斑駁多端而又生機勃勃的文化格局。〔註6〕這一明確的意識既可以看作是戴錦華在欠發達的中國語境中，對文化研究的一種理解，也可以看作是她對當下中國大眾文化的一種立場和態度。

在沒有邊界的文化研究中，傳媒是一個沒有爭議的關鍵詞。這不止是說網絡的發展爲人們描繪了一幅「天涯若比鄰」的電子幻覺，「地球村」在電子幻覺中已然落成，重要的是，在中國的語境中，「傳媒系統的爆炸式的發展與呈幾何級數的擴張。」〔註7〕這一判斷我們在其他統計數據中也獲得了證實：至90年代末期，我國的藝術表演團體已達2632個，圖書館有2767所，廣播電臺296個，電影製片廠31個，每年生產故事片150餘部（已占世界第六位），電視臺357座，每年生產電視劇6227部（集），出版社530家，每年出版圖書14萬多種，其中文學圖書占百分之十左右，雜誌有8187種，其中文學刊物約537種，報紙2038種。再加上數以萬計、難以統計的盒式錄音帶、CD、VCD音像製品等，一個在傳媒宰制下的龐大的文化市場已經形成。因此，與大眾文化相關的消費形式幾乎都與傳媒密切相關，但其間隱含的權力關係卻沒有得到眞正的揭示。在戴錦華的文化研究中，一方面，她看到了進入90年代以來，「昔日的經典權力開始以種種途徑轉化爲企業資本或個人資本」，而在傳媒系統，由於多種資金以不同渠道的介入和商業操作因素的日益擴張，電視傳媒系統已經「成爲聚斂金錢的聚寶盆」，因此，「多種資金湧入電視／傳媒系統的事實，並未徹底改變中國傳媒之爲權力媒介的特徵」，〔註8〕「而且在轉型期的社會現實中，事實上成了某種超級權力的形式，履行著超載（或曰越權）的多重社會功能。」〔註9〕在相關的文化研究著作中，這就是被稱爲媒體帝國主義的傳媒霸權。〔註10〕

在傳媒的權力結構中，引導社會文化消費時尚，製造虛假的「大眾」意願，是其突出的功能之一。在戴錦華的文化研究活動中，她踐諾了決不簡單

〔註6〕戴錦華：《隱形書寫——90年代中國文化研究》，2～3頁，江蘇人民出版社1999年9月版。

〔註7〕同上，23頁，25頁、38頁。

〔註8〕同上，23頁，25頁、38頁。

〔註9〕同上，23頁，25頁、38頁。

〔註10〕如英國學者湯林森在《文化帝國主義》一書中的論述。

肯定／否定的情感立場，而是通過堂而皇之的合法性符號，拓清了隱含的所指。比如對「大眾」這一概念的梳理與剝離，使這一本來已經發生了深刻變異的概念，凸現了它當下的內涵和意義：90 年代，中國大眾文化的重提，無疑聯繫著文化工業與文化市場系統的再度出現；於是「大眾」，這個事實上已被近代以來西學東漸進程所深刻改寫了的詞語，便顯露出另外一些層面：首先是在對大眾文化持拒絕、批判態度的文化討論中，隱約顯現出的尼采、利維斯、艾略特這一理論脈絡上的「大眾」觀；在這一脈絡中，「大眾」一詞意爲「烏合之眾」，充滿了貴族／精英文化視域中的輕蔑之意。90 年代大眾文化的批判者更多採取的，則是延續並改寫了這一理論論述的法蘭克福學派的思想資源。在後者的西方馬克思主義的立場上，「大眾社會」有著原子化社會的特徵，而「大眾文化」則是一種自上而下、實施社會控制、澆注「社會水泥」的重要方式與途徑。但是如果說，對大眾文化的批判和拒絕，間或包含著「借喻」式的對昔日標語口號式的政治宣傳與意識形態控制的批判，那麼，對大眾文化的輕蔑與厭惡，卻又無疑與作爲中國知識界基本共識的社會民主理想，發生了深刻而內在的結構性衝突。〔註 11〕這樣的分析不僅具有迷人的邏輯魅力，重要的是，在不同的歷史中，「大眾」對於研究者來說究竟意味著什麼。這一理論識別，不僅使文化民粹主義失去了「大眾文化立場」自我陶醉的可能，同時也使堅決拒絕大眾文化的精英主義立場暴露了其社會民主理想的狹隘邊界。因此，今日之「大眾」是作爲社會消費、娛樂主體的意義上被使用的。

對「大眾」這一概念的拓清，在某種意義上說也就拓清了「大眾文化」的內涵。傳媒利用這一概念「歷史合法性」的動機不難理解，但同時它卻有意略去了自身權力控制的那一部分。事實上，90 年代中國大眾文化的全部複雜性，必須將其和傳媒控制下的文化生產過程結合起來才能得到解釋。也正是在這樣意願的支配下，戴錦華帶領她的學生，經過數年的訓練、調查和研究，完成了《書寫文化英雄——世紀之交的文化研究》這部著作。這是一本專題性的研究，也是一本結合社會學、文化人類學、歷史學、政治經濟學、傳播學等相關學科理論資源完成的一部著作。在我看來，文化研究人才規模化的培養和訓練，其意義可能要遠遠超出這部著作本身。當然這樣說並不意味這部著作不重要，事實上，正是這樣一批年輕的文化研究學者在戴錦華的

〔註 11〕《隱形書寫》10～11 頁。

指導下，完成或實現了當下中國最具代表性的文化研究成果。如果說戴錦華的《隱形書寫》是試圖對 90 年代中國文化作出整體性描述或闡釋的話，那麼，《書寫文化英雄》就是對世紀之交中國具有典型性、表徵性的文化現象的「個案」研究。這一研究，描述出了中國當下文化消費市場交織的主流文化（如於洪梅的《鋼鐵是怎樣煉成的》在中國不同語境下的接受及在 90 年代特殊語意的闡釋）、知識分子文化（如楊早對以陳寅恪、顧準爲中心的 90 年代文化英雄的符號與象徵的分析）、市場文化（書中大多篇幅）的複雜景觀。

這些文化「個案」對我們說來並不陌生，它們是我們親歷的文化現象，是我們關心並試圖作出解釋的文化現象。但值得注意的是，無論是哪一種文化現象（文化英雄），在 90 年代以來的歷史處境中，它們爲什麼都無一例外地在媒體覆蓋性、轟炸性的炒做中成爲被消費的對象？楊早在分析陳寅恪時指出：學界的討論和張揚雖然爲大眾文化的接受提供了權威性的資源，但他們眞正被作爲一種「文化英雄」的符號，在社會的普遍關注中構造成型，是在這些人物的經歷被暢銷書和傳媒通俗化、傳奇化之後〔註 12〕發生的。因此，「無鳌頭遭遇.com」不僅示喻了又一個時代的文化症候，重要的是「凡人」不止要說話，在圖書市場和民間書店構成的文化空間中，「文化英雄」作爲一種可資利用和消費的政治象徵和文化資源，理所當然會成爲有利可圖的爭奪對象。

更有趣的是于洪梅對電視連續劇《鋼鐵是怎樣煉成的》接受反饋的思考。文章不僅分析了中國特色獨具的「社會效益與經濟效益」的同構和互動關係，而且在分析「90 年代『煉鋼』史」中，突出浮現了隱秘已久的冬妮亞的角色。從劉小楓的《紀戀冬妮亞》開始，對這部紅色經典的解讀發生了意味深長的變化：那個資產階級小姐甚至比主角保爾給人留下過更久遠的印象。中國編劇們對冬妮亞和保爾的「重塑」也具有了 90 年代特有的時代風采。飾演保爾的演員從熒屏上走下來，脫掉保爾的軍裝也可以做中國的廣告。與冬妮亞的走紅構成呼應關係的，是中國「中產階級」的自我書寫。騰威對「1998 年中國文化市場『隱私熱』現象的報告」，以大量翔實的材料向我們揭示了中國「中產階級」的趣味和自我書寫背後的訴求。

〔註 12〕楊早：《90 年代的文化英雄的符號與象徵——以陳寅恪、顧準爲中心》，見戴錦華主編《書寫文化英雄——世紀之交的文化研究》，江蘇人民出版社 2000 年 10 月版 26 頁。

《書寫文化英雄》對 90 年代以來中國文化市場的「個案」式分析，在全球化的語境中，從一個方面揭示了中國大眾文化生產和消費的狀況。但我更感興趣的是，在戴錦華的指導下，這些年輕的文化研究實踐者，對中國發生的這些典型文化「案例」，並不止是沒有判斷的「零度敘事」，而是在描述大眾文化如節日狂歡的同時，也以銳利的思想鋒芒洞見了節日鮮花覆蓋下的陷阱。對大眾文化和消費做出有說服力的闡釋的同時，對文化民粹主義的警覺，構成了這部著作最動人的思想主旋。我想這大概也是戴錦華文化研究最值得注意、最華彩的片段之一。

當代中國的學院批評

——以青年批評家張清華爲例

進入 90 年代以後，如果把中國當代文學批評的主流稱爲學院批評，應該是大體不謬的。但需要說明的是，這一印象或概括不具有價值判斷的意義。也就是說，我們所談論的「學院批評」，不是在簡單的「好」與「不好」的層面上談論，而是說，進入 90 年代以後，當代文學批評的整體面貌所具有的學院批評的品格和特徵。這一現象產生的背景是複雜的。但可以肯定的是，這一現象或潮流的產生，與 90 年代以來的文化環境和批評家的知識背景有關。一方面，「從廣場到崗位」的知識界的自我期許是否合理已經不重要，重要的是它業已成爲事實。八、九十年代之交，當啓蒙話語受挫之後，批評界離開了 20 世紀激進的思想立場，在尋找新的理論和話語資源的過程中，產生於西方學院的當代思想成果被不同程度的接受；另一方面，90 年代重要的批評家，幾乎都是在這一時期完成了學院教育的，他們取得了博士、碩士學位。而這一時期，正是西方文化思潮在中國風雲際會方興未艾的時期。啓蒙話語的受挫和西方文化思潮的湧入，不僅使彷徨的知識界獲得了新的思想資源，同時也訓練了他們的思維方式和表達方式。中國的學院批評正是在這樣的文化背景下形成的。

應該說，學院批評的崛起，改變了感性批評和庸俗社會學批評的盛行。學術性和學理性的強化，使庸俗社會學批評的合法性和合理性都遭到不作宣告的質疑。同時我們也被告知，那個熱情洋溢、充斥著單純的理想主義和樂觀主義的時代已經終結了。90 年代的知識界經過短暫的猶疑之後，進入了新的相對理性的時代。至於這個時代整體學術風貌體現出的特徵和問題，不是本文所要討論的。而學院批評的概括性也難以給人具體的印象，但是如果我們把學院出身的青年批評家張清華的文學批評和學院批評聯繫起來的話，顯然會便於問題的討論。

張清華是出身於60年代的青年文學批評家，90年代初期完成了專業學習。但他在80年代末期就已經開始了他的文學批評和研究活動。十幾年過去之後，張清華已經出版了四部專著、發表了數十篇文章。在重要的學術和文學刊物上，到處可以見到他風頭正健的身影。張清華被批評界所熟悉並受到廣泛的注意，應該緣於他從事當代文學研究近十年之後的《中國當代先鋒文學思潮論》的出版，這部30多萬字的專著一出版便好評如潮。它不僅奠定了張清華作爲新銳批評家和當代文學研究者的學術地位，同時由於這部作品紮實的內容和銳利的見解，被多所大學指定爲博士、碩士研究生的參考書目。這部著作體現出的理性分析和實證的方法，從一個側面表現了張清華學院批評的品格和特徵。研究對象和話題的提出，可以窺見一個研究者或批評家的興趣或趣味。先鋒文學在中國的出現，隱含了中國在新的歷史時期改革開放的民間願望，但它在迷亂的外在形式的遮蔽下，其內在的文化功能並沒有——或沒有及時地得到揭示。一般地說，在早期先鋒文學的研究中，更多的是在技術主義／敘事學的層面上被討論的。但在張清華那裏，他發現了先鋒文學和啓蒙主義／存在主義的內在關係。在他看來：在當代中國，啓蒙主義的概念有了新的含義，由於當代中國在封閉多年之後，與世界現代文化的差距，那些具有當代特徵的文化與文學思潮在中國也被賦予了某種啓蒙主義的性質。換言之，最終能夠在當代中國完成啓蒙主義任務的，已不是那些近代意義上的文化與文學思潮，而是具有更新意義的現代性的和現代主義的文化與文學思潮，所以「啓蒙主義語境中的現代主義選擇」便成爲80年代文學的一個基本的文化策略。〔註1〕這一分析顯示了張清華寬闊的文化研究視野。或者說，先鋒文學產生的文化背景和新一代知識分子的內心期待，在他的論述中建立起了歷史聯繫。這種新的論證視角不僅使先鋒文學獲得了新的解讀方式，同時也從一個方面揭示了中國知識分子的傳統並沒有發生眞正的革命性的變化——舊的啓蒙已經終結，但新的啓蒙卻替代了它。我們是否同意這種說法並不重要，重要的是在這一寬闊的文化視野裏，我們瞭解了張清華作爲學院知識分子對20世紀以來中國思想文化史的準確把握，對包括先鋒

〔註1〕張清華：《從啓蒙主義到存在主義——當代中國先鋒文學思潮論》，《中國社會科學》1997年6期。

文學在內的當代中國現代主義文學與啓蒙主義歷史訴求的合理性推論。因此，即便是在先鋒文學被談論多年之後，張清華仍然以他銳利獨到的見解深化了對這一文學思潮的研究。

對 20 世紀文學發生／發展的文化背景的探究，是張清華文學研究和批評活動重要的一部分。對這一背景的凝視和追問，顯示了張清華明確的歷史意識或曰歷史感。當「現代性」這個概念進入中國學術界之後，一方面它為我們提供了新的研究視野，使我們對歷史的複雜性有了新的認識；一方面，「現代性」作為一個所指不明、難以界定的概念，也突然使我們對歷史的認識模糊起來，面對過去的歷史敘事我們一時竟無以言說。這時，歷史虛無主義便乘虛而入。但在張清華的研究中我發現，他並沒有追隨這一學術時尚，他仍然以學院知識分子的方式堅持著對歷史／文化背景的追問或考察。在 20 世紀的歷史敘事中，「啓蒙主義」是一個無可迴避的重大話題。它的重要性不僅是中國 20 世紀歷史情境規定的，不僅是 20 世紀中國知識分子一以貫之的文化實踐和精神期許，同時，即便在「啓蒙終結論」大行其道的今天，啓蒙是否已經完成，或對知識分子來說啓蒙的文化傳統是否已經斷裂或終結，仍然是個變數。但值得注意的是，在張清華的研究中，「啓蒙主義」作為 20 世紀激進的文化思想脈流的表意形式，不是作為價值判斷提出的。當他從整體上概括了 20 世紀的文化本質在功能和實踐意義上是啓蒙主義的時候，他又分析、闡釋了這一時段啓蒙主義的差異性、階段性甚至多重悖論。在他看來，「由於以現代化為指歸的啓蒙主義在中國的遲至性和當代性，因此西方近代以來自文藝復興到當代數百年的文化思潮對中國而言無不具有啓蒙的功效，而當中國人在巨大的『歷史時差』面前急不可待將它們一股腦引進來的時候，它們在失去了內部的歷史邏輯秩序的條件下必然會產生多向的共時性的邏輯悖反，以及本體與功能之間、邏輯與事實之間、願望與結果之間的多重矛盾」。這些悖反性的問題就是：「社會理性目的與現代主義方向之間的悖謬」、「現代啓蒙與民族文化喪失（殖民主義文化命運）之間的悖謬」、「啓蒙主義的正義性與西方近代文化霸權之間的悖謬」、「啓蒙主義的未完成性和世紀末情境與後工業時代或商業文化的彌漫之間的悖謬」。〔註 2〕啓蒙主義遭至的這一歷史複雜性或悖反性，恰恰是我們遭遇了西方締造的「現代性」造成的。因此，

〔註 2〕張清華：《返觀與定位——20 世紀中國文學的文化境遇》，《文藝爭鳴》1995 年 6 期。

任何一種在「眞理意志」控制下的思想或思潮，總會遮蔽其他的問題，同時也會帶來與願望相反的問題甚至是負面的結果。因此，張清華面對「啓蒙主義」的時候，他是在闡釋學意義上談論的。這樣，「啓蒙主義」在具有歷史合理性的同時，也同樣暴露出了其歷史局限性。〔註 3〕

在分析或考察 20 世紀文學的思想文化背景的時候，張清華顯示他堅實的知識背景和學術訓練。他的研究不僅參照了當代中國思想史和學術史的研究成果，而且整合了敘事學、闡釋學、符號學以及文學社會學和文化研究的方法，借助於相關學科的最新成果，不僅重新描述了我們曾經熟悉的歷史，重要的是他做出了新的「文化地理」的分析和考察。我們可以不同意他某些看法，但他的這些「假說」顯然給我們以有益的啓示。因此，當「破壞」的性格成爲 20 世紀重要的文化性格並仍在延續的時候，張清華理論和知識的「建設意識」是清醒而明確的。

張清華作爲一個當代文學研究的學者和批評家，他在對當代文學發生／發展的文化背景分析考察的基礎上，也做了大量的當代作家作品評論。他的這一有意識的選擇，恰恰像古羅馬宗教所信奉的兩面人雅努斯：一面向著過去，一面向著未來。當然，對歷史的清理和認識總是爲了更準確地把握和理解現實。但正是因爲張清華有了對 20 世紀思想文化脈流的深入研究和瞭解，才使得他的當代文學評論有了更深厚的歷史感和理論深度。比如他對余華、格非、蘇童、葉兆言等作家存在／死亡主題的評論。這些作家雖然都可以概括在「先鋒文學」的潮流中，但他們作爲具體的作家又是非常不同的。如何在這些不同的作家創作中提煉出共同的東西，往往可以判斷一個評論家的理論洞察力和概括能力。當關於先鋒文學的敘事學研究告一段落之後，這一文學現象也逐漸地變成了歷史遺產，新的文學現象層出不盡，當代文學熱衷於新現象的癖好，使先鋒文學

〔註 3〕張清華的很多論文都與啓蒙主義相關。比如：注釋 1、2、《十年新歷史主義思潮回顧》、《啓蒙神話的坍塌和殖民文化的反諷——〈圍城〉主題與文化策略新論》、《抗拒的神話和轉向的啓蒙——對沈從文文化策略的一個再回顧》、《黑夜深處的火光：六七十年代地下詩歌的啓蒙主題》、《關於 20 世紀啓蒙主義的兩個基本問題》等，他對這一話題的長久關注，一方面表達了他對深刻影響 20 世紀思想文化潮流的文化主題的深究與追問的執著，另一方面也反映了作爲文化研究者的張清華內在的焦慮。在這個時代，知識分子如何實現自身的價值，如何實現自我確證，已經成爲問題。不同的是，張清華的內在矛盾是通過對「話題」的關注得以體現的。在這個意義上說，張清華雖然出生於 60 年代，但他仍然沒有擺脫中國傳統知識分子的內心痛苦。

從顯學的地位迅速地冷卻下來。但就在這時，張清華卻對先鋒文學研究長久被遮蔽的問題提出了獨到的看法。他考察了先鋒文學存在／死亡的主題之後，發現了那裏隱含的「死亡之象與迷幻之境」。〔註4〕這一判斷不只是受到海得格爾「生存論的死亡分析」的啓示或影響，在張清華那裏，他用實證主義的方法對上述作家的作品做了細緻的解讀。這篇論文的命名和它提出問題的方式，使張清華的評論上升到了藝術哲學的高度。更值得稱道的是，當他論述了這一主題合理性的同時，他也表達了他的如下看法：「存在主義觀念在使當代小說發生了深刻質變的同時給它帶來了負面效應。由於作家大都在存在主義哲學思想的支配下沉溺於個人生命體驗的書寫，因此，小說的社會意蘊和觸及當下現實的力量都發生了萎縮，作家本身的人格力量也變得空前弱小甚至病態。存在主義必將導致消極的感傷主義，以個體生命爲單位的存在者的一切精神弱點，如悲觀、沉淪、私欲、變態等等，也必然反映在他們的作品中。」庸俗社會學對先鋒文學從來沒有構成眞正的批判，但這並不意味著先鋒文學是不可批判的。張清華從存在主義的問題入手，揭示了先鋒文學存在／死亡主題尚未被揭示的問題，這應該說是他對先鋒文學長期研究和思考的結果。

對包括中國當代文學在內的 20 世紀文學思潮的研究，使張清華的評論獲得了歷史的縱深感。在一段時間裏，「斷裂」一詞曾給當代文壇以強烈的震撼，這是標示一代新人走向歷史前臺最搶眼的詞組。一方面，「斷裂」要將新一代人與過去區別開來，一方面要強調他們和傳統沒有關係。但事實上這僅僅是一個策略性的表達。被稱爲「新生代」的一代作家，不要說他們和歷史，就是和切近的先鋒文學依然有不能「斷裂」的文化血緣關係。張清華在論述「新生代」寫作的意義時強調了這一點：「從思潮性質的角度看，『新生代』仍是產生自 80 年代後期的關注當下生存的文學思潮的延續。對終極價值的懷疑，對生存意義的逃避，對現實和此在生存活動與場景的專注，對個人日常經驗書寫的熱衷，這些都顯示了他們對先鋒小說與新寫實的雙重繼承性及對其個體化、個人性視角的強化。」〔註5〕這種歷史連續性對新生代來說並不是一種恥辱，而不顧歷史事實，對橫空出世的熱衷和一味強調，可能恰恰是「斷裂」意志眞正的心理問題。因此，新生代與先鋒文學的歷史關係被張清華概括爲「精神接力」是非常有歷史感的。

〔註 4〕張清華：《死亡之象與迷幻之境》，《小說評論》1999 年 1 期。

〔註 5〕張清華：《精神接力與敘事蛻變》，《小說評論》1998 年 4 期。

張清華的文學批評涉及了幾個不同的領域。除文學思潮和小說作家作品論之外，他的詩歌研究和評論同樣別具一格。他的《食指論》、《海子論》、文革時期地下詩歌研究和世紀之交的詩歌觀察，給我留下了深刻的印象。就中國傳統的文學批評而言，中國詩學研究是最爲發達的。即便在 80 年代，詩歌研究也引領風潮推動了中國多元文化的興起。但隨著文學市場化的日益加劇，詩歌創作和評論所承受的壓力比其他文藝形式要大得多。另一方面，詩歌的影響力在越來越有限的情況下，其內部分歧卻越來越尖銳，詩歌評價的尺度也越來越難以把握。大概越是在這樣的情況下，越能考驗一個詩評家的眼光或膽識。當《食指論》、《海子論》發表的時候，詩歌界的「盤峰論劍」已經過去，劍拔弩張的雙方已經壁壘分明。其詩學成果雖然寥寥，唯一可以談論的可能就是被社會遺忘已久的詩歌，因傳媒對分歧嚴重性的渲染而重新引起了「奇觀式」的關注。也正在這時，張清華發表了他上述詩歌論文。他選擇的論述對象和他熱情洋溢的表達，從另一個角度傳達了他的詩歌觀念。在論述海子時，他甚至難以抑制澎湃的激情：「在我們回首和追尋當代詩歌發展的歷史流脈時，越來越無法忽視一個人的作用，他不但是一個逝去時代的象徵和符號，也是一盞不滅的燈標，引領、影響甚至規定著後來者的行程。他是一個迷，他的方向同時朝著靈光燦爛的澄明高邁之境，同時也朝向幽晦黑暗的深淵。這個人就是海子。」〔註 6〕張清華對海子的讚頌就是他對一種「偉大的詩歌」的讚頌。當海子去世之後，對他的不同評價幾乎同時開始。對一個詩人的不同評價原本是正常的，但就中國當代詩歌而言，如果連海子都難以被接受或認同的話，當代詩歌還能留下什麼就不能不是一個問題。在我看來，《海子論》是張清華最好的評論文章之一。

如上所述，張清華是學院批評家，他理性和實證的批評與其他學院批評家一起改變了中國當代文學批評的面貌和格局，這一批評在 90 年代初期興起的時候，不僅緣於特殊的歷史處境，就那個時代而言，它同時也意味著一種戰鬥和反抗。但無須諱言的是，當學院批評逐漸成爲批評主流的時候，也越來越多地凸現出了它的問題。一方面是西方話語的整體性覆蓋，我們自身的經驗幾乎難以得到眞正的表達；一方面，80 年代感性的、深懷理想主義情懷的批評，難道眞的就沒有可資借鑒或值得繼承的嗎？那一時代充滿心性或性

〔註 6〕張清華：《在幻象和流放中創造了偉大的詩歌——海子論》，《當代作家評論》1998 年 6 期。

情的表達在今天已經蕩然無存，我們會沒有任何遺憾嗎？在張清華的詩歌批評中，他偶而會不經意地流露出對過於理性的某種修正，但就他批評所表達出的整體風貌，我仍然對其過於理性的冷靜感到有種難以言說的失落。當然，這個問題不是張清華一個人的。對他的某些批評，事實上也是對當下批評共性問題的一個檢討。

爲了批評的正義和尊嚴
——評謝友順的文學批評

面對當下中國的文學批評，我們可能經常看到的是這樣的場景：一方面，世俗化的慨歎不絕於耳，在商業主義霸權的時代，批評或者自艾自憐其邊緣化地位，爲一種由來已久的悲劇性命運大抒感傷之情，而反抗宿命的批評則在商業主義霸權的裹脅下，風情萬種地暗送秋波，爲文化市場的欲望宴飲廣告大餐，在傳媒上，對具體作家的評價，「表揚信」的轟炸幾乎鋪天蓋地，我們彷彿就生活在唐詩宋詞式的文學盛世。這種「感傷」和「狂歡」，其實是一種心態的兩種表達。另一方面，包括批評界在內對批評的整體性評價深懷不滿每況愈下，彷彿今天的一切壞消息都是因批評造成的。這種混雜和矛盾或許不是一件壞事，但這並不是批評的眞相。事實是，眞正的批評、正義的批評不僅依然存在，而且，就批評的理論深度和整體水準而言，肯定它的發展和進步應該是最基本的評價。現在我們要談論的青年批評家謝有順的文學批評，可以從一個方面證實這一看法並非虛妄。

謝有順，出生於 1972 年，1991 年開始從事文學批評活動，10 餘年的時間裏，他先後出版了《我們內心的衝突》、《我們並不孤單》、《活在眞實中》、《話語的德行》等批評文集，在重要專業和文學報刊上發表了百餘萬的批評文字。重要的並不是他批評文字出現的頻率，重要的是他受到作家、批評家乃至讀者們的重視和尊重、驚喜和熱愛。我們甚至可以毫不誇張地說，謝有順的出現，爲文學批評帶來了新的氣象和光榮。作爲當前最年輕的批評家之一，謝有順的敏銳、獨特、不同凡響的藝術眼光，敢於說出誠實體會的浩然正氣和批評品質、以及他的情懷和才華，使他在新生代批評家群體中卓然不群。也正因爲如此，謝有順在批評家同行和作家那裏獲得了誠懇的掌聲。那麼，謝有順在爲時不長的批評活動中，究竟給我們帶來了怎樣的認同和震動？

一、正義、尊嚴的批評品質

我們必須承認，在當下強勢文化霸權的引領下，在一個多元化的批評語境中，深深困擾我們的諸多問題中，批評的標準問題可能是最尖銳的一個。或者說，面對一個批評對象，我們究竟依據什麼作出判斷。各種主義和話語符號像迷霧一樣彌漫四方，向西方大師致敬的聲音不絕於耳。我們深陷其間，選擇的遲疑和認同的危機幾乎困擾著我們每一天。這並不是說在本土批評理論十分匱乏的今天，西方話語一統天下傷害了我們的文化自尊心，而是說，在全球化的語境中，商業文化市場的建立，在推動文化多元主義發展的同時，也膨脹了粗糙的寫作和欣賞趣味，膨脹了人的無須遮掩的欲望要求和私欲領域的無限擴張。面對中國這樣的文化處境，批評究竟應該維護什麼樣的文學，應該有一個怎樣的基本立場？謝有順在他的批評實踐中回答了這樣的問題。

一個批評家大到他的人生追求、價值觀念，小到他關注的話題、感興趣的對象，不僅聯繫著他對傳統的態度、內心關懷、他的趣味、修養，同時也密切地聯繫著他的閱歷和記憶，他出身的階級和群體。這一看法，我在《資本神化時代的無產者寫作》一文中曾經有過闡釋：對一個人的出身和經歷的強調，並非是用「階級論」或「血統論」來指認他與某個階級的天然聯繫，而是說他最初的生活記憶將伴隨著他對這個世界的基本理解，隨著知識和視野的展開，他的理解和看法必然會發生變化，但他的出發點和基本立場則因良知和記憶而刻骨銘心。謝有順在他的第一本文集《我們內心的衝突》自序中曾說：「我每次回到鄉下，看到一張張被苦難、壓迫、不公正舔乾了生氣的臉，這些問題就會奇怪地折磨著我。這是一種內在的鬥爭，我對現實的矛盾、懷疑、追尋由此展開，而心靈一旦向這些事物開放，就會很自然地敏感到生活中每一個細節所傳遞過來的切膚之痛。」〔註1〕這個最基本的關懷，使他自覺地意識到維護批評的尊嚴和正義成爲必須：「眞正的寫作者不應該是地域風

〔註1〕謝有順：《我們內心的衝突》自序，第3頁、27頁，廣州出版社2000年版。

情或種族記憶的描繪者，他所面對的是人類共有的精神事物。」〔註2〕這一情懷和立場的獲得，「首先來源於對自身存在處境的敏感與警惕，沒了這一個，批評家必定處於蒙昧之中，他的所有判斷便只能從他的知識出發，而知識一旦越過了心靈，成了一種純粹的思辨，這樣的知識和由這種知識產生出來的批評，就會變得相當可疑。我很難想像，一個人文領域的知識分子，可以無視自己和自己的同胞所遭遇的精神苦難。〔註3〕這些表達的背後，隱含了一個人文知識分子源於內心的關懷和情感需要，表達了他對公共事物、特別是人類共有的精神事物必定參與的宿命。

於是，在謝有順的批評文字中，我們經常讀到這樣的題目：《寫作與存在的尊嚴》、《新時代的批評》、《寫作是信心的事業》、《樸素的寫作》、《寫作與意義問題》、《憂傷而不絕望的寫作》、《寫作，回歸神聖啓示》、《批評與什麼相關》等，這些命題是關乎寫作普遍性的問題，是他對寫作者究竟要關懷什麼的終極追問，也是每一個嚴肅的批評家必須解決並試圖提供解答的方程序。但在謝有順這裡，「尊嚴」這個概念幾乎成了他批評活動的關鍵詞：「尊嚴，尊嚴，它是存在的品質，是寫作的光輝；是名利無法動搖的，是死亡無法消滅的；是過去光榮，現在的勇氣，將來的希望。我們時代還有什麼需要，可以大於對尊嚴的籲求呢？」〔註4〕如果說這種表達還略嫌抒情和空泛的話，那麼，他面對文學現狀的下述批評，則可以看作是他對「尊嚴」一詞的具體理解：「文學，或者說整個文人群落，都已成爲社會邊緣的產物，從而充當了我們時代精神失重的路標。從邊緣出發，文人爲自己預備了兩條主要逃路：一是旁落在經濟大潮之中，下降文學的本質，使之軀體化、物資化和策略化；二是在生存危機中出示自己的痛苦性。前者是屬於肉體的，是文學的匠人；後者是屬於精神的，是文學的情人。匠人的眼中只有成功與失敗這組概念，情人的眼中卻植入了苦難與希望這一維度，並追問著人之爲人與人類向何處去的命題。在這個問題上，文學第一次暴露出自身的脆弱和無力性。如果我們還對生存的苦難、罪惡和死亡保持深情的注視的話，我們就會明白，那些逍遙、自適和充滿私人性的文學精神，在今時代是如此的不合適宜。」〔註5〕

〔註 2〕謝有順：《我們內心的衝突》自序，第3頁、27頁，廣州出版社2000年版。
〔註 3〕謝有順：《我們內心的衝突》自序，第3頁、27頁，廣州出版社2000年版。
〔註 4〕謝有順：《尊嚴及其障礙》，見《活在眞實中》366頁，中國電影出版社2001年7月版。
〔註 5〕謝有順：《寫作，回歸神聖的啓示》，見《我們並孤單》152～153頁，中國社這一「不合適宜」，是因爲這樣的文學「消解精神的重量」〔註 6〕，是放棄了尊嚴的文學。

要維護批評的尊嚴和正義，必須維護和文學相關的人類最基本的價值尺度。當價值尺度和批評尺度一樣混亂的時候，當「金錢一手遮天，深入到了我們生存領域的每一個角落」〔註 7〕的時候，謝有順悲憫而平靜地說：「正義、和平、愛、同情、幸福、神聖、美、生命與藝術的高貴等，永遠是人類缺少並追求的，只有這些，值得我們爲之受難甚至獻身，也正是這些崇高事物保證了人類能夠延續至今，並使一顆顆充滿恐懼的心靈從中得到眞正的慰幾藉。受難的意義就在於能在苦難的深處親見高貴的生存品格，以建立存在的意義。」〔註 8〕在對紅塵滾滾的時代，這樣的聲音像是聖徒的自語，但卻是空穀足音如雷霆萬鈞。大概也正因爲如此，謝有順在他具體的批評文字中，努力張揚著文學的健康力量，而對那些損害甚至輕微傷害文學高貴品格和尊嚴的文字乃至現象，無論是誰，都會毫不猶豫地揮起了他的批評之劍。他對文壇「夢之隊」8 評選活動的批評、對上海作協邀請全國百名批評家推薦 90 年代影響最大的 10 部作品評選活動的批評、對余秋雨散文煽情的批評、對作家「墮落爲謊言製造商」的批評等，都顯示了這位年輕批評家是用鋒芒在捍衛和堅持批評的尊嚴與正義性。

孫紹振是謝有順的業師，他在爲謝有順的《活在眞實中》寫的序言裏有這樣一段話：「統觀謝有順的全部文學評論文章，其根本精神，……就是他從來不輕易贊成爲文學本身而文學，……他的出發點和終極目標，不但有現實的苦難，而且有人的心靈的苦難，他總是不卷地對於人的存在發出質疑、追詢，對於人的價值反覆地探尋。他毫不掩飾，在他的心靈裏，有一個最高的境界，有一個我們感到渺遠的精神的彼岸。」〔註 9〕在一個宗教精神稀缺的國度，這種類宗教式的信仰或終極關懷，同樣是謝有順捍衛批評的正義與尊嚴的源泉之一。

會科學出版社 2001 年版。

〔註 6〕謝有順：《寫作，回歸神聖的啓示》，見《我們並孤單》152～153 頁，中國社會科學出版社 2001 年版。

〔註 7〕謝有順：《寫作，回歸神聖的啓示》，見《我們並孤單》152～153 頁，中國社會科學出版社 2001 年版。

〔註 8〕這個活動的原題目是「中國作家 50 強『孤篇自薦』」，後經傳媒、特別是網絡炒做被重新命名爲「夢之隊」的。

〔註 9〕孫紹振：《活在眞實中・序》第 7 頁。

二、敏銳、獨特的藝術直覺

謝有順在《眞實在折磨著我們》一文中，他發現了當代中國文學一系列文學革命事件中，都是由卡夫卡、普魯斯特、博爾赫斯、羅伯・格里耶等西方大師的文本經驗直接誘發的。在這些「革命」性的文學事變裏，他沒有看到作家對個人生存的確切體驗，也沒有發現屬於他們自己的對藝術對生存的清晰態度。他們的立場都隱藏在西方大師的面影中而顯得曖昧不清。閱讀他們作品的感受，幾乎都可以在那些大師那裏找到，這樣的寫作無疑忽略了一個重要問題：我們這個時代與卡夫卡、博爾赫斯等人的時代存在著怎樣的精神差異？謝有順寫作這篇文章的時候，中國許多作家向西方大師學習的熱潮尚未退卻，談論這些大師在文壇還是時尚。他的這一質疑從一個方面揭示了中國當代文學最重要的問題：這種表面的模仿，因「忽略了其中差異性」而成爲「過去的寫作」。於是他發現，「中國當代作家們從一個表面看來非常眞實的生活面貌出發，卻反而無法表達出當代的眞實，他們給人留下的感覺是在描繪一個過去的、死去的現實。」究其原因就在於：「中國作家的寫作之所以不斷地疏遠眞實，其原因在於他們相信自己的眼睛過於相信自己的心靈。他們寫作的起點是爲了記錄下他們所看到的當代生活，結果他們就被紛繁複雜的生活現象驅使著而從事寫作，忽略了他們的心靈與這些現實的衝突與矛盾，從而也就無法在寫作中給心靈作出定位。」〔註10〕謝有順的這一批評，顯示了他對中國當代文學整體狀況的熟悉，以及從宏觀上把握問題命脈的能力。

如果說，謝有順對當代中國文學「不眞實」的檢討，是在全球化語境中感到了強勢文化對我們的壓力並帶來了整體性的問題，理性地意識到了「現在／過去」的時間差異的話，那麼，他對具體作家作品的評價，則在微觀上顯示了他敏銳、獨特的藝術直覺。在謝有順對具體作家作品的批評中，不僅有余華、莫言、賈平凹、鐵凝、阿來、王充閭、李國文、周濤、北村、尤鳳偉、于堅、孫紹振等文壇名家宿將，同時也有王彪、戴來、朱文穎、素素、沈浩波、尹力川、李師江等文壇新銳人物。對於名家來說，已經被批評家反覆說過了，除非有新的發現。因此，批評名家對謝有順這樣年輕的批評家來說本身就是一個巨大的挑戰；而對新人的批評，更需要敏銳的藝術判斷力。在具體的文學批評實踐中，謝有順證實了自己的眼光和才華。

〔註10〕謝有順：《眞實在折磨著我們》，同上171～172頁。

一般來說文學批評並不是簡單的價值判斷和權力式的裁決，批評是一種智者之間的對話，是高尚的心靈生活在別處的傾心交談，是互相心儀並發現之後的意外邂逅。我發現，謝有順認眞學習和傾聽過許多批評大師的聲音，他的學習和傾聽，並不是摘章尋句斷章取義，並不是裝點門面以示博學。他是在學習他們的批評品格、方式乃至理解作家作品的內在奧秘。在他的許多文章中，我們經常可以看到他對別林斯基、本雅明、海德格爾、福科、阿多諾、魯迅等批評大師的景仰與尊敬，但在謝有順這裡，他關注的是大師們內在的、來自心靈的批評激情，是如何通過作家和詩人來闡釋自己的內心圖像和對未來的想像，是洞穿大師們如何進入批評心臟的。這種執著和望眼欲穿的追求，使謝有順具備了一般批評家不具備或根本就沒有意願具備的批評品格。這種品格是「文學表揚」、「罵派批評」或新崛起的「酷評」無從來作比方的。

2001 年，謝有順寫下了一篇批評余華的文章：《余華：活著及其待解的問題》。余華是當代中國最重要、最優秀的作家之一，他的藝術想像力、感受力和語言的精緻幾乎少有出其右者。正是因爲余華的魅力，批評家幾乎沒有不談論余華的。但我知道，對余華的評論是充滿了危險的，如果不具備批評的能力和才華，就如同是兩個智力不抵的談話對手，尷尬的場景將會貫穿始終。但讀過謝有順的這篇文章，我內心的愉悅至今記憶猶新。文章開篇不露聲色但含機鋒。從普遍的關注和議論中表達了余華的重要，在「新作」遲遲不臨的期待中，體悟到余華「發現了寫作的難度」，在作家／讀者的雙重期待中，一個新的希望是多麼的艱難。如果說這種理解還多少有些「世俗關懷」的話，那麼，他對余華小說中「暴力」的內在結構的分析，對「苦難」緩解方式的解讀等，證實了謝有順以獨特的方式走進了余華的小說世界。他對余華創作變化的解秘，可能是至今最有說服力的：

> 余華經歷了一個複雜的對人的悲劇處境的體驗過程。他的敘述，完全隨著他對人的體驗和理解的變化而變化。最初的時候，余華眼中的人大多是欲望和暴力的俘虜，是酗血者，是人性惡的代言人，是冷漠的看客，是在無常的命運中隨波逐流的人，那時的余華儘管在敘述上表現出了罕見的冷靜，但文字間還是洋溢著壓抑不住的寒冷和血腥氣息；到《在細雨中呼喊》，因著而有的溫情，如同閃光的話語鏈條不斷地在小說總閃爍，余華的敘述也隨之變得舒緩、

憂傷而跳躍；到《活著》和《許三觀賣血記》，由於善良、高尚、溫和、悲憫、寬厚等一系列品質，成了這兩部小說主要的精神底色，余華的敘述也就變得老實而含情脈脈起來。探察這種變化是非常有意思的，它的裏面，也許蘊涵著余華寫作上的全部秘密。〔註11〕

類似的例子還可以舉出很多，比如對散文家王充閭的批評。王充閭是當代著名的散文家，他的歷史和文學史修養在文學界有口皆碑，他儒雅、溫良的眼光，給人以人間的暖意。但王充閭的散文並不是用學養發思古之幽情，他的歷史散文不僅文字如誠實的果子掛滿枝頭，陣陣陶醉撲面而來，而且有鮮明的現代意識，但我因學力不逮，終未寫出王充閭散文的批評文字。《王充閭的話語碎片》也不是謝有順最好的文章，他的優勢是理論思辨和小說批評，但在這篇不長的文章中，謝有順坦率地比較了同是歷史散文作家的余秋雨和王充閭，在比較中他發現，「與余秋雨的煽情比較起來，王充閭要顯得冷靜得多。」但「冷靜，並不等於內心就趨於一片寂靜」，在「詩、思、史的交融互匯」的過程中，王充閭「除了鑒賞文化名人的人格魅力之外，還極力把讀者引到詩性與審美的道路上來，希望以此來顯示生命的價值與意義。這種特殊的對話通道的建立，是王充閭散文寫作時最用力的地方之一。」〔註12〕當然，這也是王充閭散文現代品質的有力佐證之一。

如果說對知名作家的批評是一種智力的角逐和對話的話，那麼，對新人的發現則是對藝術眼光的考驗。在謝有順批評青年散文家素素之前，我對這位作家幾乎一無所知。他對素素《獨語東北》的批評，不僅使我認識了一位新銳的散文作家，而且通過素素深入東北文化精神腹地的、在汪洋恣肆的文字爲我們展現了「另一個」東北：我的故鄉原來是這樣美麗並且充滿悲情。素素對東北男人和女人的描繪，是我見到的和東北有關的最有光彩的文字，她在《縱酒地帶》中說：「酒在東北，就這樣汪洋恣肆起來。酒是血管裏的血肉體裏的支撐，酒是暗淡日子裏的福，酒是絕望之中的希望，酒在苦寒的鄉村已自成習俗，酒在雪白雪白的原野則是一道油然而生的凍土景觀。大東北似乎理所當然的就應該是一個縱酒地帶。」

在《煙禮》她說：「關東的男人大多是流浪漢，他們自己的人生無規矩，

〔註11〕謝有順：《活著及其待解的問題》，見《話語的德行》89頁，海南出版社2002年版。

〔註12〕謝有順：《王充閭的話語碎片》，見《話語的德行》194～195頁。

也不去規矩女人，他們寵慣女人的方式，就是任由女人抽煙。關東女人抽煙，還因爲關東的土地過於沉悶。女人與男人一樣過著漫長的冬季漫長的夜，寒冷和黑暗，同樣也折磨著她們。這個時候就需要有煙，煙是苦難裏的慰藉。」用這樣的文字議論東北眞實美妙絕倫。素素的《移民者的歌謠》、《火炕》、《永遠的關外》等，是讀過就令人怦然心動的文字，在這樣的文字裏不僅讀出了感動，它甚至給我以即刻抽身返鄉回東北看看的衝動。謝有順在評論素素時說：「個人話語建基於這種細節之上，它就有了非常實在而具體的面貌，不至於僅僅抓住歷史話語這條繩索淩空蹈虛。沿著素素所出示的這條秘密通道，我們很容易就來到了心靈的地平線上，慣常所說的雄性、粗獷的東北，已不再抽象，它有了酒、煙、球、歌謠、逃亡，火炕這些物資外殼。由此，我們就能理解爲什麼素素的文風不像一些人那樣玄虛，不像一些人那樣追求一種形而上的飄忽效果，她選擇了樸素和眞情。」〔註 13〕散文批評大概是最困難的，小說批評有很多理論，詩歌戲劇也是如此，惟獨散文批評，理論提供的支持非常有限，因此全靠批評家的藝術直覺。謝有順對素素散文創作的批評，應該說是這方面的一個範例。此外，他在《美文》雜誌上開設的散文研究的系列文章，雖然題目略嫌八股，但對諸位散文名家的批評，都顯示了他敏銳、獨特的藝術感覺。

三、嚴厲、勇敢的自我拷問

十餘年的文學批評實踐，謝有順在這一領域已成爲年輕一代的翹楚，但我們發現，在謝有順的許多文章中，他經常表達的是一種「恐懼」、「怯懦」、「貧困」、「困難」、「孤獨」、「煩惱」等反省內心體驗和感知的問題。一般說來，上述反映心理問題或困惑的概念，我們經常在老者的文章中讀到，閱歷和時間使人成爲智者，只有智者才有自我反省和拷問內心的意願和能力。年輕人，特別是少年成名者，正天降大任躊躇滿志，狷狂和自信被認爲是正常的心態。但謝有順卻常常處於憂鬱和檢討的狀態中。

面對批評的現狀他說：「我不知道別人是怎麼想的，但對我說來，繼續文學批評的工作，正面臨著越來越大的障礙，因爲大家普遍認爲，一個眞正的批評家必須非常熟悉批評的對象，而且必須通曉藝術內部的所有奧秘。只有這樣，他才能獲得面對文學發言的有效資格。我在這種要求面前遇到了困難。

〔註 13〕謝有順：《素素的兩隻眼睛》，見《話語的德行》203 頁。

首先，我無法充分瞭解自己的批評對象，比如小說，它的數量每時每刻都在大規模地增長，以我有限的時間和精力，根本不可能熟悉它的每一個角落；其次，現代藝術的面貌變得越來越複雜，尤其是敘述藝術，更是繁複多樣和深不可測，要想眞正通曉它談何容易。有一段時間，我對批評的事業報著深深的恐懼，總是覺得自己沒有讀足夠多的書，也沒有足夠的智慧來應付敘事難度的挑戰，以致我多遇見一次晦澀難懂的小說，恐懼就深一層，至終到了難以下筆的地步。」〔註 14〕事實上，對於大多數批評家來說，這種困境是非常普遍的，不同的是，謝有順敢於承認這種困境的困饒。在這種困饒中他才有可能考慮或討論批評的眞問題。在同一篇文章中他說：「我開始考慮批評的使命、立場和局限性，並尋找緩解批評焦慮的途徑。我發現，最偉大的批評，都不只是文學現象的描述或某種知識的推演。本雅明評波德萊爾、海德格爾評荷爾德林、里爾克，別林斯基評俄羅斯文學，克里瑪評卡夫卡，都算是很出名的批評了，可這類批評文字的最大特質是飽含了探查存在的熱情，批評家更多的是與批評對象之間進行精神上的對話，藉此闡釋自己內心的精神圖像，對美的發現，以及對未來的全部想像。沒有人會否認這些批評所具有的獨立而非凡的價値，它與那些偉大的思想著作一樣重要。我認爲它是一種理想的批評途徑。」〔註 15〕這種檢討和反省於批評來說是多麼重要。謝有順的這種品格以及他內心的憂慮，不應僅僅看作是面對自己的能力和知識準備而發的，同時也是面對批評這一事業和這一領域的中國現狀發出的。因此，他的這一獨語也是對批評界的一種提醒。

更多的時候，謝有順眞誠地述說自己的欠缺和力所不及，他認爲「自己所寫文字的乏力是顯而易見的。比起那些隱匿在民間的思想者，文字如何與自己的生命本質達成一致，自己還差得太遠。我更願意把寫作看成是一個隱秘的內心歷程。一邊是清理自己，一邊是自我援助，它眞正的作用是爲自己劃定一個良心和理性的界限，爲自己找一個精神徘徊的範圍，爲自己瞭解心靈內部的細節準備有效的途徑，除此之外，寫作並不能做更賭多。」〔註 16〕顯然，謝有順意識到了批評的有限性。在這個知識即權力的時代，擁有了話語權力並不是擁有了一切，權力如果不和良知、正義乃至需要的自我追問聯

〔註 14〕謝有順：《批評與什麼相關》，見《活在眞實中》164～165 頁，
〔註 15〕同上 165 頁。
〔註 16〕謝有順：《活在眞實中・後記》。

繫在一起，它所要導致的話語專制，與強權、暴力的專制就不會有什麼兩樣。這位年輕的朋友從他的起點開始，就擁有這樣的自覺，與我說來在感到震驚的同時，更爲他感到一種慶幸。大概也正因爲有了這樣的自我要求和意識，在謝有順的批評中，我們很少看到那種盛氣凌人的裁決、那種自以爲是打遍天下的快意恩仇。他對藝術的理解，那怕是批評，也是與人爲善而不是傷害。

在《話語的德行》裏，謝有順寫了一篇《夢想一種批評》的後記，這篇短文從一個方面透露了他從事文學批評的追求。他援引了福科的一段話：「我忍不住夢想一種批評，這種批評不會努力去評判，而是給一部作品、一本書、一個句子、一種思想帶來生命；它把火點燃，觀察青草的生長，聆聽風的聲音，在微風中接住海面的泡沫，再把它揉碎。它增加存在的符號，而不是去評判；它召喚這些存在的符號，把它們從沉睡中喚醒。也許有時候它也把它們創造出來——那樣會更好。下判決的那種批評令我昏昏欲睡。我喜歡批評能迸發出想像的火花。它不應該是穿著紅袍的君主。它應該是挾著風暴和閃電。」謝有順對這樣的批評夢想心儀不已，他覺得沒有比這更動人的批評了。夢想的批評是一種詩意的批評，是一種高貴心靈的美麗的對話。那位異邦的思想家說出了一個我們共同的夢想。但我發現，謝有順對西方思想家、批評家的熟悉，並沒有、也不可能替代他對本土文學現狀的關懷與憂患。這些學養僅僅構成了他的知識背景，他要說的事實上還是關於本土文學的誠實體會。但這些學養和背景卻援助著他捍衛堅持著一種正義、尊嚴的批評。他一定會在批評的道路上走得很遠。此刻，我的這位年輕朋友正在不列顛訪問，那是一個盛產作家和批評家的國度，面對這個偉大的國家，他正在想些什麼呢？

新世紀的新青年
——李雲雷和他的文學批評

李雲雷是這個時代最年輕的文學批評家之一。他畢業於北京大學，來自於新文化運動的策源地。不同的是，他沒有那些「才子們」頭顱高昂眼光輕慢的優越，也沒有故作的深沉或激進的面孔。接觸他的人，無論年長年幼都有一種一見如故的信任；他單純、友善，爲人誠懇、處事認眞；他熱愛朋友，尊重別人，討論問題從不咄咄逼人居高臨下。在他身上，有一種撲面而來的浪漫主義和理想主義氣質。他出生於 1976 年，至今三十出頭。當然，令人艷羨的不止是他的青春，還有他才華橫溢的文章和不能妥協的批評鋒芒和立場。在並不漫長的文學批評實踐中，李雲雷卻逐漸形成了自己獨特的批評風格。這就是：在注重文學審美標準的基礎上，同時注重文學實踐與社會生活的關係；在支持先鋒前衛探索的同時，更注重對傳統文學理論遺產的繼承；在密切關注文學自身發展變化的時候，也注意從其他藝術形式中看到文學藝術發展變化的相關性和同一性。因此，李雲雷的文學批評不僅與當下文學生產實踐密切相關，同時，他寬闊的視野和鮮明的介入意識，使他成爲維護這個時代文學批評尊嚴最具活力的聲音之一。他迅速地站在了時代批評的最前沿，他是新世紀的新青年。

文學批評不斷遭到詬病的重要理由，就是文學批評的軟弱、甜蜜，是文學批評的缺乏擔當，不能直指時代文學的病症，文學批評的公共性正在喪失，信譽危機正在來臨。從某種意義上說，這樣的指責並非全無道理。因爲這確實是文學批評的一部分，而且在大眾傳媒中甚至是主流。但是，這卻不是文學批評的主流。我曾多次表達過，評價一個時代的文學，應該著眼於它的高端成就而不是它的末流。同樣的道理，評價一個時代批評的成就，也應該著眼於它最有力量的聲音，是它突出的高音聲部而不是合唱。如果這個看法成立的話，那麼我們可以說，李雲雷的批評實踐就是這個時代最有力量的批評聲音之一。他不那麼華彩，但言之有物；他不那麼激烈，但立場鮮明；他平實素樸，但暗含著內在的不屈和堅韌。

幾年來，「底層文學」的出現和伴隨的爭論，是這個時代唯一能夠進入公共視野的文學現象。這一現象的出現不是空穴來風，不是人爲製造的文學騷亂。事實上，社會分層業已成爲事實，現代性過程中始料不及的問題日益突出並且尖銳。文學當然不能無視這一存在，「底層文學」正是在這樣的背景下發生發展的。李雲雷是一直關注這個文學現象的重要批評家。幾年來，他先後發表了《轉變中的中國與中國知識界——〈那兒〉討論評析》、《「底層文學」在新世紀的崛起——在烏有之鄉的演講》、《「底層敘事」前進的方向——紀念《講話》65週年》、《「底層敘事」是一種先鋒》、《底層寫作所面臨的問題》以及與這一問題相關的訪談等。在這些文章中我發現，李雲雷的批評並不只是一種情感立場或表態式的站隊。在《轉變中的中國與中國知識界——〈那兒〉討論評析》中，他細數了《那兒》發表以來不同的觀點和看法，分析了作品引起反響的社會和思想界論爭的背景，評價了作家曹征路前後發表作品的不同反響等。這一細緻的梳理，是李雲雷掌握了大量的第一手材料做出的。這不只是一種批評修養或學術訓練，它更是一種求眞務實的精神。他有自己的觀點，但絕不忽視或輕視別人對觀點，而是客觀地反映了論爭中存在的不同觀點。這一梳理和呈現顯示了李雲雷文學批評的胸襟和純粹。

李雲雷參與的論爭，不僅密切聯繫創作的具體情況，比如他對曹征路、胡學文、劉繼明、魯敏、陳應松等的評論。這些評論分析中肯，切中要害。他評價胡學文是「底層生活的發現者」，魯敏「更注重從精神方面考察底層人的生活狀態，……不追求戲劇化的衝突，而力圖在對底層生活的描繪中呈現其眞實狀態，在這種意義上」，魯敏對「底層文學」的書寫是一種豐富與發展。他評價劉繼明的創作「代表了一種趨向，他的寫作向我們表明了『先鋒』的當下形態，那就是向『底層』的轉向。」這些評論表明了李雲雷對「底層寫作」主要作家的熟悉，這也是他賴以建構自己批評觀點的基礎。事實上，分析具體作家作品或許相對容易些，如何從理論上闡明「底層寫作」的來源、發生以及承繼關係，可能要困難許多。

與「底層寫作」對現實的介入參與不同的，是對「純文學」的討論。李雲雷顯然不同意「純文學」的說法。事實也的確如此，百年來能夠進入「公共論域」的文學從來也沒有「純」過。80 年代中期以來，「純文學」離開關注社會現實的立場，在形式和語言試驗中尋找新的方向是有具體語境的。文學要求自主性，要求自立，是爲了反抗政治的強侵入或脅迫。但時過境遷之後，文學有理由重返現實，有義務關懷當下的公共事務。因此，在李雲雷看來：「對『純文學』的反思，是文學研究、理論界至今仍方興未艾的話題，而『底層敘事』的興起，則是創作界反思『純文學』的具體表現，也是其合乎邏輯的展開。在這一意義上，我們可以說『底層敘事』是一種眞正意義上的先鋒，它將『純文學』囿於形式與內心的探索擴展開來，並以藝術的形式參與到思想界、中國現實的討論之中，發出了自己的聲音，這是難能可貴的一種良性狀態。」將「底層文學」命名爲「眞正意義上的先鋒」，是李雲雷的一大發現。這種識見與他的文學史訓練有關。左翼文學，特別是蔣光慈的作品，在他的時代引領了文學風潮，蔣光慈就是那個時代的先鋒文學。「底層寫作」繼承了左翼傳統，說它是今天的先鋒文學未嘗不可。當然，「底層寫作」不是對左翼文學簡單的繼承或「克隆」。他們在精神傳統或文學脈流上的關係，也不是歷史簡單的重複。這一點李雲雷有清醒的認識。他在認同左翼文學精神的同時，也指出「『左翼文學』的最大教訓，則在於與主流意識形態結合起來，成爲一種宣傳、控制的工具，並在逐漸『一體化』的過程中，不僅排斥了其他形態的文學形式，而且在左翼文學內部不斷純粹化的過程中，走向了最終的解體。在這一過程中，『左翼文學』逐漸失去了最初的追求，不再批判不公正的社會，也不再反抗階級壓迫，逐漸走向了自身的反面。」這種警醒決定了李雲雷面對「底層文學」批評時所能達到的思想深度。

事實上，我認爲李雲雷對「底層寫作」的研究和批評，更大的貢獻可能來自於他對這個文學現象的檢討和批判。他堅定地支持這個寫作方向，但不是一味地偏愛袒護，而是爲了它更健康地發展。他曾指出：「我們必須反對兩種傾向：一種傾向是從「純文學」的角度出發，認爲凡是寫底層的作品必然不足觀，必然在藝術上粗糙、簡陋，持這樣觀點的批評家頗有一些，他們還停留在反思「純文學」以前的思想狀態，並沒有認識到「純文學」的弊端，也沒有認識到「底層敘事」出現的意義；另一種傾向則相反，他們認爲凡是寫底層的作品必然是好的，這樣就將題材作爲唯一的評判標準，從而降低了對「底層」文學在美學上的要求。」類似的意見大概只有李雲雷在強調並堅持。他在維護這一文學現象的前提下，更多的是看到了「底層寫作」的問題，這些問題，「在很大程度上制約了其發展，因而值得我們關注與思考，這些問題主要有：（1）思想資源匱乏，很多作品只是基於簡單的人道主義同情，這雖然可貴，但是並不夠，如果僅限於此，既使作品表現的範圍過於狹隘，也削弱了可能的思想深度；（2）過於強烈的『精英意識』，很多作家雖然描寫底層及其苦難，但卻是站在一種高高的位置來表現的，他們將『底層』描述爲愚昧、落後的，而並沒有充分認識到底層蘊涵的力量，也不能將自己置身於和他們平等的位置；（3）作品的預期讀者仍是知識分子、批評家或（海外）市場，而不能爲『底層』民眾所眞正閱讀與欣賞，不能在他們的生活中發揮作用。」

在具體的創作中，他發現了「作家無法對歷史、現實有自己獨到的觀察，因而呈現出了一種雷同性。」比如：

在《受活》中，我們看不到茅枝婆、柳鷹雀等人行爲做事的內在邏輯，在《生死疲勞》、《第九個寡婦》中同樣如此，當一個人的行爲無法爲人理解的時候，作者便會將之歸結爲主人公性格的「執拗」。於是，在《第九個寡婦》中，當我們無法看到王葡萄 20 多年掩藏「二大」的合理解釋時，作者便將這些歸於王葡萄性格上的「一根筋」：「她眞是缺一樣東西，她缺了這個『怕』，就不是正常人。她和別人不同，原來就因爲她腦筋是錯亂的。」在《生死疲勞》中也是這樣，藍臉在「合作化」大潮中一直單幹、洪泰岳在公社解散後仍然堅持「合作化」，似乎都沒有什麼的道理，彷彿都是因爲他們「認死理兒」，是性格上的孤僻、偏執所導致的，將故事的進展及邏輯推進僅僅訴諸於人物的「一根筋」，大大削弱了作品的美學意義和社會普遍性。

另一方面，在《生死疲勞》等小說中，我們很少看到「中間人物」。而在《三里灣》、《創業史》、《艷陽天》等作品中，我們可以既可以看到「社會主義新人」王金生、梁生寶、蕭長春，也可以看到豐富多彩的「中間人物」如范登高、梁三老漢、彎彎繞、滾刀肉等等。如果說前者代表著時代方向和作家的社會理想，因而不免有些單薄，那麼爲數眾多的「中間人物」則讓我們看到了農村中的更多側面，其中既有作家對時代精神內涵的把握，也有對民間文化、農民心理的深入瞭解。

對「雷同」現象的批評，顯示了李雲雷銳利的眼光。這些作品是否存在「觀念化」的問題可以討論，可以肯定的是在觀念的統攝下，鄉村中國豐富、複雜以及超穩定的文化結構一定會被遮蔽。特別是在細節的展現上，作家對鄉村生活究竟有多少瞭解，讀者一目了然。在這一點上，《紅旗譜》、《創業史》、《山鄉巨變》、《三里灣》、《許茂和他的女兒們》、《芙蓉鎮》等，所積累的藝術經驗並沒有在90年代以來同類題材創作中得到繼承。事實上，即便是《豔陽天》、《金光大道》等小說，如果剝離了它階級鬥爭的觀念，那裏豐饒的鄉村生活氣息以及生動的人物形象，仍然是今天的小說難以超越的。

另一方面，李雲雷還發現了「底層寫作」中對「中國」敘述的問題。他以《碧奴》、《新結婚時代》、《兇犯》等作品爲例，具體探討文學的生產與流通方式如何影響了作品的想像，如何決定了它們對「中國」的敘述。他認爲：

上述三種類型的作品視爲一個「文學場」，它們分別代表了三種不同的作品類型與生產模式：適應海外市場跨國運作的先鋒派作品；面向市民階層、與電視劇製作緊密相關的新寫實作品；借助於影視媒介權力的「主旋律」作品。事實上，這三類作品構成了當前文學作品尤其是長篇小說的主體。他們借助媒介、意識形態、市場的力量，構成了一個互相交錯又互相制約的「文學場」。一個有趣的例子，是在《當代》雜誌最新的一期「閱讀排行榜」上，《碧奴》和《新結婚時代》分別獲得了專家獎與讀者獎，這反映了這兩部作品在藝術與商業上的成功，但同時也說明，它們的生產方式尚未得到足夠的重視與反思。我們不否定這些作品在某一類型中是優秀的，但在這些作品中我們看不到「眞的中國」，它們所提供給我們的或是意識形態的幻象，或是商業化的通俗故事，或是「純文學」的幻覺。而關於當下中國的眞實情況，卻沒有被表現或者被很片面地表現了出來，呈現在作品中是曖昧不明的形象，是一個死氣沉沉的中國。

類似的問題還表達在李雲雷對「大片時代」「底層敘事」的批評中。他考察了《三峽好人》、《盲井》、《盲山》、《長江七號》、《蘋果》、《我叫劉躍進》、《瘋狂的石頭》、《卡拉是條狗》、《我們倆》、《公園》《落葉歸根》、《光榮的憤怒》、《好大一對羊》、《鄉村行動》等影片。認爲這些影片是當下中國文藝「底層敘事」的一部分，在突破商業大片壟斷，找到了一條關注現實並進行藝術探索的新希望和新道路，但同樣存在著「精英視角」以及「被娛樂遮蔽的大眾」的問題。他激烈地批評了《蘋果》、《我叫劉躍進》和《瘋狂的石頭》等影片。在《蘋果》中，雖然出現了底層的洗腳妹與「蜘蛛人」，但影片真正表現的主題卻是「情慾」，底層以一種在場的方式「缺席」，並沒有得到關注，而只是構成了影片的敘述元素，並被精英階層的審美趣味刻意地扭曲了。在《瘋狂的石頭》複雜的故事網絡中，也涉及到了房地產商對公共資源的侵佔，以及下層小偷的困窘處境等社會問題，但這些問題並沒有得到正視，影片以將之作爲背景或者納入到總體性的敘事結構中，成就了一場敘事上的狂歡。

《我叫劉躍進》與《瘋狂的石頭》相似，也力圖將對底層的敘述納入到一個大的結構中去，在「幾夥人」的互相鬥爭與尋找中，影片試圖表現小人物的無奈和世界的複雜性。然而這個影片卻不是很成功，首先在娛樂性上，它並沒有達到《瘋狂的石頭》的狂歡效果，這是因爲它的線索並不清晰，出場人物比較雜亂，又過於講究戲劇性與偶然性，這使故事本身顯得支離破碎，缺乏一個穩定的內核；其次，在對底層的表現上，影片將之納入到與不同階層的對比中，應該說這是一個不錯的構思，但影片雖然觸及到了底層的眞實處境，但卻將重心放在不斷地編織外部關係上，從而以一種遊戲的態度滑過了對底層的關注。因此，李雲雷是一個眞正的「底層文學」批評家。他不止是以題材判斷作品，不是寫了「底層」就是好作品。他是眞正關心這一文藝現象。從他的立場上看，這些批評言之有理、持之有據，他是在具體細緻的藝術分析中概括出自己觀點的。這使他超越了「左翼」以來文學批評的民粹主義立場。

與此相關的是，李雲雷的所有批評幾乎都與鄉村中國有關。他對《蒼生》、《秦腔》等的批評，一直在關注社會主義中國的經驗。這個問題的敏感性，使很多人避之不及。無視社會主義中國的經驗，在今天已經是一個時髦的事情。但是，社會主義中國的經驗是一個歷史存在，而且今天仍然沒有成爲過去。特別是美國「次貸危機」以及由此引發的全球金融危機以來，資本主義「市場」作爲唯一選擇的神話不攻自破。政府干預或「救市」行爲在西方世界也普遍實行。如是看來，不僅資本主義的「現代性」是一個未竟的方案，社會主義的「現代性」同樣處於不確定性之中。過早地懷疑甚至拋棄社會主義中國的經驗，也是危險和不負責任的思想潮流。李雲雷「逆潮流」而動，堅持本土關懷，持久地凝望百年中國革命歷史，並將其作爲重要資源試圖總結出有益的經驗，這一出發點和批評實踐使他獨樹一幟卓然不群。

對李雲雷的文學批評的肯定，並不意味著我全部同意他的看法。事實上，李雲雷同樣有爲「眞理意志控制」的問題。比如，「底層寫作」的提出和它的承繼關係，原本是在嚴肅文學的範疇內展開的。他在這一範疇內展開的批評幾乎無可厚非，提出的問題敏感而尖銳。但是，當他把包括電影在內的藝術形式也囊括其中的時候，他模糊了嚴肅藝術與文化產業的界限。嚴肅藝術是形式探索、追尋意義、表達價值觀和終極關懷的藝術；文化產業是以文化作爲依託，最大限度地尋找附加值，並賺取剩餘價值的產業行爲。一個是精神活動，處理人類的精神事務；一個是商業活動，處理的是經濟事務。如果全部用精神活動的尺度要求或度量商業或經濟活動，就是一種錯位的批評。如果從嚴肅文藝的角度說，《黃金甲》、《瘋狂的石頭》等是不成功的話，那麼，從文化產業的角度說它們就是成功的。這也是大眾文化和嚴肅文化或精英文化的根本區別。事實上，李雲雷在分析或批評這些影片的時候，其說服力也沒有達到批評《色・戒》的高度或水準。這個「眞理意志」還表現在他的概念的使用，比如「眞的中國」，就是一個似是而非的概念。「眞的中國」是無從表述的，任何一個人都只能表達部分的中國，只能表達他所理解的中國，那個「眞的中國」只能是本質主義指認的「中國」。如是看來，李雲雷在批判「精英主義」立場的同時，他自己就在這個立場之中。話又說回來，從事文學批評的人，有誰站在這一立場之外呢？

當然，無可非議的批評是不存在的，如果存在也無足觀。儘管我對李雲雷提出了不見得準確的「批評」，但我仍然欣賞並支持他的「深刻的片面」。在 70 年代出生的批評家中，有了李雲雷，文學批評就有了新世紀的新青年。

序言五篇

童年經驗與文化記憶——張偉教授《姥姥的遺產》序

張偉教授是一位著名學者。她的《「多餘人」論綱——一種世界性文學現象探討》，曾受到季羨林先生的誇讚。季先生在這本書的序言中說：「像『多餘人』這樣中外文學創作中都有的典型人物，過去研究的人並不多。專就中國來說，張偉女士可以說是『篳路藍縷，以啓山林』的先行者。德國人民有一句俗話 Aller Anfang ist schwer（『一切開始都是困難的』），張偉女士知難而進，誰還能對這樣的精神不表示讚佩呢？」季先生作爲一個大學者，他的話顯然不是隨便說的。當然，這裡不是討論張偉老師研究成就的場合。這裡要說的是張偉老師的這本書——《姥姥的遺產》。

《姥姥的遺產》不是學術著作。按現在流行的說法，它應該是一部「非虛構」文學作品。作品講述的是作者從兩歲開始與姥姥生活的經歷。或者說，從兩歲開始，姥姥不僅是作者的養育者，同時也是她的守護者。兩歲時作者的腿出了毛病，而此時連續生了七個女孩的父母終於生出了弟弟，父母視爲掌上明珠，無暇顧及這第七個女孩。是姥姥尋遍當地醫生保住了作者了一雙腿。其間的艱難和姥姥的鍥而不捨感人至深；童年時代作者是姥姥的「跟腚蟲」，她與姥姥相依爲命和依賴關係可想而知；日子艱苦，但只要有姥姥在，童年時期的作者快樂而無憂，無論是「貓冬」還是「拾柴」，其樂融融的童年是作者揮之不去的美好記憶。姥姥「目不識丁」，但「格外敬慕念書人」，於是從小學開始一直到大學，在姥姥的呵護關注下，作者終於成了「讀書人」

並成長爲一名著名學者。

東北文學，從「東北作家群」開始，冷漠與荒寒是最重要的特徵。這不僅與東北雪域王國的自然環境有關，也與那個時代的生存狀況有關。因此，人與人之間少有暖意。但在張偉教授的講述中，我們讀到更多的是姥姥大愛無疆的無私的愛和關懷。當作者到外地讀中學時，姥姥坐兩夜火車來看她，然後當天再坐火車回去。爲的就是看一眼她這個外孫女；妹妹「帶子則跑三十里路給她送餃子，看著她吃完再回家；同爲姥姥帶大的「妹妹」帶子，與姥姥結下的同樣是超越了母女的感情。她到了嫁人年齡時的誓言是：「要嫁人，但不是出嫁。若扔下你一個人，就寧可這輩子不嫁人。過去二十多年，我們相依相守，今後我們也不離不棄。只是從前，我依你，今後我養著你。」姥姥對外孫們的情感，在外孫的回報中可見一斑；姥姥爲了帶子的生活，挖空心思地爲她「招婿」，雖然一波三折，但姥姥終於如願以償；姥姥雖然是個普通鄉村婦女，但她對大時代風雲際會的敏感，絕不遜於那些讀萬卷書的書生們。當文革來臨的時候，鎮上「也起了紅衛兵」，目不識丁的姥姥憂心忡忡茶飯不思。老師是文革最先被批鬥的群體之一，於是她想的是「咱家有當老師的。你姐也是老師。明擺著，能逃過這劫嗎！她那也不是天外天。」「你姐」正是已當了老師的作者。應該說姥姥的目光一刻也沒離開過她的這個外孫女直到去世。

對姥姥哺育之恩的感念，一直縈繞在作者的心頭，如鯁在喉不吐不快。張偉老師給我的信中說：「寫姥姥，是我多年夙願。因瑣事和授課纏身，拖到去年初才匆匆動筆，好在要寫的內容爛熟於心，信手拈來就一氣呵成了。寫作中重溫外婆愛的陽光雨露，是一次精神朝聖和良知洗滌。」我們知道，任何寫作、哪怕是非虛構作品的寫作，都是一種「虛構」，甚至歷史著作也同樣如此。歷史發生了那樣多的人與事，史家爲什麼單單選擇了他要寫的人與事？這種選擇本身就是虛構的一種方式。湯因比對此曾有詳盡論述，因此，歷史就是史家的歷史。同樣的道理，張偉教授與姥姥的生活，一定也充滿了艱辛和苦難，她童年、少年經歷的那個時代必定如此。但是，張偉教授專事姥姥的溫暖來寫，她不僅以同樣的暖意還原了姥姥的無疆大愛，同時改寫了東北文學「冷漠與荒寒」的基本特徵。這就是童年經驗與文化記憶的關係。

如前所述，張偉教授是研究「多餘的人」的專家。多餘的人基本是小人物。但是，作爲小人物的姥姥與聖彼得堡作家群筆下的小人物大不相同。在同一封信中張偉老師說：「姥姥一生蝸居在茅草屋，是地道底層『小人物』。

比普希金《驛站長》中十四品文官還『小』得多，但她的人格光輝在『正劇』中得到了充分發揚，她是有著大胸懷大夢想的『小人物』，是『驛站長』這悲劇小人物可望不可及的」。作爲研究「小人物」的著名學者，張偉教授在寫《姥姥的遺產》時，顯然有意無意地參照了她曾經研究的對象。不同的是，張偉教授在姥姥的身上發現了她所研究的「小人物」不具備的思想和品格。特別是在世風日下人心不古的今天，「姥姥的遺產」將會成爲今天世道人心的重要參照，她的愛和無私將會讓一切醜陋和欲望一覽無餘無地自容。我想，這也應該是張偉教授書寫姥姥的訴求之一吧。

空曠寂寥的東北大平原，因「姥姥的遺產」而更加遼遠闊大，姥姥那卑微的人生放射出的人性光華，如麗日經天，驚雷滾地。她的善和愛將永駐人間。

張偉教授是我大學時代的老師，她曾爲我們東北師大中文系七八級同學講授外國文學。她深厚的外國文學、特別是俄羅斯文學的修養，使她的課成爲最受我們歡迎的課程之一。以至於畢業 30 多年後與張偉老師相聚，還有許多同學能夠記起張偉老師講課的諸多細節。後來有人誇留校的同學課講得好，也以「小張偉」來命名，足見張偉老師講課風采在同學中的影響之深遠。作爲張偉老師的學生，本無資格爲她的大作作序。但師命難違卻之不恭，我只好勉爲其難地說了這些讀後的體會，狗尾續貂權當序言。不當之處，敬請讀者和張偉老師批評。

2014 年 8 月 10 日於北京寓所

小說的另一種解法和讀法——秦萬里《小說法》序

萬里兄關於小說做法或讀法的系列文章，我曾追蹤式地讀過。我的意思是，批評家、作家和編輯對小說理解的角度是非常不同的。萬里作爲資深小說編輯，有許多關於小說的體會，那麼他將怎樣表達呢？有時會上見面或私下裏喝酒，也經常談到他寫的這些文章。任何事情都怕堅持，話又說回來，幾年下來萬里竟然寫了 30 餘篇。現在彙集成書囑我寫序，也不是我多麼高明，原因就在於我曾經關注過，僅此而已。

書名有意思。青年批評家兼出版家劉玉浦可能怕我把書名念歪了——小說法。他說往大了說，小說有法沒有？當然有；還有——人家叫「小—說法」，就是人家謙虛，不把自己的說法當回事兒，說自己說的是一個小的說法。你說行嗎？我說當然行了。怎麼念都行，這事兒不是讓你弄大發了嗎？這裡當然透著玉浦的聰明暫且按下不表。單說這個「小—說法」，這是對的。小說過去四部不列，經史子集沒有說部，這個文體一下子就矮了半截。不讀詩無以言，沒有說不讀小說無以言的。小說是和逸聞、瑣事之類的閒話稗史放在一起被看待和議論的。小說成了氣候登得大雅之堂，是梁啓超 1902 年《論小說與群治之關係》發表之後的事。他說：「欲新一國之民，不可不先新一國之小說。故欲新道德，必新小說；欲新宗教，必新小說；欲新政治，必新小說；欲新風俗，必新小說；欲新學藝，必新小說；乃至欲新人心，欲新人格，必新小說。何以故？小說有不可思議之力支配人道故。」原因是什麼呢：「以其淺而易解故，以其樂而多趣故。」說白了就是小說淺顯易懂寓教於樂。於是西洋的小說理論文學理論汪洋恣肆一股腦進了國門，取代了過去傳統的文章之學。那不朽之盛事經國之大業的說法完全安到文學乃至小說上去，也不能說是完全的誤讀。如果是這樣的話——這還是「小—說法」嗎？

那「小說法」可就大了。圓明園有大水法、香山寺有法松。只要和法有關，那就是立了規矩——家族宗法，就是一個民族的活法。那給小說立法呢？當然也是大事。過去的文章有做法，比如起承轉合、比如駢四儷六，比如鳳頭豬肚豹尾、比如八股等。小說也確實有做法，儘管魯迅「從不相信」。比如布斯的《小說修辭學》以及各種小說做法的書。包括作家談創作、各種小說選本、「諾獎」、「魯獎」等，都是小說做法的另一種表達。萬里的這本小說法略有不同的是，作爲一個職業的小說編輯，他說的是感同身受的事情，這裡沒有說教，沒有一定之規，沒有別無二法的鐵律。他講的是「現場」、「極致」、「人生的慨歎」、「虛幻的力量」，講「瞬間」的心靈悸動與小說的關係，講家園的「堅守」，講一個外地人如何吹響了城市的「葫蘆絲」……。如此等等。因此，這部《小說法》也同時是對涉及的小說的具體評論。萬里的好處就在於他講的都有具體的小說，他不是一般地、虛空地，放之四海皆準又不著邊際的理論空轉。他不是那種洋洋灑灑天馬行空的無效批評。因此，這部同一主題的文集就有意思了。

我注意到，萬里不大用學院批評的一些說法。比如他用「命運的通道」來分析「玉米」的命運，玉米命運的大起大落，沒有意義掌控在自己手裏，飛行員對象的離去，父親因睡了軍婚徹底完蛋，都改變了玉米的命運。玉米再有心計也只是小心計而已，命運與小心計從來沒有關係。這樣的分析注重的是文本，他貼著文本評價人物時，人物就一直呈現在我們面前，然後看得越來越清楚；比如他講那個「著名的蘿蔔」，這是莫言早期最著名的小說。他說：「孩子對那個神秘的蘿蔔戀戀不捨，那個透明的蘿蔔成了他心中一道總也抹不掉的美麗幻境，一種癡迷嚮往的偶像。蘿蔔輝映著孩子，慢慢的，隨著閱讀的行進，我們也對這個孩子戀戀不捨了，我們心疼他的疼痛他的寒冷，心疼他的心靈他的幻想，甚至心疼他的麻木和忍耐，我們爲他的現狀和前景焦慮，他在我們面前時而清晰時而朦朧，他的心中充滿了幻境，而他自己又構成了一道讓人難以忘懷的幻境。」萬里說他寫這篇文章時可能有些過時了，其實未必。對小說的評價重來都是再發現。這時萬里對那個著名的蘿蔔的理解，仍然給人以啓發。這就是《小說法》——小說的另一種解法和讀法。

編輯一直站在小說最前沿，他們最早看到小說和它的變化。有眼光編輯將優秀的小說推薦給讀者，我們在驚訝作家創造力、想像力的同時，當然也就想到了編輯的眼光。萬里是一個著名的編輯，他爲人謙和非常低調。包括在酒壇，他喝酒也一直按自己的節奏，不像我等披頭散髮的人，一會就把自己整大了。萬里的文章也是款款道來從不虛張聲勢。這就是文如其人。

我覺得本書的編輯已經在內容提要中，已經將這本《小說法》介紹得非常準確得體了，我全文引用如下：

這本書與當下國內許多優秀小說有著緊密的聯繫。但這並不是一本小說評論集，書內收錄的文章也不屬於文學理論的範疇，同時它又不能算是一般意義上的指導小說創作的教材。它是一種發現，它發現了國內若干位優秀小說家在創作時的思考的路徑。這等於是發現了許多的秘密，這些秘密隱藏在每一部小說的字裏行間，也隱藏在小說家的大腦裏，這些秘密被作者發現了。

本書作者秦萬里先生在國內一流文學期刊《小說選刊》任職多年，長期從事小說作品的編選工作。秦萬里先生在對國內許多優秀小說進行了科學的研讀之後，撰寫了這些文章。這些文章的特點是：從宏觀走向微觀，從生活走向文學，沿著小說家思考的路徑，逐步深入到小說的肌理當中。秦萬里指引我們看到小說家們思想的火花，同時也讓我們看到他自己的思想的火花。

有了這樣的文字，我在這裡饒舌幾乎是多餘的。承蒙萬里高誼，我便說了上面不著天地的話。讀者諸君還是讀萬里正文才是。

2013 年 12 月 25 日於北京寓所

建構深圳的城市之魂——于愛成《深圳：以小說之名》序

1980 年 8 月 26 日，全國人大常委會批准在深圳設置經濟特區。從那時起，無數的特區開發者，因特區的魅力和無限可能性蜂擁而至。30 多年來，在這些開發者的努力下，深圳經濟迅速發展，一越成爲中國的明星城市。其中，亦有無數文學家心懷夢想來到了這裡，他們先後創作了與這座偉大城市有關的作品。其中許多作品成爲新時期中國文學的名篇，在爲當代中國文學提供了新的經驗和元素的同時，更爲構建深圳的城市之魂做出了卓越的貢獻。一個城市無論經濟怎樣發達，無論物質生活多麼優越，如果在文化和精神層面一貧如洗兩手空空，它無論如何都不可能成爲一座令人尊敬的偉大城市。聖彼得堡、巴黎、倫敦、北京、上海等城市，如果沒有誕生與之相關的偉大作家作品，這些城市將會暗淡無光。因此，從某種意義說，偉大的作家作品，是一座城市的靈魂，溫度，是它的心靈和精神的歷史。於是這座城市才有了光。

值得欣慰的是，三十多年來，深圳不僅在經濟上突飛猛進，成爲中國改革開放具有象徵意義的城市，同時，在某種意義上，深圳也成爲一座名副其實的文學之城。三十多年來，深圳逐漸構建起了自己特有的文學經驗和傳統，培育了自己在精神品格、創作面貌獨樹一幟的作家隊伍；他們風格多樣、觀念各異的各種體式的作品，洋溢著這座年輕城市別樣的風采。在這一特有現象的昭示下，文學評論家于愛成博士完成了這部《深圳：以小說之名》的專著。于愛成博士 1997 年來到深圳，在深圳生活了近二十年，這漫長的深圳生活，大多是與深圳文學、特別是深圳小說相關的。他在深圳作協擔當了一定的領導崗位之後，「不僅在其位謀其政」，更重要的是，他以自己的專業眼光和個人興趣，將精力幾乎完全用在深圳小說的研究上。這部專著，就是于愛成多年來研究深圳小說的主要成果。就我有限的閱讀而言，還沒有如此系統和完備的關於深圳小說的研究著作。

深圳雖然歷史不長，但于愛成在結構這部專著的時候，儘量凸顯出他的歷史感。比如，他不僅注意到早在此 1980 年底，深圳特區成立伊始，作家陳俊年即抵達採訪，目睹了這塊土地上從偷渡成潮到創業者源源不斷的一瞬間，1990 年，特區成立 10 週年前夕，他寫出了精彩的回憶文字《深圳初夜》。1983 年，葉君健應邀訪問深圳，寫出《蛇口一日》；陳國凱創作出以袁庚爲原型和蛇口開發區爲背景的長篇小說《大風起兮》；朱崇山創作了以梁湘爲原型的長篇小說《鵬回首》，譚學良擔任了第一任深圳市作協主席，韋丘、伊始等參與創辦了《特區文學》。這是深圳文學草創的時期；深圳文學逐漸形成規模和影響，是劉西鴻、譚甫成、石濤和梁大平的「現代派四大聖手」。他們的《你不可改變我》、《小個子馬波利》、《大路上的理想者》等作品，引起了全國性的影響；然後是「五朵金花，喬雪竹、李蘭妮、彭名燕、黎珍宇、張黎明等」的創作，「五朵金花」曾名重一時芳名遠揚；深圳的「打工文學」無論命名是否準確，但它已經成爲深圳文學某一方面的代表則是不爭的事實，其影響至今猶在。這些「團塊」狀的文學命名固然有弦外之音，但其深圳特點是其他城市文學所不具備的倒也無可爭議。我更感興趣的是不在于愛成對深圳文學的線性處理，而是他對具體作家作品的分析和評論。事實的確如此，每一個作家都是非常不同的，我們之所以要做諸多的文學命名，只不過是爲了討論問題的方便，命名有了通約關係，才會明確討論對象。如果是這樣的話，命名本身也無可厚非。

在對具體作家的評論上，愛成的優點是注重文本分析，力求持之有據言之有理。它無意於西方概念或學院理論的辨析纏繞，而是用近乎散文化的評述，在雅俗共賞中將所論對象即說得透徹又平實素樸。作者的這一追求理應得到支持，其文風尤其值得誇讚。比如他對鄧一光《你可以讓百合生長》的評論：

如果從純文學的角度解讀，這個作品會讓純文學家們挑出刻意爲之的漏洞，除了匪夷所思，初一看還落入「一樹梨花壓海棠」的嫌疑，青春期問題少女、弱智但天賦異稟的哥哥、貌美的舞蹈女演員、才華橫溢的男指揮家、不可救藥只在背景中出現的吸毒的父親、窩囊但善良的母親、眞情守候但無望的婚姻、雞姦、同性戀，「屌爆」之類若干新新人類網絡流行詞彙等等，這些配方，應有盡有，都是暢銷小說和室內劇的故事元素。怎麼組裝了這樣一部中篇小說？但實際上，就是這些配方，實現了這個作品生命的蓬勃而非不堪。鄧一光就有這樣的本事。他用的是一個障眼法——小說是讓人看的——通過小說的煉丹術，借力打力，完成了一個敘事的「陰謀」，虛實的圈套，賦予了故事以新的生命——這樣的組裝，竟然產生了意義，產生了深刻。不能不說這是鄧一光的一個超越。

這樣的發掘，我想作家本人也會認同的吧。再比如他說「李蘭妮是另外一個意義上的史鐵生。但她活得比史鐵生更辛苦，更煎熬，更慘烈。李蘭妮的《曠野無人》也比史鐵生的《我與地壇》《病隙碎筆》，更多訣心而食欲知本味的直面和決絕。」這樣的知人論事，作家也會感到溫暖。深圳的小說已經成爲中國文學經驗重要的組成部分，而它的獨特性，又從一個方面確立了中國文學的多樣性。因此，恰當、認眞地總結、評價深圳小說，也是在某一方面總結、評價中國的當代小說。

另一方面，特別需要指出的，是于愛成這部著作對同代研究者成果的尊重。這一點非常不容易。事實上，瞭解同代研究者對深圳文學的評論狀況，是確立自己研究的重要參照。即便是有所超越，也需要參考他們的意見。愛成的這一文風尤其值得提倡，他是對「文人相輕」風氣的修正和實踐。

我稍感遺憾的是，深圳也是一座偉大的詩歌城市。徐敬亞、王小妮、呂貴品、楊爭光、孟浪、杜綠綠、東蕩子、何鳴等，都是國內重要的詩人。他們有的甚至掀起過中國重要的詩歌運動，給當代詩壇帶來過重要影響。愛成當然寫的是「小說深圳」，我想，如果愛成有機會再研究深圳的詩歌，爲深圳詩歌再樹碑立傳，那就錦上添花了。詩歌，更與人和城市的魂靈有關。當然，這只是我的一孔之見，供愛成參考而已。

總之，這是一部實事求是、對深圳文學有大愛之心的專著。相信專著的發表，對建構和積累深圳的文學經驗，構建深圳的城市之魂，將會起到積極的推動作用。

史傳傳統與當代傳承
——畢文君《史傳傳統與中國當代長篇小說》序

畢文君的《史傳傳統與中國當代長篇小說》，是她的博士學位論文。畢業後她到大學任教，一邊教學一邊從事專業研究。後來她申請到了教育部人文社會科學研究項目，這部著作就是她在博士學位論文的基礎上進一步研究、修改完成的。「史傳傳統與中國當代長篇小說」是一個眞問題。它的兩個關鍵詞：史傳傳統和中國當代長篇小說，都是眞實的存在，而且有不能分割的內部關係。或者說，中國當代長篇小說的某種形態，如果離開了史傳傳統，從敘事學的意義上是不能解釋的，特別是「十七年」的長篇小說。因此，畢文君選擇這個題目，顯示了她良好的專業訓練和學術眼光。

新時期以來，較早系統論述這個問題的是陳平原先生。他 1987 年完成的博士論文《中國小說敘事模式的轉變》，出版後好評如潮。被認爲是：「以中國文學傳統和晚清、五四的小說狀況爲根基，借鑒托多洛夫的敘事理論，從敘事時間、敘事角度、敘事結構三個方面『把純形式的敘事學研究與注意文化背景的小說社會學研究結合起來』，開大陸學者應用敘事理論以成專著之先河。」其學術價值可見一斑。但是，陳平原先生研究的是「以中國文學傳統和晚清、五四的小說狀況」，由於專業的原因，他不可能涉及中國當代小說的敘事模式或類型。因此，就論文的研究範疇而言，畢文君的論文具有「接著說」的、發展性研究的性質。至於「說」得如何那是另外一個問題。

史傳傳統自先秦以降，是中國人文學科最重要的敘事模式。《左傳》、《史記》、《漢書》等莫不如此。因此也才有了中國人文學科獨特的「文史哲不分」一說。劉勰的《文心雕龍》專門有「史傳」篇。劉勰對歷史著作主張「務信棄奇」，他強調「實錄無隱」、「按實而書」、「貴信史」等，對不可靠的東西，他認爲寧可從略甚至暫缺不寫，而不應穿鑿附會，追求奇異；他特別反對的是不從實際出發。但劉勰並沒有貫徹自己的觀點，他反對爲女后立紀，還提出「尊賢隱諱」的主張，這和他強調的「實錄無隱」難以自圓其說。事實上，任何歷史著作都難以做到「實錄無隱」。比如中國歷史著作的開山之作《左傳》，這是一部酷似於《伊利亞特》式的著作：如果你把它當作歷史來讀，裏面充滿了虛構，如果你把它當作文學作品來讀，裏面又充滿了歷史。作爲中國史學敘事的開山之作，它的深刻影響顯然不止於《史記》和《資治通鑒》。特別是它對戰爭場面的描寫，更是令人歎爲觀止。在文學領域裏，一個極端的例子是《三國演義》：我們寧願相信《三國演義》就是「三國」的「歷史」，它的重大影響遠在《三國志》之上。一部文學作品於歷史來說甚至超過了歷史著作，起碼在中國文學史上不曾有另一部。因此，在這個意義上它空前絕後。至於晚清小說史傳之風日盛，與陳平原先生這一看法確有關係：「這一代人有幸身逢歷史巨變，甲午中日戰爭、戊戌維新變法、義和團運動、八國聯軍入侵、辛亥革命、以至袁世凱復辟，一次次激烈的社會動蕩，明白無誤地提醒他們正處於歷史的轉折關頭。於是，在撫千載於一瞬感慨興亡之餘，作家們紛紛執筆爲大時代留下一很可能轉瞬即逝的歷史面影。如果說杜甫以下的歷代詩人更多借「詩史」表達他們面臨民族危機時的歷史意識和興亡感，晚清作家則更藉重小說形式，詳細描繪這一場場驚心動魄的歷史事變——儘管往往只能側面著墨。」〔註 1〕

另一方面文學史傳傳統的形成，既與中國歷史學相對發達有關，同時也與小說這一樣式在歷史上的地位有關。過去的小說是四部不列，士人不齒。其地位的改變緣於現代小說觀念的提出。這一點，梁啓超的《論小說與群治之關係》大概最有代表性。小說地位的提高及其再闡釋，背後隱含了那一代知識分子對建立現代民族國家強烈而激進的渴望。於是，小說成了開啓民眾最得心應手的工具，小說帶著通俗易懂的故事傳播了小說家希望表達的思想。這一現代小說傳統在 20 世紀大部分時間裏得以延續，並成爲那一世紀思想文化遺產重要的組成部分。中國當代小說「史詩」創作，一方面來自西方自黑格爾以來建構的歷史哲學，它爲「史詩」的創作提供了哲學依據；一方面就是本土文學的「史傳傳統」，它爲「史詩」的寫作提供了基本範型。於是，史詩便在相當長的一個歷史時段甚至成爲評價文藝的一個尺度，也是評價革命文學的尺度和最高追求。畢文君的論文發現了中國當代小說之一重要的內在結構，並在這一範疇形成了她系統的看法。她從「文學傳統的當代重建」入手，認爲：「文學傳統應如何面對歷史與當下，這樣的疑問與反思隨著當代文學研究經典化問題的討論日益顯豁，已成爲當代文學研究必須關注的重要問題。而從文學傳統當代重建的可能性入手，進而尋覓學術研究史的知識譜系與問題結構，這不僅構成了研究的中西差異下對文學傳統歷史化問題的不同表述，也暗含了文學傳統的當代性如何作爲悖論與「幽靈」這種不確定狀

〔註 1〕陳平原：《「史傳」、「詩騷」傳統與小說敘事模式的轉變》，載《文學評論》1988 年 1 期。

態的存在境況。文學傳統的存在方式恰又因其文學性顯得更爲生機勃勃，在易代之際、轉折時期的潛行與流逸則使文學傳統的當代重建與歷史意義命題之於中國當代文學的影響格外趣意橫生。」〔註 2〕無論如何，「當代」都是一個易代之際、是一轉折時期。這一點，在「十七年文學」中體現得尤爲突出。當然，本書的重點是「史傳傳統與中國當代長篇小說」，因此畢文君主要論述的還是史傳傳統與當代長篇小說傳承關係的話題。我認爲，無論從理論概括上還是從具體作家作品的分析上，畢文君能夠自圓其說，成一家之言。這也就達到了這篇論文預期的目標；當然，沒有缺欠的論文是不存在的。如果是這樣的話，這篇論文如果能夠再涉及新世紀以後，特別是當「總體性」崩潰以後中國長篇小說的狀況，論文會更有意思。因爲那同樣也會涉及到「史傳傳統」的命運。當然，這應該是另一篇論文的內容了。

畢文君是我在中國社會科學院文學研究所帶的博士研究生。她對專業的熱愛、學習的刻苦和樸實的爲人，都給我留下了深刻的印象。當她這部經過多年修改的論文即將出版的時候，我說了上面一些話。

權當序言。

2014 年 4 月 20 日於北京

劉濤：《瞧這些人——70 後作家論》序

劉濤應該是這個時代最年輕的文學批評家。他畢業於復旦大學，就職於中國藝術研究院，曾受聘於中國現代文學館客座研究員。1982 年出生的他，目前已經出版了《通三統——一種文學史實驗》、《晚清民初「個人～家～國～天下」體系之變》、《當下消息》等文論集或專著。在他這個年紀的學者或批評家中，劉濤的成績已經非常了不起了。看了他的《通三統》之後，對劉濤的看法有了變化。爲什麼呢？很多從事當代文學批評的學者，學術視野基本在本專業範疇內，離開專業或具體文本也就沒什麼話可說了。劉濤則不然。

〔註 2〕見本書《上編　史傳精神與文學傳統的當代重建》。

他在這本書中，將晚清、民國和當下的重要人物或文學作品，分別進行解讀。這些人有曾國藩、洪秀全、康有爲、魯迅、郁達夫、艾青、張愛玲、聞一多、夏衍、周汝昌、胡適、巴金、汪曾祺以及諸多當下的名角名作。當下的事情好辦一些，那些晚清民國的事可不是隨便說的。在「晚清民初」那本書中，劉濤又加上了黃遵憲、譚嗣同、梁啓超、蔡元培、秋瑾、吳稚暉等，可見他對晚清民國思想界的熟悉。

劉濤說：「今天的諸多問題發端於晚清，欲理解現在或可回溯至晚清，欲理解晚清，亦可看現在的境況。」於是劉濤的知識背景和學術趣味、以及對學術與現實關係的理解，就顯得非同一般。這是劉濤的不同。我與劉濤只在會場上見過面，印象中的劉濤文質彬彬一派斯文。平時他話不多，發言也是不緊不慢淡定從容，很是老成持重。

劉濤這次要出版的是一個專題性的文論集——《瞧這些人——70 後作家論》。這是一個非常重要的選題，因爲 70 後作家確實是一個「被遮蔽」的作家群體。研究 70 後作家的批評家不多，更不要說集中研究了。但是，這個群體確實值得深入研究。當然，說「70 後」是一個群體本身就勉爲其難，這顯然是一個臨時性的概念。這一點劉濤非常自覺。他說：「70 後這個概念，我們又不能太當眞。大的作家，開始可以有年齡，可是後來慢慢地年齡就不再重要了。70 後作家的時代處境和自身的具體處境固然是其寫作的重要資源，但是這些或許也是其局限。這些資源固然可以成就他們，他們可以藉此寫出這一代人的困惑或問題，但是這些或許也會是洞穴。唯有從洞穴裏走出來，一些光明才可以顯現，那個時候『我相』會減少一些，年齡問題也不會再是問題。」因此，概念並沒有那麼重要。重要的是：「70 後作家一直在默默耕耘，埋頭寫作，他們日益成爲文壇的中堅力量，其中的佼佼者，若魯敏、巍微、朱文穎、張楚等也日益顯出了他們的實力。打開當下的文學期刊，當下筆耕不輟者、成績尙有可觀者，多都是 70 後作家。」

大概也正是緣於劉濤對「70 後」作家的這一判斷，他才有集中研究他們的想法並訴諸行動。文集的文章，大多是對這代作家的具體評論，也就是作家論。雖然也有有對這代作家總體性的評論，比如《70 後作家的處境》、《文壇崛起新勢力》等，但也僅此而已。作家論不好寫，費時又費力。多讀作品雖然合乎學術倫理，但對批評家的身體和心理都是一個挑戰——作家寫的實在太多了。但既然選擇看這個行當，就要面對這裡存在的所有問題和困難。

這一點我想劉濤做到了。

劉濤不僅注意到了衛慧等「老牌」的 70 後作家，注意到了徐則臣、魯敏、喬葉、朱文穎、計文君、張楚、盛可以、付秀瑩、東君、石一楓、黃詠梅、艾瑪等「實力派」的創作，同時也注意尚未得到普遍關注的張祖文、斯繼東、王凱、陳集益、鬼金、尼瑪潘多等作家的創作，空間其視野之開闊，閱讀之廣泛。在具體評價中，我經常讀到一些很受啓發的看法或觀點。比如他說衛慧：

衛慧的長、中、短篇小說寫出了市場經濟的時代精神，寫出了市場經濟時代的上海，寫出了市場經濟時代的新人。其筆下的新人們頹廢、放蕩、酗酒、放歌、縱慾，他們不「發乎情止乎禮禮」，更不禁欲（那是「革命時代」的舊事），而是直奔性的主題。衛慧的小說從性的角度區別了新舊時代，她寫出了新時代欲望的合法與合法的欲望。衛慧筆下的男女主角往往是問題少年，她們有著夢魘的童年，故如今思想也恍恍惚惚，行事也神神叨叨。她們不事生產，唯出沒於酒吧、咖啡館之中，在上海灘縱橫捭闔；她們不愁生計，不知稼穡之難，也無生活之累，會有飛來橫財，反正一個在上海或在異國的父母會留給他們鉅額財產或遺產；她們無所事事，唯以談情說愛、獵豔爲事業；她們往往有一個外國情人，這些情人富足、浪漫、性能力很強；她們喜歡談哲學、文學、藝術，動輒作詩畫畫，言必稱現代派，著奇裝異服，望之似乎有物。職是之故，衛慧的小說似乎不是一般意義上的色情讀物，似乎有哲學思想在焉，據說這就叫「現代性」、女性主義、酷兒、前衛等。

這些概括讓我們對衛慧小說的基本特點一目了然。比如他說徐則臣：「徐則臣起初似乎頗受先鋒文學影響，他的一些作品隱約有先鋒文學的影子，之後逐漸轉向寫實，小說也樸素起來，但他的故事引人入勝，往往能出其不意。」這樣的評價我想作家本人也會認同的。因爲劉濤確實說出了誠實的體會。類似這樣的見識在文集裏比比皆是，它充分證實了劉濤作爲一個好的批評家的基本素質。

當然，劉濤對「70 後」作家的批評也難免周全。比如，在作家選擇上，遺漏的就不止魏微、戴來、哲貴、馮唐、阿乙、李師江、曹寇、滕肖瀾、娜彧等重要作家。這些作家應該是 70 後作家中的主力陣容，如果也能在批評視野裏，這個「70 後」作家論就更有說服力了。

讀過這部文集後，深感劉濤的勤奮和努力。當然，他的西方美學知識、他對晚清以降中國問題及中國知識分子的家國情懷及其問題的理解等，決定了劉濤不可限量的學術未來。因此我對劉濤懷有很高的期待。

是爲序

2013 年 12 月 25 日於北京寓所

散文困境中的一座豐碑
——評王充閭的散文創作

進入新世紀以後，文學革命的浪潮已經平息。那些搖旗吶喊激動人心的文學革命場景，在歷史的布景上逐漸暗淡並最後消失了。對於文學來說，這似乎是一個令人感傷的時代，習慣於革命的我們似乎再也找不出革命的口號、話語甚至理由，平靜的日常生活使文學永遠失去了往日「紅色革命」的激情和理想，庸常，已經是當下文學可以概括出的最普遍的特徵。於是，文學的邊緣地位不再是文人誇大其詞的自我憑弔，它最確切的地位是已經被人遺忘，只不過還沒有徹底。但是，當我們有願望檢討這一判斷的出發點的時候，就會發現這一抱怨背後所隱含的眞正沒落，或者說，當文學生產的實踐條件發生變化和文學接受多樣性即將成爲可能的時候，我們卻依然站在過去的經驗和立場上去期待、要求已經發生變化了的文學生產和接受環境。而不願意或者沒有能力對這新的文學實踐條件做出有力的闡釋。常見的批判和指責幾乎同出一轍，那就是商業化、消費主義霸權和精神處境的日益惡化。但是，這並不是事情的全部。商業文化是社會轉型必然要出現的一種文化現象，而且逐漸演變爲文化消費的主流。對這一現象簡單的不屑或斥責是沒有意義的。既然它是商業和市場行爲，它的存亡就應由市場的方式去解決。知識分子可以以精英的立場去批判，但它的無可阻止已經從一個方面證明了這一批判的有效程度。

另一方面，在市場文化的覆蓋下，「經典寫作」或嚴肅寫作從來也沒有終止過。學院教育和嚴肅評論刊物所研究和討論的對象，基本上還是在這個範疇內展開。一個矛盾的現象是，慣常看到的對文學整體性的否定，一落實到具體作品中的時候，評價的態度和情感是截然不同的。爲什麼對具體作品評價較高而對文學整體性的評價很低？整體性的評價應該是建立在對具體作品評價基礎上的。如果有很多好的作品，那麼，文學的整體悲劇就不應該發生。

事實上，只要我們耐心地深入到具體的作家作品中，就會發現，即便在這個紅塵滾滾的時代，眞正優秀的作品依然在頑強地生長，他們不再「搶眼」和轟動，是因爲「文化鬧市」對風頭的熱衷和對利益的維護，當然也與當下的閱讀趣味不無關係。而文學批評有義務識別那些眞正優秀的作家作品，有義務對他們在精神領域的持久叩問和在新的時代環境下做出的文學貢獻給予彰顯和支持，這也是維護文學最後尊嚴的必須。散文家王充閭就是我們這個時代最優秀的作家之一。他大量的散文創作不僅證實著作家處亂不驚依然故我的處事哲學，在紛亂如雲的文化時代對文化傳統和現實問題處理的鎭定和成熟；同時，也在他關注的文學和文化命題中顯示著他純粹的審美趣味和一個現代知識分子的精神修養。他的散文可以概括在文化散文的範疇之中，但是，他在作品中所能達到的歷史深度和情感深度，他的散文所散發出的文學魅力給我們帶來的嶄新閱讀經驗，使我們有理由對文學的信念堅定不移。

一、心靈淨土與唯美主義

王充閭首先是一個有良好傳統文化修養的學者，他曾讀過私塾，也接受過現代學院教育。他對古代經典作品的熟知程度，給每一個接觸過他或讀過他作品的人都留下了深刻的印象；但他更是一個現代知識分子，他所具有的「現代意識」才有可能使他對熟知的傳統文化和自身的存在有反省、檢討、堅持和發揚的願望與能力；而他的文學天賦爲他要表達的思想又賦予了大音稀聲的形式和幽谷流雲的飄逸。他有過教師、編輯乃至高官的豐富人生閱歷，足跡曾遍及華夏歐美，遍訪先賢勝地。這些得天獨厚的條件在王充閭這裡彙集爲不斷奔湧的文學源泉。他的深厚和獨特，使他在 20 多年來散文創作整體格局中，不在潮流之中卻在潮頭之上。

王充閭初期的散文多與山水遊記相關。這一傳統題材，古代文人的名篇佳作不勝枚舉。越是來歷悠久的題材越是難寫。那些閒情逸致、借景抒情或辭官之後的獨善其身寄情山水等，在這類散文中已淪爲陳詞濫調。王充閭是最熟悉這一文體的作家，但他在創作這類散文時卻努力超越了傳統文人的情趣。在他的散文中，一種現代知識分子的唯美主義傾向，不僅體現在他書寫對象的選擇上，同時也表現在他的修辭和表達方式上。他的遊記名篇《清風白水》、《春寬夢窄》、《讀三峽》、《山不在高》、《祁連雪》、《天上黃昏》、《情注河汾》、《神話的失蹤》等，既有名滿天下的名山大川風光勝地，也有僻陋孤山和閒情偶記。在這些散文中，他不只是狀寫風光的俊美旖旎或威嚴滄桑，而是更多地和個體心靈建立起聯繫。在紅塵十丈的鬧市喧囂中，只有這些已「成追憶」的風光美景，才能讓他心靜如水並幻化爲一片淨土。或者說作家對這些純淨之地的心嚮往之，背後隱含的恰恰是他對紛亂世界和名利欲望的厭惡和不屑。一個作家書寫的對象就是他關注和嚮往的對象。王充閭在寫這些文章的時候，正是他「跌入宦海」「誤落塵網」的時候，但他似乎沒有「千古文人俠客夢」，兼善天下爲萬世開太平的勃勃雄心。他似乎總是心有旁騖志不在此。傳統文論強調「文乃經國之大業，不朽之盛事」。但這裡講的是文章之學，而非文學之學。在曹丕看來，文章要以國家社稷爲重，否則就是雕蟲小技。但文學並不一定或者有能力擔當如此重負。文學更多地還是與個人體驗、稟賦、情懷、趣味相關。它要處理的是人類的精神事務，它的作用是漸進、緩慢地浸潤世道人心。王充閭的風光遊記從一個方面體現了他在那一時代對文學的理解，但也似乎從一個方面左證了他對淡泊和寧靜的情有獨衷。因此，這些作品我們可以理解爲是作家對棲息心靈淨土的一種尋找，當然也是一種不得已而爲之的臨時性策略。

我們注意到，王充閭在壯寫這些對象的時候，以詩入景是他常用的藝術手法。這既與他的修養有關，也與他的情懷有關。但他以詩入景或以詩入畫（風景如畫），不是抒思古之幽情，發逝者之感慨，而是情境交融自然天成，無斧鑿痕跡和迂腐氣。這種手法超越的是「詩騷傳統」，而凸現的則是書卷氣息。「詩騷傳統」始於話本小說，這一文學體式因多述勾欄瓦舍賣漿者流，四部不列士人不齒。爲了表現它的有文化和儒雅氣，故文中多有「有詩爲證」。但王充閭的散文以詩入文卻遠遠地超越了這一傳統。《清風白水》是寫九寨溝的遊記，他起文便談詩詞，以「豪放」「婉約」形容風景的別樣風格。泰山威嚴西湖如娥，但在王充閭的視野裏，九寨溝似乎與豪放婉約無關，它「是少男少女般的活潑、爛漫、清風白水，一片童眞。」文章切入於名詞佳句，卻又與詞義無關，豪放婉約在這裡僅僅成了他的一種參照和比較。《春寬夢窄》起句就是「八千里路雲和月」，磅礴氣勢與飛秦嶺越關山奔向西域的漫漫長途和心中激蕩的豪情相得益彰。庫爾勒作爲古代邊地，不能不使作家遙想當年，於是南宋詞人姜夔在詠歎金兵壓境、合肥幾近邊城的詞句「綠楊巷陌，秋風起，邊城一片離索」等句便油然而生。在《青天一縷霞》中，由呼蘭河而蕭紅，由蕭紅聯想到聶紺弩的「何人繪得蕭紅影，望斷青天一縷霞」的詩。這樣的表現手法在王充閭的遊記散文中幾乎隨處可見。但這些借用卻使文章充滿了濃烈的書卷氣息，強烈地表現了作家對「美文」的追求和唯美主義的美學傾向。當然，「美文」不止是作家對修辭的講求，更重要的是作家在文中體現出的情懷和趣味。即便是借用古典詩詞，以詩詞入文，王充閭整體表達出的風格是靜穆幽遠。他不偏婉約愛豪放，兼蓄並收爲我所用，中和之風文如其人。行文儒雅內斂而不肆張揚，但他孜孜以求的不倦和堅韌，展示的卻是他寵辱不驚鎮定自若的風範和情懷。他對湖光山色的情趣，不是相忘於江湖的了卻，而是對「天生麗質」純淨之地發自內心的一種親和。

二、凝望歷史的現代眼光

對於中國作家來說，歷史是一個永遠感興趣又永遠說不盡的領域。這當然與中國源遠流長的文化傳統有關。無論人生或治國，歷史作爲一面鏡子，對於中國知識分子來說，總是試圖在窺見歷史的同時能照亮未來的道路。大概也正是出於這樣的原因，進入 90 年代以後，所謂文化歷史散文脫穎而出，在散文的困境中拓展出一條寬廣大道。但同樣是文化散文或歷史散文，它們背後隱含的訴求是大異其趣的。我對那種動輒民族國家潸然淚下的單調煽情向來不以爲然。但王充閭在他的文化歷史散文中所表達的那種檢討、反省和有所皈依的誠實體會，則深懷信任。

一般說來，經過五四運動，特別是經過現代知識分子的身份革命之後，現代知識分子似乎就不存在困惑和猶疑，作爲「現代」的產物，經過科學理性和民主文化的洗禮之後，他們的人生道路似乎是「自明」的。但事情遠遠沒有這樣簡單。即便經過了五四運動和身份革命，甚至進入 90 年代，知識分子經歷了二次身份革命之後，他們內心的矛盾、猶疑並沒有、也不可能徹底根除。90 年代曾有過出版陳寅恪、吳密等現代學術大師著作和相關著作的熱潮。這一熱潮背後隱含了一種述說或指認：知識分子的道路已經解決了，這就是陳寅恪的道路。事實上，知識分子的去留取捨並沒有也不可能徹底解決。儘管時代環境發生了革命性的變化，但是中國文化傳統的巨大力量仍然在產生著巨大的作用。在「進與退」、「居與處」、「兼善天下」和「獨善其身」的問題上，這個階層的矛盾心態仍然在持久地延宕著。但在王充閭的散文中，他不是以價值的尺度評價從政或爲文。而是從人性的角度對不同的對象做出了拒絕或認同。

就個人興趣而言，王充閭似乎更鍾情於淡泊寧靜的精神生活。這不僅可以在他的創作自述《渴望超越》和明志式的散文《收拾雄心歸淡泊》、《從容品味》、《華髮回頭認本根》中得到證實，而且在他以歷史人物爲題材的創作中表達得更爲明確。他有一篇重要的作品：《用破一生心》。文章以曾國藩爲對象，對曾的一生以簡約卻是準確的筆墨予以概括。這位「中興第一名臣」的一生歷來褒貶不一。但在王充閭看來，「這位曾公似乎並不像某些人說的那樣可親、可敬，倒是十足地可憐。他的生命樂章太不瀏亮，在那淡漠的身影後面，除了一具猥猥瑣瑣、畏畏縮縮的軀殼之外，看不到一絲生命的活力、靈魂的光彩。——人們不僅要問上一句：活得那麼苦，那麼累，值得嗎？」按說，曾國藩既通過「登龍入室，建立赫赫戰功」達到了出人頭地；又「通過內省工夫，躋身聖賢之域」達到了名垂萬世。他不僅是滿清建國以來漢族大臣中功勳、權勢、地位，無出其右者，而且在學術造詣上的精深也「冠冕一代」。因此也難怪有人對這「古今完人」的推崇和尊崇。但是，在曾國藩輝煌燦爛的人生背後，卻掩埋著鮮爲人知的另一面。他不僅官場上戰戰兢兢如履薄冰，就是與夫人私房玩笑也要檢討「閨房失敬」。如此分裂的人格在王充閭的筆下被揭示的淋漓盡致。更重要的可能還是曾氏言行、表裏的分裂和對人生目標期待的問題。虛僞和不眞實構成了曾氏人生的另一個方面，而一個「苦」字則最深刻地概括了「中堂大人」的一生：「他的靈魂是破碎的，心理是矛盾的，他的忍辱包羞、屈心抑志，俯首甘爲荒淫君主、陰險太后的忠順奴才，並非源於什麼衷心的信仰，也不是寄希望於來生，而是爲了實現現實人生中的一種欲望。」文中對曾氏的人生道路的選擇和分裂的性格充滿了不屑，但也充滿了同情，他不是簡單的批判和否定，同時也對人的歷史局限性給予了充分的理解。他曾分析說：「雄厚而沉重的歷史文化積澱，已經爲他作好了精確的設計，給出了一切人生的答案，不可能再作別樣的選擇。他在讀解歷史認知時代的過程中，一天天地被塑造、被結構了，最終成爲歷史和時代的製成品。於是，他本人也就像歷史和時代那樣複雜，那樣詭譎，那樣充滿了悖論。這樣一來，他也就作爲父、祖輩道德觀念的『人質』，作爲封建祭

壇上的犧牲，徹底告別了自由，付出了自我，失去了自身固有的活力，再也無法擺脫其悲劇性的人生命運。」（《用破一生心》）

大概也正是出於對身不由己悲劇性的超越願望，王充閭對「淡泊」的境界心嚮往之。曾氏也曾嚮往，對「名心太切，俗見太重」有過檢討，也曾欣賞蘇東坡的淡泊。但在王充閭看來他只是「止於欣賞而已。」。眞正的淡泊「是一種哲學，一種生存方式，也是一種審美文化。它的內涵十分豐富，大體上涵概了平淡、沖淡、素淡和散淡等多方面的意蘊，反映出一個人內在的胸襟與外在的風貌，但集中地表現爲一種人生境界，精神涵養。（《收拾雄心歸淡泊》）這種淡泊在王充閭這裡集中體現在他對人生審美化的理解和嚮往。同是寫歷史人物的作品，《終古凝眉》對易安居士的情感卻截然不同：「斜陽影裏，八詠樓頭。站在她長身玉立、瘦影煢獨的雕像前，我久久地、久久地凝望著，沉思著。似乎漸漸地領悟了、或者說捕捉到了她那飽蘊著淒清之美的噴珠漱玉的詞章的神髓。」這似乎是與易安居士在遙想中的有幸遭逢，是一次向一代詞人致敬的肅穆儀式，是一次現實與歷史的悄然對話。文字對易安居士的景仰和感佩溢於言表，在追憶李清照悲涼愁苦一生的時候，作家充滿了同情和悲憫。詞人的生活尤其是情感生活多有不幸，不幸的生活卻成就了她千古絕唱的《漱玉詞》。面對放射著淒清之美的詞人和作品，作家無限感慨：「一個靈魂渴望自由、時刻尋求從現實中解脫的才人，她將到那裏去討生活呢？恐怕是惟有詩文了。我們雖然並不十分瞭解易安居士幽居杭州、金華一帶長達 20 餘載的晚年生活，但有一點可以斷定，就是她必定全身心地投入到詩文中去。那是一種翺翔於主觀心境的逍遙遊，一種簡單自足、淒清落寂的生活方式，但又必然體現著尊嚴、自在，充滿了意義追尋，縈繞著一種由傳統文化和貴族式氣質所營造的典雅氣氛。」對這種審美化的人生是只可想像而不能經驗的，但王充閭著意表達的，不僅是詞人因社會、家庭等外在原因造成的多艱多難的一生，同時也揭示了她與生俱來的性格稟賦、深植於心靈的悲苦氣質和孤芳自賞的內在的悲劇性格。

在這個意義上，《一夜芳鄰》表達了作家相似的情感取向。勃朗特三姐妹的才華蜚聲世界文壇，她們的作品已經成爲文學經典的一部分。但他們都英年早逝，最長的也只活了 39 歲。作家有機會到三姐妹多年生活的哈沃斯訪問，參觀了三姐妹紀念館。面對三姐妹的故居和紀念館，作家觸景生情睹物思人夜不成寐。於是走在三姐妹曾經走過的石徑上，作家的想像閃現爲夜色如夢般的幻影：「在淒清的夜色裏，如果凱瑟琳的幽靈確是返回了呼嘯山莊，古代中國詩人哀吟的『魂來風林清，魄返關塞黑』果眞化爲現實，那麼，這寂寞山村也不至於獨由這幾支昏黃的燈盞來撐持暗夜的荒涼了。噢，透過臨風搖曳的勁樹柔枝，朦朧中彷彿看到窗上映出了幾重身影，——或三姐妹正握著纖細的羽筆在伏案疾書哩；甚至還產生了幻聽，似乎一聲聲輕微的咳嗽從樓上斷續傳來。霎時，心頭漾起一股矜持之情和深深的敬意。」三姐妹的生活貧病交加，寂寞淒苦。她們離群索居卻早早和藝術結下了不解之緣。在牧師父親的教育影響下有了敏銳的藝術感受力和表現力。她們創作了不朽的作品，更重要的是她們都有一顆金子般閃亮的心。作家動情地寫到：「在一個個寂寞的白天和不眠之夜，她們挺著病痛，伴著孤獨，咀嚼著回憶與憧憬的淒清、雋永。她們傲骨嶙峋地冷對著權勢，極端憎惡上流社會的虛僞與殘暴；而內心裏卻熾燃著盈盈愛意與似水柔情，深深地同情著一切不幸的人。」如果說易安居士的性格是內斂的，更關注個人內心的體驗，那麼，三姐妹的心靈則是開放的，她們把同情和愛更多地給予了並沒有太多直接經驗的不幸的人們。這種高貴的內心洋溢著宗教般的溫暖和撼人心魄的詩意。對這些經典作家靈魂的旁白或獨語，其實也是作家自己生命感悟或心靈體驗的自述。他曾有過這樣的自我詮釋：「所謂生命體驗與心靈體驗，依我看，是指人在自覺或不自覺的特定情況下，處於某種典型的、不可解脫和改變的境遇之中，以至達到極致狀態，使自身爲其所化、所創造的一種獨特的生命歷程與情感經歷。它的內涵極爲豐富，而且有巨大的涵蓋性。它主要是指寫作者自身而言，也包括作家對於關照對象在精神層面上的心靈體驗，包括讀者在閱讀過程中的實際體驗。因爲文學創作說到底是生命的轉換、靈魂的對接，精神的契合。」（《渴望超越》）

這些作品對人生感悟所表達出的人性和情感深度，是王充閭散文最動人的一部分。這與書寫的對象是女性作家有關，這倒不是說對女性的書寫尤其能夠表現出男性作家的情感投入或憐香惜玉的姿態，而是說，同是內心和情感豐富的族類，作家特別容易融入並且將自己對象化。在交織著情感和理性的表達中，既入乎其內，又出乎其外。在歷史隧道中對歷史人物的想像和相遇，作家個人的情感體驗和美學趣味獲得了檢視。如果說這類作品還是建立在個人興趣或偏愛範疇內的話，那麼，他的另一類歷史散文則表達了他對歷史重大事件的史家眼光和以文學的方式處理重大題材的能力。《土囊吟》、《文明的征服》、《叩問滄桑》、《黍離》、《麥秀》等作品，是對曾經滄桑的久遠歷史的再度審視，是對文明與代價的再度追問。對陳橋崖海、邯鄲古道、魏晉故城、金元鐵騎等的追憶中，在社會動亂、朝代更迭、諸家雲起、狼煙風火的爭鬥和取代過程中，辨析了歷史與文明的發展規律，識別了文明在歷史進程中特殊價值和意義。特別是《土囊吟》和《文明的征服》，對一個強大和強悍民族統治失敗的分析，不僅重現了歷史教訓，而且在當今全球化的語境中，它的現實意義尤爲重大。一種文明無論出於主動的對另一種文明的嚮往，還是處於被動的無奈的被吞噬，都意味著一個民族的解體或破產。文明的隱形規約和凝聚力是看不見的，但它又無處不在。這些作品，在眞實的史實基礎上，重在理性分析，在史傳中發掘出與當下相關的重大意義。它顯示了作家凝望歷史的現代眼光和以文學的視角掌控、表現歷史的非凡功力，它的宏觀性和縱橫開闔的遊刃有餘，也從一個方面顯示了作家豐富紮實的歷史學修養和舉重若輕的文學表現力。

三、精神還鄉和靈魂歸宿

不斷地回望來路、探索和拓展寫作領域，在表達個人情懷的同時，深入地展現人的心靈風貌並探詢人的精神歸宿，既從外觀（外部世界）、遠觀（中外歷史）到內觀（心靈世界）構成了王充閭已經實現的創作歷程。文學可以以個人化的方式處理歷史和現實題材，那些已然發生的事件、人物和見聞應該是作家表達的對象，在這些題材的創作中，體現了作家的史識、修養、趣味和胸襟。應該說對已然事物的把握相對容易些，而對未然事物的把握就困難得多。特別是在社會轉型、價值失範、方位不明的精神漂流時代，如何尋找精神家園和歸宿，如何尋找靈魂的棲息地，不僅是我們共同面對的時代命題，同時也應該是作家焦慮探討的核心領域。文學最終要處理人的精神和靈魂事務，它有義務回答人類的精神難題。這可能是我們面對的永遠的困惑，但王充閭在可能範疇內的追問，有價值的探討卻爲這個難題提供了可貴的參照和可能。

我們注意到，王充閭在探討這一領域問題的時候，他並沒有從一個龐大的烏托邦框架出發，並沒有提供一個普世性、終極的精神宿地。而是以相當個人化的方式，實現了他個人的精神還鄉。這個精神故地，既是他親歷生長的地方，也是一個遙遠但卻日益清晰的夢鄉。王充閭有一本散文集，他將其命名爲《何處是歸程》。這個命名隱含了一種滄桑、悲涼和困頓，同時也隱含了一種叩問和探詢的堅忍。書前有兩首七絕題記詩。其一：「世間無纜繫流光，今古詞人引憾長。且賞飛花存碎影，勉從腕底感蒼涼。」其二：「生涯旅寄等飄蓬，浮世囂煩百感增。為雨為晴渾不覺，小窗心語覓歸程。」詩中確有對人生短暫蒼涼的慨歎和難以名狀的悲劇意識。但這種悲劇並不僅僅源於「無纜繫流光」的無奈，它更來自詩人對「浮世囂煩」，世人對功名利祿的爭鬥或傾軋。特別是詩人「人過中年」之後，似乎就有打點心靈歸程的意思了。

當然，無論從作家對風光的狀寫還是對歷史人物人性的開掘，都不同程度地表達了他對人生選擇的理解和志向。但並沒有像晚近作品那樣更關注心靈去向的問題。這一寫作傾向的偏移，既是作家對切近思考的反映，同時也縱向地聯繫著他的一貫的旨歸和意趣，只不過沒有像晚近這樣突出和明顯罷了。特別在他一些「憶舊」式的散文裏，如《童年的風景》、《碗花糕》、《青燈有味憶兒時》、《華髮回頭認本根》、《靈魂的回歸》、《鄉音》、《故園心眼》、《思歸思歸，胡不歸》等作品中，抒發的是一種別樣的情懷。這是一種給人親近、質樸、纖塵未染甚至有些「前現代」意味的生活圖景。充閭先生對故土家園的眷戀和一往情深，與他出身於鄉土中國有關，與他深受中國古代文化的薰染有關，但作為一個現代知識分子，更與他經歷了官場和世事的「亂雲飛渡」有關。紛亂的現實使他心緒難平，他才萌發了「小窗心語覓歸程」的心緒。於是，在作家的筆下，童年時節嫂嫂明亮陽光的笑靨，充滿民間色彩的玩笑以及來自嫂嫂眞心的愛憐、嫂嫂過早去世的痛心疾首（《碗花糕》）；房客靳大叔捉鼈捕鷹的本事和「笑嬸」的先天癡憨（《西廂裏的房客》）；讀私塾時先生講「找得」的故事和靈機一動的「對句」（《青燈有味憶兒時》）；和私塾先生女兒小妤姐的兩小無猜私下「關照」的情景和沒有實現的婚事（《小妤》）等，成為作家安頓心緒的驛站。但值得注意的是，王充閭與中國現代作家逃離鄉村到都市生活遇挫之後，再度追憶鄉村生活時將其詩化和聖化的民粹主義立場截然不同。他與當下世相比較時，寧願重新體驗未被污染的鄉村的「童年記憶」，那裏確實存在著詩意和美好，親合的人間情懷。但是，王充閭的意義就在於，他在追憶前現代生活時，並未將其烏托邦化。他一貫的警醒和自我檢視使他獲得了另一種自覺，這就是對放大想像的檢討警惕。他曾說：「對於故鄉的認識，遊子們無一例外地都會夾雜著濃重的感情色彩和想像的成分。原本十分鄙陋的鄉園，經過記憶中的漫長歲月的刷新，在離人的遙遙想望中，已經變作溫馨的留念與甜美的追懷，化為一種風味獨具的亮點，放射出詩意的光芒。在回憶的網篩過濾之下，有一些東西被放大了，又有一些東西被汰除了，留下的是一切美好的追懷，而把種種辛酸、苦難和班駁的淚痕統統漏出。」(《思古思歸，胡不歸》) 這種敢於面對心靈誠實體會的表白，亦道出了「懷鄉情結」相伴相生的問題。

但王充閭的這一努力的價值就在於，在這個困頓迷茫心靈家園成為問題的時候，他表現出了執意追尋的勇氣，表現出了對「現代性」兩面性認識的自覺。當然，「精神還鄉」僅僅是一個表意符號，沒有人會認為王充閭要退回到「前現代」或鄉村牧歌時代。那個只可想像而不可重臨的鄉村烏托邦，在王充閭的反省中已經解決。他的這一追求背後隱含的是他對精神困境的焦慮和突圍的強烈願望。在物資世界得到了空前發展的時代，在世俗生活的合法性得到了確立之後，人如何解決心靈歸屬的問題便日益迫切。王充閭只不過以「精神還鄉」的方式表達了他解決精神歸屬的意願而不是最後的答案。重要的是，對不同領域寫作的開拓，一方面顯示了王充閭開放的心態，他願意並試圖在不同的領地一試身手，將「關己」的靈魂問題提出，一方面，也展示了他在創作上「螺旋式」前進的步履。他沒有將自己限定在所謂的「風格」領域，一條道走到黑。而總是在學習和積累的過程中別有新聲。這個現象是尤為引人矚目的。這時，我想起了他最近的一篇命名為《馴心》的文章。文中對傳統文化對知識分子的馴化，或福柯所說的「規訓」，作了極為精闢的分析。傳統文化對士人的馴心，在於讓這個階層的價值尺度永遠停留在一個方位和目標上，在於讓他們永遠失去獨立的思考能力和特立獨行的人格風範。就像「熬鷹」一樣，讓志在千里的雄鷹乖乖就範。王充閭曾在官場，也生活於世界即商場的時代，但他仍然沒有被「馴心」。他獨立的思想和情懷，在溫和從容的書寫中恰恰表現出了一種錚錚傲骨，在貌似散淡的述說中堅持了一種文化信念。這是王充閭散文獲得普遍讚譽最重要的原因，也是他能在散文的困境中矗起一座豐碑的眞正原因。

我和充閭先生只有一面之緣。是在遼大一位博士畢業生的論文答辯會上。充閭先生對古代文獻材料的熟悉，讓我感到極大的震撼和敬佩。這一面之緣印象之深刻幾乎不能忘記。你可以把他理解為一位學富五車的教授，或是一位溫文爾雅的長者，就是難以和權高位重的高官聯繫起來。讀了他不斷求索、獨步文壇的大量散文創作之後，我多少迷惑的心情終於豁然：正是他這樣的人，才會有這樣的文章。這就是：「文如其人」。

文人的情懷、趣味與文化信念
——賈平凹散文集《大翮扶風》序

在當代中國作家中，有兩副身手，能將小說和散文都寫得好的作家有很多。五十年代出生的一撥作家中，張承志、史鐵生、張煒、韓少功、鐵凝、王安憶等就都各懷絕技身手不凡，他們的小說和散文幾乎是齊名的。但說起他們每個人首先想到的還是小說家，這是小說的地位決定的，散文在今天不是主流文體的看法不管正確與否，是沒有被宣告的共識應該大體不謬，這對散文來說是不公平的。話又說回來，面對電視劇等大眾文化來說，小說的「委屈」又到那裏訴說呢？一個時代有一個時代的文體風尚，也許正因爲如此，才有了先秦散文、漢賦、唐詩、宋詞、元曲、明清白話小說、現代白話文學以及影像文化。各領風騷幾百年，現如今也就是各領風騷三五年就不錯了。但散文肯定是個迷人的文體，不然就不會有這樣多的作家寫了那麼多的散文。散文又是一個最具挑戰性的文體。在所有的文體中，散文應該是最古老的之一。從先秦開始至今不衰，男女老幼皆可爲之，但文章一出，高下立判。所以散文又是一個非常困難的文體，能寫好散文實在不是一件容易的事情。

賈平凹的散文寫作幾乎是與小說同時開始的，至今仍在被各大出版社爭相出版印刷，足見其散文在讀者那裏被歡迎的程度；在文學界，從孫犁先生開始一直到學院批評家，賈平凹的散文始終是被研究和關注的對象。因此，說賈平凹的散文雅俗共賞雖然是陳詞濫調但決不是溢美之詞。在我看來，賈平凹的散文之所以受到普遍的歡迎，與他散文中流淌或滲透的文化傳統有關，而且是偏向於中國文化傳統一路。說到「傳統」，又是一個大詞，「傳統」

幾乎是一個沒有可能說清楚的問題。但我非常同意王富仁先生的看法。他認爲，我們現在理解的文化傳統，應該是中國古代文化、現代文化、西方翻譯文化合流或被整合後形成的一種文化。而且這種文化傳統一直是變化的而不是恒定不變的。如果是這樣的話，那麼說賈平凹的散文流淌或滲透著文化傳統就不會有太大疑義了。但這又等於什麼也沒說，古今中外的文化傳統都被賈平凹繼承了既沒有可能也不是事實。我要說的是，賈平凹散文中流淌或滲透的文化傳統，主要是中國文化傳統，但那又是經過現代文化和西方近代以來文化薰染影響的一種文化。在賈平凹散文中的具體表現，就中國文人的情懷、趣味和文化信念。

說到「文人」，歷來褒貶不一毀譽參半。當文人被贊美時，是「千古文人俠客夢」、「生當做人傑，死亦爲鬼雄」，是「琴心劍膽」、「感時憂國」、「天下興亡匹夫有責」，是「才高八斗、學富五車」；當文人被毀譽時，是「文人相輕」、「本是同根生，相煎何太急」，「一爲文人便無足觀」。中國傳統文化歷來是有彈性的，既進退有餘又居處不定：達可兼善天下，窮可獨善其身；但又居廟堂之高憂其民，處江湖之遠憂其君。傳統文人的這種稟賦性格，也深刻影響了現代政治家對這一階層的評價。中國現代主流文化對文人或知識分子歷來沒有好臉色。也正因爲如此，知識分子的思想改造，整肅、批判、檢討才成爲又一種傳統。但人能夠被改造嗎？或者說一種傳統能夠被改造嗎？大概不能。

在現代知識分子階層形成之前，中國舞文弄墨的人被稱爲「文人」。文人就是現在的文化人。幕僚、鄉紳等雖然也有文化，也可能會有某些文人的習性，但他們的身份規約了他們的生活方式和情感方式，他們還不能稱爲文人。就像現在的官員、公務員、律師、工程師、教師等，雖然也有文化，但他們是政治家或專業工作者，也不能稱爲文人。在傳統中國，「文人」既是一個邊緣群體、特殊的階層，也是一個最爲自由的群體。他們恃才傲世，放浪不羈，漠視功名，縱酒狎妓等無所不爲。這種行爲方式和價值觀都反映在歷代文人的詩文裏。五四新文化運動之後，這一傳統被主流文化所不齒，它的陳腐性也爲激進的現代革命所不容。因此，文學中的傳統「文人」氣息在相當長的一個時段裏徹底中斷了。90 年代以後陸續發表的賈平凹的《廢都》、王家達的《所謂作家》、張者的《桃李》、莫懷戚的《經典關係》等，使我們又有機會領略了「文人」的氣息。莊之蝶和胡然雖然是現代文人，但他們的趣味、嚮往和生活方式都有鮮明的傳統文人的印記。他們雖然是作家，也有社會身份，但他們舉手投足都有別於社會其他階層的某種「味道」：他們有家室，但身邊不乏女人；生活很優裕，但仍喜歡錢財；他們談詩論畫才華橫溢，但也或頹唐縱酒或率性而為；喜怒哀樂溢於言表。但那終是小說，是虛構的文本，是不能與敘事者對號入座的。

散文與小說又有不同，不能虛構不能先鋒很難在形式上創新，無論抒情記事明理哲思，無論是書寫外部世界還是內心世界，都須是作家真實的感受真實的體會。因此，散文在本質上應該是向內的。「一為文人便無足觀」，是指文人向外時治國平天下或面對政治的了無興趣或無為無措。修齊治平是志向也是價值目標，成事了就是官僚或政治家，成不了事或後來潦倒的，也只有抒情記事閑雲野鶴一路了。後來有「文化大散文」一說，但文學界似乎不大認同，原因是那向外的宏大敘事不那麼真實，也有賣弄之嫌。文人一賣弄就酸腐，看熱鬧的認為有學問，看門道的就不以為然了。賈平凹的散文沒有這樣毛病，他的語言暢達無礙，但又不是言志詩文那般江河日下一瀉千里。他的散文是鄉間溪流，雖有波瀾但不突兀，他不是靠蕩氣迴腸百轉千回攫取人心，而是如綿綿細雨潤物無聲。這與他關注的事物、選取的題材有關。不僅這本《大翮扶風》，包括他所有的散文，書寫的都是日常生活尋常事，都是我們曾經經歷耳熟能詳的事物。比如自然景物、風土風情、家人鄰里、故鄉佚事、親朋好友、山水遊記、書裏書外等等。在這些尋常事物中賈平凹書寫著自己的情懷，這個情懷是人間情懷，雖然沒有日月經天般的高遠，卻表達了他對生活真切的熱愛。比如他記述家鄉的六棵樹，寫看香椿葉子實則看人家年輕媳婦的男人們；寫把秦腔和西鳳白酒、長線辣子、大葉捲煙、牛肉泡饃一起看成是「共產主義五大要素」的農民；寫自己曾經懼怕、後來可以「借酒」聊天開導自己的父親；如此這般家長里短，但這就是生活，在這多少有些瑣屑的生活裏，我們讀到的是作家對人間煙火的關注和留意。事實上，越是我們熟悉的生活可能書寫起來越困難，就像鬼容易畫人難畫一樣。

文人的趣味無論高雅或是低俗，在文字中是不能掩藏的。當下的生活熱鬧又蒼白，豐豔而空洞，說是紅塵滾滾燈紅酒綠並不誇張。時下有個流行很久的詞「應酬」，什麼意思呢？是「應付酬謝」？無論什麼事情一要應付便趣味全無。作為名人的賈平凹遇到的「應酬」是可以想像的。在《辭宴書》中可見一斑。「飯局」是「應酬」最常見的形式，但和什麼人吃飯、說什麼話、乘什麼交通工具、怎樣排座次、什麼時間開席、如何敬酒、如何笑、如何聽人談話凡此種種，能把人生生累死。當然不能說拒絕了「飯局」就高雅了，但作者嚮往的「一壺酒、兩個人、三碗飯、四盤菜，十分鐘吃一頓」的快意是大可意會的。當年讀陳建功的散文《涮廬閒話》大抵也是這種境界。雖然不低周作人的「喝茶當於瓦屋紙窗之下，清泉綠茶，用素雅的陶瓷茶具，同二三人同飲，得半日之閑，可抵上十年的塵夢」來得雅致，但意味卻沒有二致。於是在《生活的一種》中，我們看到了賈氏院要栽柳，飲酒備小盅，出遊踏無名山水，讀閑雜書籍的生活理想。但在殘牆補遠山，水盆盛太陽的冥想中似乎也看到了陶潛桃花園夢幻的若隱若現。

賈平凹的散文我最喜歡的還是他寫人的一些文字。有趣、有神韻。三言兩語一個人就活脫脫地出來了。我覺得這與賈平凹有寫小說的本事有關。很多人物我們都能感到他是用小說的方法在寫散文中的人。《屠夫劉川海》，一個殺豬的屠夫，人樸實本色，但專對男女之事興味盎然，一個專注這等事情的人與屠夫的身份也就相符了；《閑人》我認爲是一名篇。

> 閒人總是笑笑的。「喂，哥們！」他一跳一躍地邁雀步過來了，還趿著鞋，光身子穿一件褂子，也不扣，或者是正兒八經的西服領帶——總之，他們在著裝上走極端，但卻要表現一種風度。他們看不起黑呢中山服裏的襯衣很髒的人。但他們戴起了鴨舌帽，很多學者從此便不戴了，他們將墨鏡掛在衣扣上，許多演員從此便不掛了——「幾時不見哥們了，能請吃一頓嗎？」喊著要吃，卻沒吃相，扔過來的是一棵高檔的煙。彈一顆自個吸了，開始說某某熟人活得太累，臉始終是思考狀，好像杞人憂天，又取笑某某熟人見面總是老人還好，孩子還乖？末了就談論天氣，那一顆煙在說話的嘴上左右移動，間或噴出一個極大的煙圈，而拖鞋裏的小拇指頭一開一合地動。

雖是散文，但「閑人」的形象和盤托出生動無比。閑人作爲一個階層自古有之。但賈平凹對閑人卻很高的評價。這大概也是他心嚮往之的一種境界或狀態。其他像《關於女人》、《看人》、《朋友》、《石頭溝裏一位復退軍人》、《摸魚捉鼈的人》等，將各色人等都寫的活靈活現惟妙惟肖。這種工夫裏隱含著賈平凹樂觀、幽默和善意的會心。這就是文人的趣味。讀現代散文，我們常爲豐子愷、梁遇春、梁實秋、聶紺弩、林語堂等的幽默所感染。一個有趣味的作家才能寫出有趣味的散文。

說到文化信念，在今天已經是一個奢侈的詞彙。但在賈平凹並未刻意的言說中，文化信念一直貫穿行文其間。文化信念經院式的解釋是：指將文化的基本原理和教條、信條，昇華爲一種信念，人類將文化信念當成自己最基礎、最現實的信仰；文化信念超越人對科學理性的崇拜和對神明的敬畏；文化信念是個人信仰觀的核心組成部分。說得簡明些，就是人所堅持的最基本的核心價值觀。這些觀念是不能出讓、無須討論、不能妥協的尺度。比如《在女兒婚禮上的講話》，這大概是賈平凹發表的爲數不多的「講話」之一，因爲發表「講話」意味著「資格」。作爲作家名聲再大也是不適於發表「講話」的。好在這是在女兒婚禮上，是自己家的事情，作爲家長在這樣的場合是都可以或必須發表「講話」的。作爲家長的賈平凹主要講了「三句話」，這「三句話」當然遠不及「三個代表」重要，但它卻在一個莊重的場合表達一個家長在日常生活中的文化信念：

> 第一句，是一副對聯：一等人忠臣孝子，兩件事讀書耕田。做對國家有用的人，做對家庭有責任的人。好書能受用一生，認眞工作就一輩子有飯吃。第二句話，仍是一句老話：「浴不必江海，要之去垢；馬不必騏驥，要之善走。」做普通人，幹正經事，可以愛小零錢，但必須有大胸懷。第三句話，還是老話：「心繫一處。」在往後的歲月裏，要創造、培養、磨合、建設、維護、完善你們自己的婚姻。

作爲家長的賈平凹用的都是「老話」，這不是照抄照搬圖省事，這既是經驗也是文化信念，既「政治正確」也符合「科學發展觀」。因此，說賈平凹作爲一個現代文人，主要堅持中國文化傳統一路並非是空穴來風。

書中還收錄了《廢都》和《秦腔》後記。我認爲這是賈平凹至今最重要的兩部小說，也是奠定他在中國當代文學地位的作品。《秦腔》已獲「茅盾文學獎」，有了公論這裡不再贅言。但無論 1993 年前後《廢都》遭遇了怎樣的批評，他個人遭遇了怎樣的磨難，都不能改變這部作品的重要性。我當年也參與過對《廢都》的「討伐」，後來我在不同的場合表達過當年是批評錯了，那種道德化的激憤與文學並沒有多少關係。在「人文精神」大討論的背景下，可能任何一部與道德有關的作品都會被關注。但《廢都》的全部豐富性並不只停留道德的維度上。今天重讀《廢都》後記，確有百感交集的感慨。

如果說賈平凹的小說隱含著他對「國事家事天下事」關懷或憂患的話，那麼他的散文就是「風聲雨聲讀書聲」從容澹定。小說經過百年歷史的經營塑造，擔負的東西越來越多，內容越來越複雜。不堪重負的小說如果不和國家民族建立關係，篤定是末流，這是否就是小說的正途我不敢妄下斷語。但散文經過八十年代以後的不斷建構，反到越來越鬆弛，除了「文化大散文」之外，散文與生活建立的聯繫，或者它的人間煙火味道彌漫四方。在賈平凹的散文裏，我們可以讀到拒絕、讀到心儀、讀到由衷的喜悅和憂傷。這些發自內心的體會和平實的語言方式，就是賈平凹的散文能夠傳之久遠的最後秘密。

遵平凹先生和出版社之囑，說了上面的話，權當序言。

2008 年 11 月 30 日於瀋陽師大寓所

生命之流的從容敘事

——王小波的小說觀念與文學想像

九十年代，知識界對自由知識分子的想像，似乎成了一個揮之不去的夢幻，它既是一種潛流，又是一種時尚。於是，現代中國思想史、學術史上有特立獨行風範的先賢們，在被冷落了數十年之後，又重新被談論得沸沸揚揚。但是，每個自由知識分子都是非常不同的，甚至可以說，他們是難以傚仿的。當他們重新成爲我們的敘述對象時，那裏傾注更多的是我們對於想像的熱愛。這一現象，同樣聯繫著剛剛去世的作家王小波。王小波作爲一個自由知識分子，他的才情、智慧、作品乃至生存方式，無疑都是獨特的，他選擇了他喜歡做的一切。但是，在王小波去世之前，他只能獨居一隅，從事著他寂寞的寫作，他的熱鬧異常，是發生在他去世後的幾個月之內，而且發世俗感慨者多，深入研究者少。這同樣讓人聯想到海子之死，海子在去世之前，幾乎鮮見對他創作的評論。他去世之後，突然出現了集體性的憑弔熱潮，甚至有人將他追認爲「詩歌烈士」。這一現象使我們有理由懷疑，人們是眞的熱愛王小波、熱愛海子呢，還是有意將他們的去世變成一個「事件」，或者在他們的身上寄託著一些人只可想像而難以經驗的自由知識分子的夢幻？

事實上，王小波並非像有些人想像的那樣「自由」，作爲「知青」一代人，他的思想方式和情感方式，都深深地刻著這代人的印痕。他貌似輕鬆從容我行我素，彷彿游離於社會生活主潮之外，但王小波從來也沒有放棄對社會生活的關注與介入。他寫下的大量雜文與隨筆，幾乎都是與社會思想文化生活密切相關的。在《我的精神家園》的自序中，他的自我期許是：「要對社會負責，要對年輕人負責，不能只顧自己。」要實現這一老生常談並非易事，王小波的生活和寫作實在是不那麼輕鬆和「自由」的，他那「明辨是非」的欲望，強烈地體現於他的雜文寫作中。因此，他的這些作品都密切地聯繫著 20 世紀中國知識分子的精神傳統，即一種人世的、批判的精神和無意識的精英身份。王小波長期以來鮮爲主流批評所談論，倒不在於他是一個「自由知識分子」，而恰恰在於他是一個有強烈批判欲望的精英知識分子。應該說，王小波對流行於世的主流文化是持有保留態度的，這是他不被主流文化認同的關鍵所在。意識形態研究者指出：「意識形態不是空洞的說教，而是一個人進入並生活在一個社會中的許可證書。一個人只有通過教化與一種意識形態的認同，才可能與以這種意識形態爲主導思想的社會認同。所以老黑格爾告訴我們，一個人在社會中接受的教化越多，他在該社會中就越具有現實力量。」這種「現實力量」是指一個人在社會上的「得心應手」。王小波因缺乏這樣的認同，所以他不能「得心應手」，但他獲得了自己需要的主體性。

王小波的這一主體性意志，不僅表達於他廣爲傳播的雜文寫作中，同時也深刻地滲透在他的小說寫作中，或者更爲鮮明至今，王小波已出版了多部小說作品，許多人都曾在私下議論王小波作品的不同凡響，但批評界在很長一段時間保持了態度暖昧的緘默，與傳媒不得要領的炒作形成了鮮明的對比。這裡除了批評界閱讀的滯後之外，更重要的還在於王小波作品難以解讀和評價的獨特性。一般說來，批評界經常鍾情於潮流性的文學現象，90 年代以來，女性文學、晚生代小說、都市文學等，是批評界經常談論的對象，而王小波的作品顯然在這些潮流之外，王小波的獨特選擇卻不幸地成了其作品被忽略的原因之一。但是，這並不能淹沒王小波小說在 90 年代文學語境中的價值和意義。

值得我們注意的是，王小波的小說寫作採取了與雜文寫作截然不同的立場。如前所述，他的雜文寫作有一股強烈的批判意識和人世情懷，從思想文化到社會現象，他鋒芒畢露，坦言陳述，他的責任感和使命意識毫不掩飾。而他的小說寫作，則使他從現實的世界進人了一個想像的世界，一個從容而揮灑自如的世界，因此，在王小波的小說作品中，更能夠體現他的才華和智慧。這與王小波對小說的理解、或者說與他的小說觀念是聯繫在一起的。他認爲小說不可以負載它不堪承受的義務，讓「小說來負道義責任，那就如希臘人所說，鞍子扣到頭上來了——但這是僅就文學內部而言。從整個社會而言，道義責任全扣在提筆爲文的人身上還是不大對頭。從另一方面來看，負道義責任可不是藝術標準；尤其不是小說的藝術標準」。（王小波：《小說的藝術》）他還借用昆德拉的話說：「看小說的人要想開心，能夠欣賞虛構，並且能寬容虛構的東西」。他是把小說作爲一種藝術形式來理解的，因此，他的小說充滿了輕鬆和想像，這是他最重要的與眾不同之處，也是與現代小說傳統所不同的。

一、話語與講述

中國現代主流的小說傳統，就是中國知識分子吶喊、抗爭、啓蒙和批判的傳統，它源於百年來中國太深太重的危難時世，也源於中國作家人世的情感需求。因此，在更多的時候，文學寧願放棄自身而爲文學之外的關懷去悲壯地呼號，它充盈的激情儘管格外動人，但文學終是不能救國救民的。文學發展至王小波的時代，無論是社會還是作家自身，都意識到了文學的有限性和可能性。這必然會使文學的面貌煥然一新，王小波處在這樣一個時代，儘管他卓然不群，但我們依然能夠感到他的小說話語講述的年代與講述話語年代的區別。《黃金時代》無疑是王小波最好的作品，這部作品不止因獲臺灣《聯合報》文學大獎而使王小波名重一時，同時也爲大陸讀者格外重視。小說話語講述的年代我們不僅有過親歷，而且還在不同的敘事中部分地強化或部分地改變著我們的記憶，那段歷史時而光榮時而慘烈，對它的述說，也時而成爲時尚時而成爲身份的表徵，就如同它既像貧下中農的一件血衣，又像老戰士彈洞累累的身軀。這是我們主流文學對那段歷史的主要表達式。然而王小波不同，作爲一個政治年代，它的如火如荼、激情萬丈的顚狂在作者的敘事中僅僅成爲一種底色和背景，他沒有歷史了然於心之後的控訴或說教，也沒有「青春無悔」式的徒然悲壯。在這個意義上，《黃金時代》同所有的知青文學和「反文革」文學都不同，僅此一點，就足以說明王小波作爲一個小說家的地位和價值。

事實上，《黃金時代》不止是有趣和好讀，它的文本所蘊含的以及背後所提供的一切，爲我們的批評和闡釋提供了巨大的空間和可能。就作品本身來說，它的內在結構十分簡單，一個叫王二的知青，既是主人公又是敘事人，他陳述的故事也只是王二與陳清揚前後多年的戀情及性關係。他的講述既張揚又從容，既有描述又有體驗，這給不明眞相的人迅速的誤導，他們很容易產生種種與性相關的聯想，更有甚者會指認它是一部「色情」小說。用福柯的話來說，這就是一種「認知的意願」。一個人的認知意願受制於他的認知是否符合群體的共識，受制於人們對禁忌的恐懼性記憶和理解。在當代中國，人們爲了不觸犯這一禁忌，對性的談論必須格外小心，即使到處都有賣淫嫖娼，也必須在話語層面保持一種「壓抑」狀態，實施一種「寧左勿右」的姿態。而事實上，這一「壓抑」已經十分虛假。

即便王二的時代，「性壓抑」也是無可證實的，重要的是王小波通過對一個禁忌的「觸犯」，通過對窺淫心理的揭示，披露了一個時代文化機制的秘密。每一個時代都有按照自己的意願構築起的語詞形態，它通過多種機制形成互涉的嚴密網絡，對它所指涉的事物進行明確、簡約或調整、強化，並賦予它以合法性，而對那些不曾指涉的事物，在不作宣告中形成禁忌，並實施排拒和壓制，在語詞系統中它不能進人秩序，因此不具有合法性。性，在王二的時代僅是禁忌之一種，它的被壓抑，反而成了人人關注並深懷興趣的對象。因此，與其說那些閱讀陳清揚交待材料的人內心殘缺，勿寧說一個時代的文化機制有了致命的殘缺。因此，《黃金時代》對文革反人性的揭示，是隱含於文本之外的，但卻是最爲深刻的。王小波的這一貢獻只能產生於 90 年代而不會是其他年代。即便是在這一時代，許多人仍不能理解，從而使它在很長一個時期處於暖昧不明的狀態，這也正從另一個角度證實了語詞構築的認知意願的巨大威懾性。但也從而證實了王小波作爲一個小說家超前的先鋒性。當許多人抱怨遷怒於批評界的冷漠，爲王小波的寂寞深感不平時，我卻認爲這是王小波的宿命，他的心靈空間、他對知青生活或者說人的生存困境的理解，是很難在短時間裏爲人們所認知的，我們還面臨著許多解釋、理解他的困難。至今我仍然認爲，許多對王小波的評價仍是辭不達意的，那些情感化的表達和悲憤之辭其實並沒有意義。

「文革」的時代已經過去了許多年，知青生活也早已模糊得一如夢幻。王小波個人的知青生活同那代人並無多少差別，他用王二和陳清揚的方式來講述那段生活，就其狀態而言不啻爲天方夜譚。那是因爲王小波是在 90 年代講述了這個故事，當我們理性地回憶那段生活時，總會隱隱感到，王二與陳清揚沒有障礙、肆無忌憚的性愛是王小波在 90 年代的想像，而那些興致盎然又面紅耳赤的閱讀交待材料的人，才更符合那一時代的生活邏輯。也就是說，每一時代的生存方式決定了它提出和解決問題的方式。這樣，《黃金時代》就出現了一個悖反性的現象，即他將認知意願或語詞網絡斷裂後的想像，移植於當年的生活場景，從而才構成更爲劇烈的文化衝突。這就是話語講述的時代與講述話語的時代的區別，或者說，只有在今天反省文革，王小波才有可能揭示出文革時代的文化機制。

二、激情奔湧的生命之流

「性」，作爲《黃金時代》或王小波其他作品的主能指，似已無須諱言，它也因此招此致了不同的議論。但王小波對性的理解和表達在我的閱讀經驗中是不可重複的，他以健康和浪漫，將一個恥於言說的「罪惡領地」，平靜地還原於日常生活。無論是王二與陳清揚、與團支書 X 海鷹、還是與婦科醫生小孫的性關係，一切都變得平淡無奇，雙方的彼此接受成了唯一的理由，它也因此而成爲自然和正常生活的一部分。「性」不再具有「事件」的性質。這與以往染指於性題材的小說相去甚遠。我們熟悉的方式，要麼是《金瓶梅》式的玩賞，將女性純然作爲一種消費對象，性，便成了一種罪惡的表徵，從而印證了「萬惡淫爲首」的古訓；要麼是張賢亮式的，在充斥著心理緊張的同時，又要示意走出禁地的勇氣，最終仍要落人才子佳人的古舊模式。起碼在小說領域，性，仍然是一個令人困擾的命題。對它的言說，就像小說一樣，總要負載著自身之外的關懷，性便遠離了自身的內容而成爲一個被借題發揮的、語焉不詳的是非之地。

王小波對於性的坦然理解，顯然與他的文化背景有關，他曾留學於域外，曾做過關於同性戀的研究，在他的許多雜文中，他也曾坦然陳述過對性的看法。他無情地嘲笑過「奸近殺」的卑瑣感慨（《奸近殺》）；肯定「性對於人來說，是很重要的」（《我是哪一種女權主義者》）；認爲「想愛和想吃都是人性的一部分；如果得不到，就成爲人性的障礙」（《從〈黃金時代〉談小說藝術》）。他甚至認爲同性戀都有它的合理性：「我對同性戀者的處境是同情的，尤其是有些朋友有自己的終生戀人，渴望能夠終生廝守，但現在卻是不可能的，這就讓人更加同情。不管是同性戀，還是異性戀，對愛情忠貞不渝的人總是讓人敬重。」（《與同性戀有關的倫理問題》）。然而，這些理性的表達，對人性深懷同情和悲憫的情懷，雖然也極爲動人，但卻遠不如他在小說中表達的浪漫而富於詩情。在他的想像空間裏，對不可遏止的生命之流，給予充滿詩意的熱情禮贊，既汪洋態肆又絢麗無比。

在《黃金時代》裏，王二與陳清揚的性愛關係看似是非理性的，它的緣起是從討論陳清揚是不是「破鞋」開始，然後王二用「義氣」和「友誼」的話語形式引渡了陳清揚。它並非是傳統小說和當代主流文學「愛」的結果，而全然是奔湧的生命需求，人的正當需求在一個最不人性的時代被肆無忌憚地張揚起來：「晚上我和陳清揚在小屋做愛。那時我對此事充滿了敬業精神，對每次親吻和愛撫都貫注了極大的熱情。無論是經典的傳教士式、後進式、側進式、女上位，我都能一絲不苟地完成。陳清揚對此極爲滿意。我也極爲滿意。在這種時候，我又覺得用不著在證明自己是存在的。」人能做自己需要而願意做的事情本來就詩意無比，它可以戰勝來自任何方面的壓力。因此，出鬥爭差——被批鬥這一當時最具摧毀力的形式，足以使許多人崩潰甚至喪失生存的勇氣，而陳清揚「挨鬥時她非常熟練，一聽見說到我們，就從書包裏掏出一雙洗得乾乾淨淨用麻繩拴好的解放鞋，往脖子上一掛，就登上臺了。」王二和陳清揚在人性力量的鼓動下，從容地做一個「被看」的對象，在那個愚沌未開的時代，顯得優越無比。

對陳清揚和王二的鬥爭，既是時代認知意願的需要，同時也是「窺視」的心理需要，當地把鬥破鞋當作一種傳統的娛樂活動，這一需要本身就說明了時代的無比荒謬，在這樣的處境中，王二和陳清揚的性愛放射出了更加動人的光彩。那種「窺視」的灰暗心理，在那一時代不止是普通民眾有，民眾領袖以合法性的身份要求王二和陳清揚寫交待材料，其潛在的意識同民眾並沒有本質的差別。王二寫了很長一段時間的交待材料就是過不了關，被認爲是交待得不徹底，結果陳清揚寫了一篇就通過了。這篇材料讓團長和所有看過的人都面紅耳赤，也就是說，陳清揚將她與王二的性愛關係毫不掩飾地寫了出來，她滿足了「窺視」的要求，同時也是人的性愛力量的勝利。在這一點上，女性表現得更爲勇武和決絕，她以坦然戰勝了卑瑣。

當然，《黃金時代》的浪漫和詩意，還表達在王小波有節制的敘事上。他張揚了性愛，但又沒有抒情詩般的誇張修辭，他總是在必要的時候適可而止，並不時佐以戲謔和調侃，從而使小說又具有了輕喜劇的風格和黑色幽默的意味。在王二的交待材料裏他曾寫過，在劉大爹的後山上，陳清揚腰上束著王二的板帶，上面掛著刀子，腳上穿高統雨鞋，除此之外不著一絲。這樣的場景讓人情不自禁地想到伊甸園。在時代的邊緣，才有人性的浪漫存在，但作者並不讓他的想像沒有邊界，在最適於抒情或展開的地方，他又語調一轉，及時打住，他並不打算在這樣的地方施展才華。類似例子在《黃金時代》中比比皆是：「陳清揚趴在冷雨裏，乳房摸起來像冷蘋果。她渾身的皮膚綳緊，好像拋過光的大理石。後來我把小和尚拔出來，把精液射到地裏。她在一邊看看，面帶驚恐之狀。我告訴她：這樣地會更肥。她說：我知道。後來又說：地裏會不會長出小王二來——這像個大夫說的話嗎？」前面兩句的修辭，明顯地受到歐美經典作家的影響，但王小波沒有沿續下去，使行文絢麗而鄭重，而是在帶有詼諧意味的對話中再次歸於平淡。這顯然是作家有意追求的敘事風格。

王小波的浪漫和詩意，與他接受的文化傳統有很大的關係。事實上，他是一個很崇尚優雅的作家。他曾談到他對查良錚先生和王道乾先生譯著的推崇，和對帶有「二人轉」調子譯文的不屑。他也曾寫下過這樣的文字：「在冥想中長大以後，我開始喜歡詩。我讀過很多詩，其中有一些是眞正的好詩。好詩描述過的事情各不相同。韻律也變化無常，但是都有一點相同的東西。它有一種水晶般的光輝，好像來自星星……眞希望能永遠讀下去，打破這個寂寞的大海。我希望自己能寫這樣的詩。我希望自己也是一顆星星。」這種純粹的趣味和想像，使王小波擁有了眞正的優雅、眞正的浪漫和詩意。

當年，名重一時的勞倫斯曾指出：「假使我們的文明教會了我們怎樣讓性感染力適當而微妙地流動，怎樣保持性之火的純淨和生機勃勃，讓它以不同的力量和交流方式或閃爍、或發光、或熊熊燃燒，那麼，也許我們就能——我們就都能——終生生活在愛中。就是說，我們通過各種途徑被點燃，對所有的事情都充滿熱情。」勞倫斯爲了實現他的信念，不惜以抒情詩般的筆調使性變爲神話，從而使查太萊夫人的故事成爲奇觀不脛而走。而王小波的故事既浪漫神奇又平淡無比，是他，將一個不明之物還原於日常生活，性，既有詩意的魅力，又不是可以替代一切的神話。

原載《南方文壇》，1998 年第 5 期

大舞臺主角的隱秘人生與複雜人性
——評周大新的長篇小說《曲終人在》

周大新的長篇小說《曲終人在》的出版，無論在哪個意義上都注定了它無可避免的引人注目：一方面，毀譽參半的官場小說風行了幾十年，官場厚黑學和林林總總的不堪，幾乎應有盡有，官場在「官場文學」的講述中，幾乎就是一個關於骯髒和罪惡的大展館，而且逐漸形成了寫作潮流，或者是持久不衰的關於官場之惡的角逐或競賽。在這樣格局中，周大新將用怎樣的觀念表達他對官場的理解，將會用怎樣的方式書寫他看到或想像的官場？面對過去的官場小說，他是跟著說、接著說，還是另起一行獨闢蹊徑；一方面，「反腐」已經成爲這個時代的關鍵詞或日常生活的一部分。官場生涯幾乎就是「高危職業」的另一種說法，那些惴惴不安的貪腐官員如履薄冰夜不能寐早已耳熟能詳。這時，周大新將會用怎樣的態度對待他要書寫的歷史大舞臺上的主角、而且——這是一個省級大員、一個「封疆大吏」。如果這些說法成立的話，那麼，我們就可以指認《曲終人在》確實是一部「官場小說」；但是，小說表達的關於歐陽萬彤的隱秘人生與複雜人性，他的日常生活以及各種身份和關係，顯然又不是「官場小說」能夠概括的。因此，在我看來，這是一部面對今日中國的憂患之作，是一位政治家修齊治平的簡史，是一位農家子弟的成長史和情感史，是一部面對現實的批判之作，也是主人公歐陽萬彤捍衛靈魂深處尊嚴、隱忍掙扎的悲苦人生。

《曲終人在》，是一個「仿眞」結構，在「致網友」的開篇中，作家以眞實的姓名公佈了本書的完工時間以及類似出版「招標」的廣告；虛擬的被採訪的 26 個人，以「非虛構」的方式講述了他們與歐陽萬彤省長的交往或接觸。這個「仿眞」結構背後有作家秘而未宣的巨大訴求：他試圖通過不同人物的不同講述，多側面、多角度地「復活」已經死去的省長歐陽萬彤，而這不同的講述猶如推土機般強大，它將塑造出一個立體的、難以撼動的、眞實的歐陽萬彤的形象。這些被採訪者的身份不同，與歐陽萬彤的關係也親疏輕重有別。通過這些講述我們看到，歐陽萬彤除了「省長」這個巨大光環的身份之外，他同時還是父親、繼父、丈夫、前丈夫、朋友、舅舅、兒子、下級、病人、同鄉、男人、男主人、被暗戀者等。這不同的身份和「省長」就這樣一起統一在一個叫歐陽萬彤的人身上。這也是判斷《曲終人散》不僅是「官場小說」的重要依據。

應該說，在社會生活的整體結構中，歐陽萬彤還不是一呼百應的主宰者或統治者，但他仍可被看作是歷史大舞臺上的主角之一，他畢竟是一個「封疆大吏」。歐陽萬彤的前史，與那個性格執拗大名鼎鼎的鄉村青年高加林極爲相似，他有抱負，也可以說有野心，他也有一個類似巧珍一樣俊美溫婉名曰靈靈的未婚妻，當然他也像高加林一樣未能與這個青梅竹馬的鄉下姑娘最終結爲秦晉之好。不同的是，高加林決絕地拋棄了巧珍，而靈靈則是在歐陽萬彤奶奶的「點撥」下主動放棄了婚約。歐陽萬彤從小接受的是爺爺的「精英」教育——「一定要做官」。這個來自祖輩的教育對歐陽萬彤的一生至關重要，它影響甚至奠定了歐陽萬彤的人生理想和價値目標。這個理想和價値觀不僅是儒家「修齊治平」的入世思想，同時更聯繫著爺爺「長長臉，換換門風、不受欺負」的生存哲學。因此，從讀大學開始，歐陽萬彤就爲日後進入官場做了充分的準備。他不僅個人努力刻苦，同時也積極培養鄉黨魏昌山。魏昌山談戀愛時歐陽萬彤積極介入，並終於使魏昌山攀上了高枝，娶了一個高級幹部的女兒武姿。歐陽萬彤告誡魏昌山：「中國的全部歷史告訴我們，官場是一個最講人脈關係最需要人提攜的地方，可我的岳父已在文革中被鬥致死，我們日後怎麼辦？在官場裏單打獨鬥？」魏昌山後來在軍界如魚得水成爲將軍。歐陽萬彤對成爲將軍的魏昌山平日講排場坐專機，聲色犬馬揮金如土多有不滿，也曾以不同方式對其規勸，而魏昌山不僅不思反悔，反而心生怨恨以致反目成仇。讓歐陽萬彤始料不及的是，魏昌山最終成爲軍內大貪官。但是，歐陽萬彤在危機時刻，也曾三次得到魏昌山及其岳父的幫助，使其在政界轉危爲安並終於成爲一個「封疆大吏」，這倒也顯示了歐陽萬彤當年的眼光與謀略。因此，歐陽萬彤在政壇中心掌控權力的同時，既受到了來自權力的掣肘，同時也得到了權力的澤被。但是，值得注意的是，歐陽萬彤並不是利用這些關係以權謀私，他被撤職是冤枉的，魏昌山的岳父給更大的領導打電話，只是讓他有機會澄清了自己；他從省委副書記升任省長，曾受到第二任妻子某些方面的影響，魏昌山利用自己的關係，請一些「關鍵崗位上工作的朋友」幫忙，為歐陽萬彤贏得了又一次考核機會，也是還了他一個清白，打消了組織對使用他的疑慮而已。而不是弄虛作假違反原則。因此，歐陽萬彤的從政的經歷，應該說是非常謹慎，對自己有嚴格要求的。他曾說：「我們這些走上仕途的人，在任鄉、縣級官員的時候，把為官作為一種謀生的手段，遇事為個人為家庭考慮的多一點，還勉強可以理解；在任地、廳、司、局、市一級的官員時，把為官作為一種光宗耀祖、個人成功的標誌，還多少可以容忍；如果在任省、部一級官員時，仍然脫不開個人和家庭的束縛，仍然在想著為個人和家庭謀名謀利，想不到國家和民族，那就是一個罪人。你想想，全中國的省部級官員加上軍隊的軍級官員能有多少？不就一兩千人嗎？如果連這一兩千人也不為國家、民族考慮，那我們的國家、民族豈不是太悲哀了？！」如果按照黨內原則來說，這番話未必多麼冠冕堂皇高大上，但是我們卻能夠感受到其中的誠懇，或者這裡隱含了無奈的「退一萬步說」的「底線」承諾。也正因為如此，當妻子常小韞問他：「你當官這麼多年，有沒有做過使你感到良心特別過不去的事？」時，歐陽萬彤說：「我在良心上感到特別不安的事情有兩件，一件是讓薔薇進了監獄，不管她有多少錯處，其實原因都在我，我沒有真正地幫她踩剎車，最終導致了她在政治上的毀滅；另一件，是在我當縣長時，因保護自己提拔的幹部而導致了一對夫婦的自殺，我至今還記得那個叫阮若的丈夫，我對不起他們，我一直在找他們遺下的女兒，想給那孩子一點幫助，可一直沒能找到，我因此常常想，與其他的職業相比，人一生選擇當官選擇行政管理這個行當，最可能留下無法彌補的人生缺憾，我對阮若的女兒一直存有著罪感……」。而阮若的女兒正是他現在的妻子常小韞。一個高級幹部能夠記得為官從政的缺憾，即便他無法彌補難以完美「收官」，也已實屬不易。

但是，這只是歐陽萬彤政治生涯的一個方面。他人生更重要的經歷是那些隱秘的、不為人知或不足為外人道的「人與事」。這些「人與事」是通過歐陽萬彤「辭職」前後披露出來的。「辭職」事件，在小說的整體結構中非常重要：一方面，通過「辭職」呈現了歐陽萬彤的執政環境、人際關係以及大變革時代瞬息萬變的不確定性特徵；一方面，作爲「後敘事」視角的講述方式，使小說懸疑迭起疑竇叢生，小說的節奏感和可讀性大大增強。歐陽萬彤爲什麼辭職一直是一個謎，也是小說的核心情節之一。小說最終也沒有直接說明他爲什麼辭職，但在所有當事人的講述中，呈現出了歐陽萬彤辭職的具體原因。比如秘書說，他要求民營企業海富集團因污染問題停業整頓，但海富集團「有通天人物」，他只能改爲「邊開工生產邊安裝治污設備，但一定要安裝」，雖然他言之鑿鑿「不然，一個月後，我還停他的產！」但比起他先前整頓污染企業的決心已大打折扣；京城的某公子要求承包高速公路建設工程未遂，臨走前打電話威脅說：「你告訴歐陽萬彤，他有點膽大包天了，什麼人都敢玩，玩到了我的頭上，老子要讓他吃不了兜著走，不就是一個鳥省長嘛，讓他當他是省長，不讓他當不就是一個草民？！」歐陽萬彤聽到了電話裏的罵聲，他能做的也只能鐵青著臉，把手邊的一個鐵皮茶葉盒捏扁了；還有，一個副省長竟然敢利用職權隔三差五睡女大學生，歐陽省長怒不可遏地把這事匯報了上去，但一直沒有消息；不僅對同僚的無邊欲望素手無策，就是對自己的妻子他又能怎樣呢？他第一任妻子林薔薇急切地要做土地局長，理由是：「告訴你，我不想讓別人整天指著我說：那是萬彤市長的老婆。我想讓別人介紹我說：那是天全市土地局長林薔薇！我這樣要求難道錯了嗎？你們不是口口聲聲要解放婦女麼，爲何解放到我就不行了？你舉手之勞就可以辦到的事，爲什麼總想推託？我是不是你的老婆？是不是你兒子千籽的媽？是不是你最親的人？你爲何不想把權交給我反要交給別人？僅僅是怕別人議論你任人唯親？你睜眼看看現在哪一級領導用人不是在用的自己人？」類似的事情還有無數。更有甚者，同僚和利益集團甚至製造他「老年癡呆」的虛假診斷，不法商人簡謙延羅織罪名的舉報材料標題就是：省長歐陽萬彤又庸又貪，清河近億百姓苦不堪言，並通過電腦製作下流圖片中傷等卑劣手段來實現打壓彈劾歐陽萬彤。這就是歐陽萬彤的執政環境。這個環境是怎樣造成的是另一個問題，小說中的歐陽萬彤必須面對這些問題對他來說則是一個不可迴避的現實問題。

當然，歐陽萬彤不是一個完人，他也有他的缺點和人性的複雜性，他也有意亂情迷的時候。面對演員殷倩倩的萬種風情，他也難以自持。那雖然是一段「英雄救美」的古舊橋段，但情節的可讀性卻可圈可點。歐陽萬彤可以用喝了酒一時糊塗來搪塞，但那顯然沒有說服力，那個弱點是男性共同的弱點，他能夠淺嘗輒止而沒有誤入歧途已經很了不起；還有，當歐陽萬彤談起與兒子歐陽千籽不和諧關係時非常在意和傷感，他不至一次說他是一個很失敗的父親。他說，兒子小時候非常需要他的陪伴，願和他在一起，可他那時因忙於官場事務且醉心於在官場奮鬥，很少關心過兒子，更少陪伴兒子。等他後來有了閑暇，想與兒子在一起，兒子又不願和他在一起了；當談起他認爲最堅強的人是自己的母親時，他除了感佩更有難言的痛楚，是母親在物資最困難貧乏時代的忍忍，帶領全家走出了生存的泥淖而未墜入絕境。這些不經意的筆觸，是小說最動人的篇章之一。當然，作爲一個高級幹部，小說更著意書寫了他的胸懷和眼光，比如他對購買美債問題、網絡安全問題、稀土出口問題、GDP 問題等的看法，顯示出一個政治家應有的獨立判斷能力；將《新啓蒙》雜誌舒緩地變爲市委內參智庫，顯示了他處理理論問題和知識分子不同意見的遠見卓識和水平。

因此可以說，《曲終人散》是一部對當下中國幹部制度有深入研究、對執政環境複雜性多有體認的作品。小說與此前所有的官場小說大不相同，它不是展示官員如何腐敗、如何權錢、權色交易、如何膽大妄爲肆無忌憚亂用職權。這樣的作品我們從和珅到官場現形記到當代官場小說早已耳熟能詳。如何寫出更有力量更符合生活邏輯和作家理想的小說，是《曲終人散》的追求之一。作爲小說，它要提供的是既與現實生活有關，同時又要對生活有更高提煉或概括的想像。因此也才能更本質地揭示出生活的眞面目。更重要的是，小說是一個虛構的領域，如何塑造出有新的審美價値的人物，才是小說的根本要義。周大新說：「官員也有各自的苦衷。他們作爲一個人生活在這個環境裏並不容易，甚至很艱難。前些年我沒有注意到官場上的精神氛圍，官員看上去非常光鮮，但他們背後其實有很多可以同情、悲憫的地方。」「原來看過一些官場小說，純粹揭露黑暗，把當官的過程寫得很詳細，其實帶有教科書的性質，我不願意那樣寫。」因此，在我看來，《曲終人散》綿裏藏針，它不僅講述了艱難的執政環境，同時也講述了入仕做官的全部複雜性，它是一部書寫大變革時代人間萬象的和世道人心的警世通言。它既是過去「官場小說」的終結者，也是書寫歷史大舞臺主角隱秘人生和複雜人性的開啓者。小說是一種講述，但講述什麼或怎樣講述，都掌控在作家手裏。所以，小說最後寫的還是作家自己，如果是這樣的話，那麼，歐陽萬彤這個人物，顯然寄託了周大新的個人理想。歐陽萬彤那理想化的人格、作爲以及忍辱負重、壯志未酬的悲苦人生，隱含了周大新對人生理想和抱負、對人性、對男女、對親情、對朋友等的理解。如果是這樣的話，那麼，我們就可以認爲，周大新通過對歐陽萬彤這個人物的塑造，同樣表達了他用文學書寫官場人生的新的理解。他的這一經驗，既是中國的也是他個人的。

2015 年 4 月 29 日與香港嶺南大學

「說話」是生活的政治
——評劉震雲的長篇小說《一句頂一萬句》

在當下的中國作家中，劉震雲無疑是最有「想法」的作家之一。「有想法」不是一個簡單的事情，「想法」包含著追求、目標、方向、對文學的理解和自我要求，當然也包含著他理解生活和處理小說的能力和方法。這是一個作家的「內功」，這種內功的擁有，是劉震雲多年潛心修煉的結果，當然也是他個人才華的一部分。所謂的「想法」就是尋找，就是尋找有力量的話。他說有四種話最有力量，就是：樸實的話，眞實的話，知心的話和不同的話。如果說樸實、眞實、知心的話與一個人說話的姿態、方式以及對象有關的話，那麼不同的話則與一個人的修養、見識和思想的深刻性有關。因此，說不同的話是最難的。多年來，我以爲劉震雲更多的是尋找說出不同的話。這個不同的話，就是尋找小說新的講述對象和方式。

大概從《我叫劉躍進》開始，劉震雲已經隱約找到了小說講述的新路徑，這個路徑不是西方的，當然也不完全是傳統的，它應該是本土的和現代的。他從傳統小說那裏找到了敘事的「外殼」，在市井百姓、引車賣漿者流那裏，在尋常人家的日常生活中，找到了小說敘事的另一個源泉。多年來，當代小說創作一直在向西方小說學習，從現代派文學開始，加繆、卡夫卡、馬爾克斯、羅伯—格里耶、博爾赫斯、卡爾維諾等，是中國當代作家的導師或楷模。這種學習當然很重要，特別是在過去的時代，中國文學一直在試圖證明自己，這種證明是在縮小與發達國家文學差距的努力中實現的。許多年過去之後，這種努力確實開拓了中國作家的視野，深化了作家對文學的理解，特別是在文學觀念和表現技法方面，我們擁有了空前的文學知識資本；但是，就在我們將要兌現期待的時候，另一種焦慮，或者稱爲「文化身份」的焦慮也不期而至撲面而來。於是，重返傳統，重新在本土傳統文學和文化中尋找資源的努力悄然展開。劉震雲是其中最自覺的作家之一。《我叫劉躍進》的人物、場景和流淌在小說中的氣息和它的「民間性」一目了然。但因過於戲劇化，更多關注外部世界或表面生活的情節而淹沒了人的內心活動，好看有餘而韻味不足。這部《一句頂一萬句》就完全不同了，他告知我們的是，除了突發事件如戰爭、災害等不可抗拒因素外，普通人的生活就是平淡無奇的，在平淡無奇的生活中發現小說的元素，這是劉震雲的能力；但劉震雲的小說又不是傳統的明清白話小說，敘述上是「花開兩朵各表一枝」，功能上是「揚善懲惡宿命輪迴」。他小說的核心部分，是對現代人內心秘密的揭示，這個內心秘密，就是關於孤獨、隱痛、不安、焦慮、無處訴說的秘密，就是人與人的「說話」意味著什麼的秘密。

亞里士多德發現，伴隨著城邦制度的建立，在人類共同體的所有必要活動中，只有兩種活動被看成是政治性的，就是行動和言語，人們是在行動和言語中度過一生的。就像荷馬筆下的阿基利斯，是「一個幹了一番偉業，說了一些偉辭」的人。在城邦之外的奴隸和野蠻人，並非被剝奪了說話能力，而是被剝奪了一種生活方式。因此，城邦公民最關心的就是相互交談。現代之後，交談意味著親近、認同、承認的交流，在這個意義上，說話就成了生活的政治。

在《一句頂一萬句》中，說話是小說的核心內容。這個我們每天實踐、親歷和不斷延續的最平常的行爲，被劉震雲演繹成驚心動魄的將近百年的難解之迷。百年是一個時間概念，大多是國家民族或是家族敘事的歷史依託。但在劉震雲這裡，只是一個關於人的內心秘密的歷史延宕，只是一個關於人和人說話的體認。對「說話」如此歷盡百年地堅韌追尋，在小說史上還沒有第二人。無論是楊百順出走延津尋女，還是牛愛國奔赴延津，都與「說話」有關。「說話」的意味在日常生活中是如此的不可窮盡：

在老裴和老曾那裏，「話」的意義是「過不過心」；

在吳香香那裏，養女巧玲與吳摩西是「說得著」，與自己是「說不著」；

在巧玲、也就是後來的曹青娥那裏，與丈夫牛書道「兩人說不到一塊兒去」，白天做各自的事，晚上「說話」就是吵架；

曹青娥欣賞的拖拉機手侯寶山會說話：不是話多嘴不停，而是不與你搶話，有話讓你先說；

曹青娥與兒子牛愛國「說得著」，但牛愛國只是聽，卻從不和母親說「心理事」；

牛愛國和龐麗娜雖是夫妻，但同床異夢，因此牛愛國再多的「好話」，龐麗娜一聽「就噁心」；牛愛國不離婚，怕的是離開龐麗娜「連話和說也沒有了」；

小蔣和龐麗娜有了私通，在「春暉旅社」兩人苟且三次後一個說：「咱再說些別的」，另一個說「說些別的就說些別的」；這個對話後來牛愛國和章楚紅也說過。「說話」是一種交流，但更是一種「承認」。夫妻之間的關係，除了生理需要、傳宗接代之外，「說話」就是最重要形式。但吳摩西和老婆吳香香沒有話，老婆說話就是罵吳摩西。理論上說就是吳香香在各方面對吳摩西的「不承認」，或者說是不屑甚至漠視。吳摩西逆來順受一年多並沒有明確的認識，眞正明白了是在鄭州火車站見到了因姦情敗露逃跑的老高和吳香香的恩愛場景。這時吳香香已有身孕：他們「爲吃一個白薯，相互依偎在一起；白薯仍是吳香香拿著，在喂老高。老高說了一句什麼，吳香香笑著打了一下老高的臉，接著又笑彎了腰」。這個場景照出了吳摩西和吳香香的關係——有說有笑的夫妻就是普通百姓的日子，但吳摩西沒有，於是他打消了原來的念頭，離開了鄭州。這個關係的處理只有現代作家才能夠完成。如果是明清白話小說，比如《水滸傳》，只能處理成一個仇怨關係，是「辱妻之恨」。武大發現妻子潘金蓮與西門大官人私通之後，回到家裏捉姦又力所不及，只能被訴諸暴力，被西門大官人一腳踢在心窩臥床不起，最後毒藥被害死。但劉震雲處理吳摩西的時候，不是糾纏在市井風月不放，而是迅速回到了吳摩西的內心：他要離開這個讓他傷心的地方，但去那裏呢？吳摩西既沒有可去的地方，也沒有指引他的人，一個人內心的無助和孤獨在這裡被劉震雲寫到了極致：人的一生可以有許多朋友，但眞正爲難和需要幫助的時候，你會突然發現，可以投奔的人竟然了無蹤影。這一發現不僅表達了劉震雲洞察世事的銳利和深刻，同時也表達了劉震雲對人生悲涼或悲劇性的認識。

小說的下半部「回延津記」的主角，是吳摩西養女曹青娥的兒子牛愛國。牛愛國在情感上的遭遇與吳摩西沒有本質差別。他也是爲找一個能「說上話」的人返回延津。一出一進就是一個近百年的輪迴，但牛愛國能夠找到嗎？我們不知道。我們知道的是，這些人物不知道存在主義，也不知道哈貝馬斯的交往理論，但「話」的意味在這些人物中是不能窮盡的。說出的話，有入耳的、有難聽的、有過心的、有不過心的、有說得著的、有說不著的、有說得起的、有說不起的、有說不完的還有沒說出來的。老高和吳香香私通前說了什麼話，吳摩西一輩子也沒想出來；章楚紅要告訴牛愛國的那句話最後我們也不知道，曹青娥臨死也沒說出要說的話。沒說出的話，才是「一句頂一萬句」的話。當然，那話即便說出來了，也不會是驚天動地的話。在小說中一定要這樣表達，只是小說的技法而已，這和《紅樓夢》中的黛玉臨死也沒說出寶玉如何、《廢都》中有許多空格沒有什麼區別。需要破譯的恰恰是已經說出的話，是普通人在日常生活中的「說話」如何形成政治的。這些普通人是中國最邊緣或底層的群體，在葛蘭西的意義上他們是「屬下」，在斯皮瓦克的意義上他們是「賤民」，他們是「沉默的大多數」，是沒有話語權力的階層。他們在日常生活中的言說被排除在歷史敘事之外，是劉震雲發現了這個群體「說話」的歷史和隱含其間的倫理、智慧、品性等，最根本的是，說話就是他們的日子，他們最終要尋找的還是那個能說上話的人。小說也正是因爲有了這些韻味，也就是理論上的薩特、哈貝馬斯、米德、查爾斯泰勒等對人的存在、交往、有意義的他者和承認的政治的論述，普通人的「說話」才博大精深深不可測，也正是因爲劉震雲發現了這一切，才使這部講述市井百姓的小說超越了明清白話小說而具有了現代意義。

在這一點上，我認爲劉震雲和賈平凹異曲同工，雖然兩人的路徑不同，但隱含其間的追求大體相似。賈平凹在承繼傳統時更多的是文人趣味，比如《廢都》、《高老莊》、《白夜》、《秦腔》、《高興》等，對才子佳人的盎然興趣他從來不避諱。特別是近期的《高興》，雖然是寫「底層」人群的作品，但一個妓女的出現，就顯示出了賈氏印記或風情。劉高興和孟夷純兩人都生活在當下最底層，生活是否有這樣的可能並不重要。重要的是賈平凹以想像的方式讓他們建立了情感關係，並賦予了他們情感的以浪漫的特徵。他們的相識、相處以及劉高興爲了解救孟夷純所做的一切，亦眞亦幻但感人至深。我們甚至可以說，劉高興和孟夷純之間的故事，是小說最具可讀性的文字。這種奇異的組合是賈平凹的神來之筆，它不僅爲讀者帶來了巨大的想像空間，也爲作家的創作提供了許多可能。但是，也正因爲是「才子佳人」模式，劉高興和孟夷純之間才沒有發生「嫖客與妓女」的故事。他們的情感不僅純潔，而且還賦予了更高的精神性的價值和意義。賈平凹顯然繼承了中國古代白話小說和戲曲的敘事模式，危難中的浪漫情愛是最爲動人的敘事方法之一。還值得注意的是，小說幾乎通篇都是白描式的文字，從容練達，在淡定中顯出文字的眞工夫。它沒有大起大落的情節，細節構成了小說的全部。我們通常都認爲，小說的細節是對作家最大的考驗，一個作家和一部作品，最精彩之處往往在細節的書寫或描摹上。

《一句頂一萬句》沒有《高興》的浪漫或文人氣，它確實更接近《水滸傳》的風範或氣韻。無論書中吳摩西和吳香香還是牛愛國和龐麗娜，他們一直生活在「奔走」的景況中，只不過他們心中沒有一個水泊梁山。就是這個「奔走」的設定，將吳摩西和牛愛國的人生全部艱辛呈現出來了。中國人對幸福的理解是「安居樂業」，但這祖孫兩代人卻一直在奔波，無論他們爲了什麼，可以肯定的是他們不幸的生活或人生。

應該說，這是最近幾年我讀過的，最有意思、最有意味、最有想法的小說。這是一部不動聲色的作品，是一部大音稀聲大象無形的大書。它將開啓一個小說講述的新時代。

這是「未名的愛和憂傷」
——評遲子建的長篇小說《群山之巔》

《群山之巔》是 2015 年文學界的「開年大戲」之一。在國展圖書訂貨會的首發式，遲子建的讀者和男女「燈謎」們人頭攢動比肩接踵，溢於言表的興奮如同節日；從不為推廣自己作品出場的遲子建，也破例現身首發式上與讀者興致盎然地對話，足見遲子建對這部小說的看重。在我看來，《群山之巔》無論對文壇還是對遲子建個人來說，都是一部極為特殊的小說：表面看，這是一部僅有 20 萬字的長篇小說，在長篇小說關於體積和重量的賽事愈演愈烈的今天，一個著名作家還能用 20 萬字發表長篇小說，不僅鳳毛麟角，誇張地說，這也不失為一種膽識或優雅；從小說內部來說，它的豐富性、複雜性遠遠超出了我們的想像：它相貌平平看似低調，但它確是一部極有「現代感」的小說：在敘事方法上，它不僅汲取了傳統「說部」、尤其是滿族說部的技法，而且對魔幻、荒誕以及民間傳奇等技法和經驗的運用，使這部小說有極大的敘事魅力和內在體積，它建構的巨大空間恰如層嵐疊嶂的群山之間——那無盡的想像、冷硬荒寒的悲涼詩意，構成了它「未名的愛和憂傷」的主旋，在巍峨的群山之巔的上空盤旋回響。

小說以兩個家族相互交織的當下生活為主要內容：這兩個家族因歷史原因而成為兩個截然不同的家庭：安家的祖輩安玉順是一個「趕走了日本人，又趕走了國民黨人」的老英雄，這個「英雄」是國家授予的，他的合法性毋庸置疑。安玉順的歷史澤被了子孫，安家因他的身份榮耀鄉里，安家是龍盞鎮名副其實的新「望族」；辛家則因辛永庫是「逃兵」的惡名而一蹶不振。辛永庫被命名爲「辛開溜」純屬杜撰，人們完全出於沒有任何道理的想像命名了「辛開溜」：那麼多人都戰死了，爲什麼你能夠在槍林彈雨中活著回來還娶了日本女人？你肯定是一個「逃兵」。於是，一個憑空想像決定了「辛開溜」的命名和命運。「英雄」與「逃兵」的對立關係，在小說中是一個難解的矛盾關係，也是小說內部結構的基本線索。這一在小說中被虛構的關係，本身就是一個荒誕的關係：「辛開溜」並不是逃兵，他的「逃兵」身份是被虛構並強加給他的。但是這一命名卻被「歷史化」，並在「歷史化」過程中被「合理化」：一個人的命運個人不能主宰，它的偶然性幾乎就是宿命的。「辛開溜」不僅沒有能力爲自己辯護解脫，甚至他的兒子辛七雜都不相信他不是逃兵，直到辛開溜死後火化出了彈片，辛七雜才相信父親不是逃兵，辛開溜的這一不白之冤才得以洗刷。如果這只是辛開溜的個人命運還構不成小說的歷史感，重要的是這一「血統」帶來了令人意想不到的後果。「辛開溜」的兒子辛七雜因老婆不育，抱養了一個男孩辛欣來。辛欣來長大成人不僅與養父母形同路人，而且先後兩次入獄：一次是與人在深山種罌粟、販毒品而獲刑三年，一次是在山中吸煙引起森林大火又被判了三年。出獄後他對家人和社會的不滿亦在情理之中，但沒有想到的是，他問養母王秀滿自己生母名字未被理睬，一怒之下將斬馬刀揮向了王秀滿，王秀滿身首異處。作案後的辛欣來儘管驚恐不已，但他還是扔掉斬馬刀，進屋取了條藍色印花枕巾罩在了養母頭上，他洗了臉換掉了血衣，拿走了家裏兩千多元錢，居然還抽了一支煙才走出家門。關鍵是，他走出家門之後去了石碑坊，強姦了他一直覬覦的小矮人安雪兒後，才亡命天涯。於是，小說波瀾驟起一如漫天風雪。

捉拿辛欣來的過程牽扯出各種人物和人際關係。辛開溜與辛欣來沒有血緣關係，但他自認還是辛欣來的爺爺。辛欣來強姦安雪兒之後，安雪兒居然懷孕並生下了孩子。辛開溜爲逃亡的辛欣來不斷地雪夜送給養，爲的是讓辛欣來能夠在死之前看到自己的孩子；而安平等捉拿辛欣來，不僅因爲辛欣來有命案，同時也因爲他強姦的是自己的獨生女；陳慶北親自坐鎮緝拿辛欣來，並不是要給受害人伸冤，而是爲了辛欣來的腎。因爲他父親陳金谷的尿毒症急需換腎。陳慶北不願意爲父親捐腎，但他願意爲父親積極尋找腎源。而通過唐眉陳慶北得知，辛欣來的生父恰恰就是自己的父親陳金谷——當年與一上海女知青劉愛娣生的「孽債」。是辛七雜夫婦接納了被遺棄的辛欣來。辛欣來作爲陳金谷的親生兒子，他的腎不用配型就是最好的腎源。權力關係和人的命運支配與被支配的關係，是小說揭示的重要內容。因此，辛欣來面對緝拿他的安平說：「我知道我強姦了小仙，你恨不能吃了我。實話跟你說吧，我早就想幹她，看他是不是肉身。因爲我恨你們全家！你們家在龍盞鎮太風光了，要英雄有英雄，要神仙有神仙，要警官有警官，要鄉長有鄉長，媽的個個得意！我們家呢，除了逃兵、屠夫就是蹲笆籬子的，一窩草寇！我連親爹親媽是誰都不知道，誰待見我？沒人！我明明沒在林子裏吸煙，可公安局非把我抓去，說我扔煙頭引起山火。我被屈打成招，受冤坐牢。你說我要是英雄的兒子，他們敢抓我嗎？借他們十個膽兒也不敢！生活公平嗎？不他媽公平哇！」辛欣來確實心有大惡，他報復家人和社會就是緣於他的怨恨心理。但是辛欣來的控訴能說沒有道理嗎。小說在講述這個基本線索的同時，旁溢出各色人等和諸多複雜的人際關係。特別是對當下社會價値混亂道德淪陷的揭示和指控，顯示了小說的現實批判力量和作家的勇氣。比如飯館罌粟殼做火鍋底料；唐眉給同學陳媛在引用水裏投放化學製品，致使陳媛成爲生活不能自理的廢人；比如警察對辛欣來慘無人道的行刑逼供；部隊劉師長八萬元與劉大花的「買處」交易；竊賊到陳金谷家行竊，雖然沒有拿到錢財，但卻竊得一個主人記載收禮的記錄本等，雖然隱藏在生活的皺褶裏，但在現實生活中早已是未作宣告的秘密。

當然，小說中那些溫暖的部分雖然還不能構成主體，但卻感人至深。比如辛開溜對日本女人的不變的深情，雖然辛七雜也未必是辛開溜親生的，因爲秋山愛子當時還同兩個男人有關係。但辛開溜似乎並不介意。日本戰敗，秋山愛子突然失蹤，「辛開溜再沒找過女人，他對秋山愛子難以忘懷，尤其是他的體息，一經回味，總會落淚。秋山愛子留下的每件東西，他都視作寶貝」；秋山愛子對丈夫的尋找和深愛以及最後的失蹤，讓我們看到了一個日本女人內心永未平息的巨大傷痛，她的失蹤是個秘密，但她沒有言說的苦痛卻也能夠被我們深切感知或體悟；還有法警安平和理容師李素貞的愛情等，都寫得如杜鵑啼血山高水長，那是小說最爲感人的片段。甚至辛開溜爲辛欣來送給養的情節，雖然在情理之間有巨大的矛盾，但卻使人物性格愈加鮮活生動。

《群山之巔》之所以能夠用 20 萬字的篇幅完成了這樣一個複雜的講述，確實是一個奇跡。在我看來，重要的一點緣於遲子建小說技法上的先進性。如前所述，《群山之巔》不僅汲取了本土「說部」的技法，而且對民間傳奇以及域外的魔幻、荒誕等技法，都耳熟能詳融會貫通。比如開篇，是典型的傳統「說部」的寫法：辛七雜要重新打製屠刀，便引出王鐵匠，屠刀打製後要在刀柄上鐫刻花紋，於是有了繡娘的出場。「花開兩朵各表一枝」，使故事清晰凝練一目了然；但作爲「現代小說」，畢竟不同於傳統的「說部」，其不同的功能要求，決定了現代小說的容量和講述方法的豐富性。因此，在《群山之巔》中，每個人物的塑造方法都截然不同。比如小矮人安雪兒，雖然是法警安平的獨生女，一個侏儒，但她又是一個奇人，不僅智力超常，而且能夠預卜人的死期，她說到誰的名字誰就死到臨頭，於是她被龍盞鎮的人稱爲「小仙兒」。這種現象在東北民間是有生活依據的，她的傳奇性使這個侏儒在小說中大放異彩；還有像辛開溜雪夜入深山等，與東北山裏響馬鬍子的書寫，都可找譜系關係；安平作爲一個法警，在槍斃一個二十一歲的女犯人時，女犯提出了兩個要求：一是不能打她腦袋，以免毀容；二是給她鬆綁，她想毫無束縛地走。第一個要求不難滿足，但第二個要求實難應允。但是，就在安平和另一個法警即將瞄準女犯心臟扣動扳機時，意外發生了：「一條老狼忽然從林中躥出，奔向那女人。現場的人嚇了一跳，以爲它要充當法警，吃掉那女人。誰知它在女人背後停下，用銳利的牙齒咬斷她手腳的繩索，不等人們將槍口轉向它，老狼已絕塵而去。」這一講述的神奇性，多有魔幻現實主義的遺風流韻。多種敘事技法的融合，使《群山之巔》不僅有極大的可讀性，而且在短小簡潔的體積中蘊含了豐富的內容。這是小說敘事方法的另一種實驗或先鋒。

另一方面，在我看來，小說的後記《每個故事都有回憶》和結尾的那首詩非常重要。或者說那是我們理解《群山之巔》的一把鑰匙。後記告訴我們：每個故事都有回憶，那是每個故事都有來處，每個人物、細節，都並非空穴來風。不說字字有來歷，也可以說都有現實依據而絕非杜撰；最後的那首詩，不僅含蓄地告白了遲子建對創作《群山之巔》的詩意訴求，更重要的是，這首詩用另一種形式表達了遲子建與講述對象的情感關係。這個關係就是她的「未名的愛和憂傷」。她的這句詩讓我想起了艾青的「爲什麼我的眼裏常含淚水，因爲我對這土地愛得深沉。」遲子建的故事、人物和講述對象一直沒有離開東北廣袤的平原山川。這個地理環境造就了遲子建小說的氣象和格局。但是，這個冷漠荒寒之地是如此的不盡人意，又如此的令人須臾地難以捨棄，這就是她愛與憂傷的全部理由。她在詩中寫到：

如果心靈能生出彩虹，

我願它縛住魑魅魍魎；

如果心靈能生出泉水，

我願它熄滅每一團邪惡之火，

如果心靈能生出歌聲，

我願它飛躍萬水千山！

於是，我們理解了遲子建的「群山之巔」是什麼：那是彩雲、月亮，是銀色的大海、長滿神樹的山巒和無垠的七彩泥土，是身裏身外的天上人間。如果「翻譯」成「普通話」也可以說，詩人期待的生活不是小說講述那樣的。但是，這就是龍盞鎮的生活，沒有人可以超越它。這樣的生活儘管還卑微、還遠不「高大上」，然而，那永無休止的瑣屑、煩惱乃至憂傷，就是龍盞鎮當下生活的眞實寫照和未來生活的歷史參照。於是，詩人就有理由爲那「未名的愛和憂傷」而歌唱。

《玉米》論

當代中國文學，最有成就的文體是中篇小說。特別是近 30 年來，中篇小說的發展，更是其他文體所不及的。這不僅在中國百年文學史上是個奇跡，在世界文學發展歷史上也是一個例外。中篇小說在現代文學史上就奠定了堅實的基礎，蘇曼殊的《斷鴻零雁記》、林紓的《金陵秋》、魯迅的《阿 Q 正傳》、郁達夫的《沉淪》、丁玲的《莎菲女士日記》、柔石的《二月》、巴金的《寒夜》、無名氏《塔裏的女人》、沈從文的《邊城》、《八駿圖》、蕭紅的《呼蘭河傳》、徐訏的《鬼戀》、張愛玲的《傾城之戀》、趙樹理的《小二黑結婚》等，爲中篇小說的創作提供豐富的經驗。80 年代以後，大型刊物的創辦，爲中篇小說的發展提供廣闊的媒體陣地；90 年代以後，雖然商業大潮席捲華夏，但傳統的以發表中篇小說爲主的大型文學刊物仍然鼎力堅持，與詩歌、戲劇、短篇小說比較而言，中篇小說生產受商業主義影響的限度最小。因此從整體來說，中篇小說一直幸運地處在突飛猛進的發展進程中。

畢飛宇是這個時代最有影響的作家之一。他先後發表的《青衣》、《玉米》、《玉秀》、《玉秧》、《家事》等爲數不多的中篇小說，使他無可爭議地成爲當下中國這一文體最優秀的作家。《玉米》應該是他最具代表性的作品，在百年中篇小說史上，也堪稱經典之作。《玉米》的成就可以從不同的角度評價和認識，但是，它在內在結構和敘事藝術上，在處理時間、空間和民間的關係上，更充分地顯示了畢飛宇對中篇小說藝術獨特的理解和才能。

一、《玉米》的時間

《玉米》的時間是玉米情感「疼痛的歷史」。經驗表明，人在生理上感覺到身體的哪個部分、關注哪個部分，哪個部分就出了問題。在情感願望上也是一樣。王連方的妻子施桂芳生下「小八子」後，有一種「鬆鬆垮垮」的自足和「大功告成後的懈怠」，連續生了七個女兒的「疼痛的」歷史的終結，「小八子」是療治施桂芳唯一的「良藥」。從此她就從王家和大王莊作爲「話題」的處境中解放出來。甚至不是這個「話題」主角的玉米，也有了一種揚眉吐氣和「深入人心」的喜悅，她是替母親「鬆了一口氣」。但是，「小八子」的到來卻沒有終結玉米「疼痛的歷史」。父親王連方與大王莊多個女性的不正當關係，仍然是玉米的痛楚，她爲母親和這個家感到疼痛。因此「玉米平時和父親不說話，一句話都不說。各種原委王連方猜得出，可能還是王連方和女人的那些事」。玉米不僅不和父親說話，而且「背地裏有了出手」。那些和王連方不乾淨的女人，玉米就是她們的「剋星」，她抱著小八子站在有些人家的門口，用目光羞辱和蔑視那些和王連方上過床的女人，於是這些女人對玉米幾乎聞風喪膽。這些舉動是玉米爲母親「復仇」，也是療治自己「疼痛」的手段。

鄉土中國，是一個「超穩定社會」。費孝通說：它的「社會關係是生下來就決定的，它更害怕社會關係的破壞，因爲鄉土社會所求的是穩定。它是亞普羅式的。男女間的關係必須有一種安排，使他們之間不發生激動性的感情。那就是男女有別的原則。『男女有別』是認定男女間不必求同，在生活上加以隔離。這隔離非但有形的，所謂男女授受不親，而且是在心理上的，男女只在行爲上按著一定的規則經營分工合作的經濟和生育的事業，他們不向對方希望心理上的契洽。」〔註1〕玉米當然沒有社會學知識，但鄉土中國秩序是一種無形的巨大力量，對她的規訓和影響使她無意識地要維護「男女授受不親」的「穩定」和秩序。她沒有能力改變父親，只好將她的憤怨傾瀉到那些女人身上。那些女人只是懼怕，受到傷害的卻是玉米。

當然，這還不是玉米的切膚之痛。玉米眞正的疼痛是關於個人的情感史。彭家莊箍桶匠家的「小三子」是個飛行員，叫彭國梁。在彭家莊彭支書的介紹下，和玉米建立了「戀愛關係」。儘管是一個扭曲畸形的年代，但玉米還是經歷了短暫的愛情幸福。與彭國梁的通信，與彭國梁的見面。玉米內心煥然一新，愛情改變了玉米眼前的世界，因王連方和那些女人帶來的疼痛也得到了緩解。彭國梁的來信，「終於把話挑破了。這門親事算是定下來了。玉米流

〔註1〕見費孝通：《鄉土中國之男女有別》，三聯書店 1985 年版。

出了熱淚。」玉米不僅爲自己帶來了榮耀，也爲王家和王家莊帶來了榮耀。但愛情的過程仍然伴隨著苦痛，這不止思戀的折磨，還有玉米文化的「病痛」。她只讀過小學三年級，「那麼多的字不會寫，玉米的每一句話甚至是每一個詞都是詞不達意的。又不好隨便問人，這太急人了。玉米只有哭泣。」於是，「寫信」又成了玉米揮之不去的隱痛。彭國梁終於從天上回到了人間，一瓶墨水、一隻鋼筆、一紮信封和信箋以及灶台後的親密接觸，玉米的幸福幾近昏厥。但玉米還是沒有答應彭國梁的最後要求，她要守住自己的底線。彭國梁又回到了天上。幸福是如此的短暫。更讓玉米難以想像的，這幾乎就是玉米一生的全部幸福。

王連方近乎瘋狂的婚外性行爲終於迎來了報應，他觸了高壓線，秦紅霞是現役軍人的妻子。王連方被「雙開」了。王連方四十二歲出門遠行學油漆匠。王家從此家道敗落，不幸接踵而來。先是玉秀和玉葉慘遭蹂躪，接著是彭國梁越飛越遠的飛機直至沒了蹤影。最後，玉米把自己交給了一個五十多歲即將喪妻的公社革委會的郭副主任。一個心氣高傲、曾經如花似玉的玉米，就這樣經歷了自己慘痛的情愛歷史。對她來說，一切都沒有開始，但一切已經結束了。她此後將要經歷的生活，就這樣無聲無息地融入了可以想像的無論是大王莊或其他任何地方。

二、《玉米》的空間

《玉米》的空間是王家莊的世俗世界。在本質上，它是對抗那個時代主流意識形態的。「文革」時期應該是個最高尚、透明、道德纖塵不染的時代。但玉米的經歷無不與道德的陷落有關。父親王連方的活動場景，基本是在別人女人的床上：從一個「不倫之戀」——比自己大很多的大隊會計開始，一直到現役軍人妻子秦紅霞，王連方「閱盡」大王莊春色。父親的劣跡也決定了玉米在大王莊的行動和思考空間及其思維方式。物理空間決定了心靈空間，這符合存在決定意識原理。玉米「職業化」地抱著小八子在一些人家門口駐足，是示威也是警告。一個鄉村姑娘敢於做到這一點，也著實顯示了玉米的性格的不同反響：要強、自尊、有原則和自我要求。她的行爲完全符合鄉村倫理。

找回母親的面子，替母親「尋仇」的內心要求和無意識，是大王莊這個空間賦予玉米的。因此，玉米在遇到彭國梁之前，她的思想從來也沒有離開大王莊一步。但接觸了彭國梁之後一切都發生了變化，就連他們的戀愛都有一種不可企及的色彩：「玉米的『那個人』在千里之外，這一來玉米的『戀愛』裏頭就有了千山萬水，不同尋常了。這是玉米的戀愛特別感人至深的地方。他們開始通信。信件的來往和面對面的接觸到底不同，既是深入細緻的，同時還是授受不親的。一來一去使他們的關係籠罩了雅致和文化的色彩。不管怎麼說，他們的戀愛是白紙黑字，一橫一豎，一撇一捺的，這就更令人神往了。在大多數人眼裏，玉米的戀愛才更像戀愛，具有了示範性，卻又無從模擬。一句話，玉米的戀愛實在是不可企及。」彭國梁給玉米帶來了另一個空間，它闊大、絢麗，但似乎也虛無飄渺。就連信中的那些詞也飄忽般地閃爍。事實上，「天上人」彭國梁的到來，其實對玉米是一個抽離過程，一個曇花一現的幻覺過程。彭國梁把她從大王莊突然間帶到了「天上」。遙遠的藍天從此「和玉米捆綁起來了，成了她的一個部分，在她的心裏，藍藍的，還越拉越長，越拉越遠。她玉米都已經和藍藍的天空合在一起了。」「天上」美妙，但它不是人間，天上不可能屬於玉米。因此在幻覺中暈眩般地升上天空的玉米，應該是她一生中最絢麗和幸福的時刻。

彭國梁是飛行員，「飛行員」的身份在小說中有強烈的隱喻性，他是一個「天上人」，他和王家莊的世俗世界是兩個不同的空間，他和玉米的男女之情是「天女下凡」的逆向模式。這個來到「人間」的天上人，給王家莊和玉米一家帶來的都是人間的奢侈。就連在王家莊「莫非王土」的王連方，也「實在是喜歡彭國梁在他的院子裏進進出出的，總覺得這樣一來他的院子裏就有了威武之氣，特別地無上光榮。」但是，這個「天上人」畢竟是「下凡」了。他被破例地留宿在玉米家，於是，這個在天堂飛翔的人，卻對狹小的廚房流連忘返。此時的廚房遠遠勝於天堂。

從天上到廚房，這兩個空間是兩個世界。一個是現代的，可望不可及；一個是傳統的、世俗的。廚房在這裡也是一個隱喻，它是屬於玉米的。玉米對廚房環境的熟悉使她忘記了彭國梁的天上人身份，她可以從容地和彭國梁獨處。在這個狹小但溫暖的空間裏，玉米體驗了一生的幸福：既有戀愛亦眞亦幻的感覺，也有遺憾終生的悔恨。那亦眞亦幻的感覺被畢飛宇在這個方寸之地寫得驚心動魄波瀾跌宕。小說的高潮沒有發生在天上，卻發生在廚房這個方寸之地。但玉米還是沒有給彭國梁想要的東西，於是一切便嘎然而止。當彭國梁轉身離去的瞬間玉米就悔恨交加。但一切已經結束了。

彭國梁是個飛行員，是掌握最高端科學技術的人，他應該是一個「現代人」。但是，彭國梁的人在「天上」，精神世界仍然沒有超出彭家莊。現代科學技術難以承擔改變、提升人的精神世界的功能和任務，科技神話在彭國梁這裡淪陷了。玉秀和玉葉慘遭不幸之後，他首先關心的是玉米「是不是被人睡了？」女性的貞操在彭國梁這裡幾乎與高科技是同等重要的。

大王莊的空間也是一個權力主宰一切的空間。王連方在任的時候，他敢於爲所欲爲，想睡誰就睡誰，就因爲他是大王莊的「主」。在他這裡，性與政治的同一性再次被生動地證明。他不是「帝王」，但即便是一個村莊的「主」，也可以「妻妾成群」，於是他就是帝王。但當他肆無忌憚地宣泄身體欲望的時候，他的末日也就到來了。王連方是否意識到即便是在文革時代，與帝王時代畢竟不同已經不重要。重要的是權力是可以讓人利令智昏無所顧忌。這應該是一個反面的教訓，但這個教訓卻從另一個方面啓示了玉米：是父親的失勢才導致了家庭的破產、導致了妹妹們的厄運、導致了天上人彭國梁的撕毀婚約。這時玉米認識到了權力意味著什麼。這是玉米重新審視人生、婚姻的轉折點。大王莊的世俗社會還是權力支配一切的空間。她再找的已經不是「愛人」，而是一個「不管什麼樣的，只有一條，手裏要有權」的人。玉米的「權力的飢餓」不一定就是「Sadism（殘酷的嗜好），也不是心理被扭曲後強烈的支配欲。她最後委身於一個年過半百的革委會副主任，更多的還是尋求權力的保護。如果是這樣，她做填房的選擇是可以理解的，但玉米這一選擇所蘊涵的悲劇性更震撼人心。因此，從本質上說，玉米還是宰制鄉村中國權力的犧牲品。

三、《玉米》的民間

玉米生長在中國的鄉土社會。只有鄉土社會才集中表達了中國的民間特徵。鄉村傳統的倫理、習俗、禮儀、家族等秩序和制度，構成了費孝通先生所概括的中西社會制度的「差序格局」。在王家莊，傳統中國的鄉土社會已經徹底瓦解，但西方意義上的「團體格局」只建立在表面，比如公社革委會、大隊革委會。這個制度終結了過去鄉土社會的「鄉紳制度」，但文革時代的權力體制，個人的特權和權威仍然淩駕於所有人之上。舊的制度已經徹底破壞，新的民主制度還沒有建立起來，因此是個典型的「禮崩樂壞」的時代。

費孝通在《鄉土中國》中談到西方制度的「團體格局」時說：「在『團體

格局』中，道德的基本觀念建築在團體和個人的關係上。團體是個超於個人的『實在』，不是有形的東西。我們不能具體的拿出一個有形體的東西來說這是團體。它是一束人和人的關係，是一個控制各個人行爲的力量，是一種組成分子生活所倚賴的對象，是先於任何個人而又不能脫離個人的共同意志……這種『實在』只能用有形的東西去象徵它、表示它。在『團體格局』的社會中才發生籠罩萬有的神的觀念。團體對個人的關係就像徵在神對於信徒的關係中，是個有賞罰的裁判者，是個公正的維持者，是個全能的保護者。」〔註 2〕鄉土中國沒有宗教信仰，制約人們的「禮」雖然還殘存於鄉村民間文化中，但它的制約力幾乎不存在。那類似於「團體格局」的政權，因爲也沒有「神對於信徒的關係」，權力在民間就必然成爲擁有者凌駕一切，再沒有控制它的制約力量。

王連方在大王莊能夠爲所欲爲地對待女性，與這些女人對權力的恐懼有關係，但這只是問題的一個方面。另一個重要的方面是大王莊普遍的道德觀念。「道德觀念是在社會裏生活的人自覺應當遵守社會行爲規範的信念。它包括著行爲規範，行爲者的信念和社會的制裁。它的內容是人和人關係的行爲規範，是依著該社會的格局而決定的。從社會觀點說，道德是社會對個人的制裁力，使他們合於規定下的形式行事，用以維持該社會的生存和綿續。」〔註 3〕王連方自然不受道德觀念的制約，這與大王莊民間社會的道德水準和麻木不仁是密切相關的。王連方第一次與長他十多歲的女會計發生關繫事後還有些後怕，但女會計給他留下字條讓他到了家裏，然後「輔導著他，指引著他。王連方進入了前所未有的好光景。」女會計說「不要一上來就拉女人的褲子，就好像人家眞的不肯了」。她「晃動著王連方襠裏的東西說，看著它，批評它說『你呀，你是誰呀？就算不肯，打狗也要看主人呢，不看僧面看佛面呢。」這些表達既有對權力的複雜心理，也潛隱著道德的低下。此後王連方經歷的女人，除了有慶家的柳粉香對自己的自輕自賤有無奈的檢討和心靈的疼痛之外，其餘的女性幾乎都是半推半就甚至樂得其所。

性觀念和行爲在大王莊只是道德水準的一個方面。自尊自愛的普遍缺失是這個民間社會的集體無意識。小學教師高素琴是玉米在大王莊最「佩服」的一個人，她能夠解四則混合運算，能說普通話。但她接到玉米讓她收轉的

〔註 2〕見費孝通：《鄉土中國之維繫著私人道德》，三聯書店 1985 年版。

〔註 3〕見費孝通：《鄉土中國之維繫著私人道德》，三聯書店 1985 年版。

彭國梁信的時候，她幾近是在捉弄玉米：「『玉米，你怎麼這麼沉得住氣？』玉米一聽這話心都快跳出嗓子眼了。玉米故意裝著沒有聽懂，咽了一口說:『沉什麼氣？』高老師微笑著從水裏提起衣裳，直起身子，甩了甩手，把大拇指和食指伸進口袋裏，捏住一樣東西，慢慢拽出來。是一封信。玉米的臉嚇得脫去了顏色。高老師說：『我們家小三子不懂事，都拆開了——我可是一個字都沒敢看。』」她不僅慢慢地觀察玉米，享受擁有信件的快感，而且她已經事先看了彭國梁的信。雖然是一個小學教師，一個文化的傳播者，但她的疑難陰暗心理和窺視欲望與後來的其他村民沒有區別。

玉米對尊嚴的維護，一開始就危機四伏：當她爲了維護母親的尊嚴——當然母親已無尊嚴可言，她甚至還和那些同丈夫上床的女人有說有笑。這也是母親恥辱下場的條件之一。玉米抱著小八子站在一些人家門口示威和警告的時候，那些人家的女人不敢發作，一是理屈，一是懼怕王連方的權力。一旦王連方失去權力，玉米的處境就可以想像。這時，玉米雖然仍在頑強抵抗，但已逐漸轉爲「以守爲攻」了。她讓母親堅持嗑瓜子，不能因父親緣故而顯出頹勢；因妹妹的事情，她要送雞蛋甚至將豬趕進學校，表面是挽回事態，實際也是一種示威；給彭國梁回信時，玉米面對信箋的話是：「國梁，你要提幹」，覺得太露骨才婉轉地說：「好好聽首長的話，要求進步」。當一切都塵埃落定之後，玉米終於退到了她曾反抗的起點——對權力的屈從。

民間社會長久浸泡在權力的威懾之中，他們對權力恐懼的同時也膨脹了對權力的渴望和佔有，這是自危意識另一種極端化的表達。於是，無論任何人，一旦擁有了權力就會從相反的方向去使用它。畢飛宇曾說「描繪人物就是與人相處」〔註4〕這話是對的，任何人都不是抽象的人，都是具體的人，這個具體的人是在各種社會關係中被「塑造」出來的。這就是福軻所說的「規訓」的力量。玉米試圖用行動來反抗大王莊的民間社會並維護自己的尊嚴，最終還是失敗了。她的反抗一開始就是依託於權力展開的，沒有父親的書記地位，沒有人會把玉米當回事。當這個依託塌陷之後玉米自身難保，尊嚴在那個時代是件多麼奢侈的事情！因此玉米的終點必然是起點，這也是她自己身上的「鬼」。

《玉米》的社會土壤是腐敗的，但作爲文學土壤又是堅實的。畢飛宇就在這堅實的文學土壤上塑造了玉米。他將玉米情感疼痛的歷史書寫得悠長而

〔註4〕《半島都市報》2004年9月20日。

悲愴，就像利刃緩慢劃過皮膚，綻放的是帶血的花朵；他在一個虛擬的空間——戰機飛翔的天空，和一個切實的空間——大王莊的世俗世界，爲玉米的虛幻想像和現實的處境提供了進退自如的廣闊天地；在軟弱麻木的民間社會，展現了權力的力量和它墳墓般的幽暗。玉米從自強、自尊、多情到妥協、無奈和冷漠的心路歷程，對我們說來就這樣歷歷在目揮之難去。

不確定性中的蒼茫叩問

——評曹征路的長篇小說《問蒼茫》

這些年來，曹征路站在改革開放的最前沿地帶，密切關注著 30 年來中國大地上發生的這場改變國家民族命運的社會大變革。值得注意的是，他的作品不是那種花團錦簇、鶯歌燕舞似的時代裝飾物，也不是貌似揭露、實際迎合的所謂「官場文學」。他陸續發表的《那兒》、《霓虹》、《豆選事件》以及這部《問蒼茫》等，在以「現場」的方式表現社會生活激變的同時，更以極端化的姿態或典型化的方法，發現了變革中存在、延續、放大乃至激化的問題。在這個意義上，曹征路承繼了百年來「社會問題小說」的傳統、特別是勞工問題的傳統。不同的是，現代文學中包括勞工問題在內的「社會問題小說」，是民主主義、社會主義在中國傳播的背景下展開實踐的，它既是五四時代啓蒙主義思潮的需要，也是啓蒙主義必然的結果。在那個時代，「勞工神聖」是不二的法則，勞工利益是啓蒙者或現代知識分子堅決維護或捍衛的根本利益。但是，到了曹征路的時代，事情所發生的變化大概所有人都始料不及，儘管「人民創造歷史」、「工人階級」、「社會公平」、「人民利益」、「勞動法」、「工會」等概念還在使用，但它們大多已經成爲一個詭秘的存在。在現代性的全部複雜性和不確定中，這個詭秘的存在也被遮蔽的越來越深，以至於很難再去識別它的本來面目或眞面目。無數個原本自明的概念和問題，在忽然間變得迷蒙曖昧甚至倒錯。於是，便有了這個「天問」般的迷惘困惑又大義凜然的《問蒼茫》。

這究竟是一部什麼樣的小說，究竟該如何評價曹征路多年來的關注和焦慮，究竟該如何指認曹征路的立場和情感，該如何評價曹征路包括《問蒼茫》在內的作品的藝術性？這顯然是我們必須回答的問題。

一、現代性過程中的另一種歷史敘述

《問蒼茫》在《當代》雜誌發表的年代，正值改革開放 30 年，各個領域都有不同形式的紀念活動或會議。其中特別引人注目的是央視推出的 13 集電視記錄片《改革開放 30 年紀實》。央視在介紹這部電視片時說：

> 這是一部全景式記錄中國改革開放三十年偉大成就的大型電視系列片，它高度濃縮了三十年來中國在農村、國企、經濟體制、收入分配、金融、對外經貿、政治體制、幹部人事制度、文化、科技、教育、醫療衛生、社會發展、社會保障、就業體制、國防軍事、統一大業、對外交往及黨的建設等各方面所發生的重要變化，從經濟、政治、文化、社會等多個層面向世人展示出「中國道路」的獨特魅力與精神內涵。〔註 1〕

30 年，各個領域取得的偉大成就，就這樣一起建構了改革開放的歷史。客觀地說，30 年來的偉大成就舉世公認，就連那些「萬惡的資本主義」國家也不得不承認中國發生的天翻地覆的巨大變化，國家形象和國際地位的改變，是伴隨著 30 年改革開放的歷史一起發生的。因此，肯定成就是我們的前提。但是，我們也不能不承認還有沒有被敘述的歷史，還有另外的歷史也同時在發生。這個歷史，就是《問蒼茫》中的歷史。在這個歷史中，我們首先感到「蒼茫」的不僅是那些還在使用的「知識」和「理論依據」，重要的是這些「知識」和「理論依據」與現實究竟是一種怎樣的關係，面對現實它的闡釋是否還有效。

1918 年 11 月 15 日、16 日，那是五四運動的前夕，北京大學在天安門前舉行演講大會，慶祝協約國在第一次世界大戰中獲勝。參加大會的有 30000 餘人，北京大學校長蔡元培主持了會議並兩次發表演講。在 16 日的演講中，他喊出了「勞工神聖」的口號，並向人們指出：「此後的世界，全是勞工的世界啊！」1919 年 5 月 1 日，北京《晨報》副刊出版了勞動節紀念專號，這是中國報紙第一次紀念這個全世界勞動人民的節日。三天後偉大的「五四運動」爆發。期間李大釗在自己負責編輯的《新青年》6 卷 5 號上發表了《我的馬克

〔註 1〕見 CCTV.COM，2008 年 12 月 18 日。

思主義觀（上）》，他在文章中說：「現在世界改造的機運，已經從俄、德諸國閃出了一道曙光。……從前的經濟學，是以資本爲本位，以資本家爲本位。以後的經濟學，要以勞動爲本位，以勞動者爲本位了。」特別是 6 月 3 日以後，工人階級作爲獨立的政治力量登上歷史舞臺，在工人階級和全國人民的壓力下，北洋軍閥政府被迫屈服，「五四運動」取得了偉大勝利。從此，在現代中國的歷史敘事中，工人階級一直作爲中國現代革命的主導力量而存在，毛澤東甚至提出「工人階級必須領導一切」的主張。但是，無論是階級問題，還是工人階級的地位問題，在現代性的不確定性過程中，因其模糊性遭到了質疑。來自四川的五級鉗工唐源曾向「知識分子」趙學堯「請教」：「現在是社會主義初級階段對不對？對呀。既然是初級階段，那階級鬥爭在啥子階段熄滅的？」「從前沒得多少工人的時候，全國也不過兩百萬的時候，天天都在喊工人階級，勞工神聖，咱們工人有力量！現在廣東省就有幾千萬工人，怎麼聽不到工人階級四個字了？我們是啥子人？是打工仔，是農民工，是外來勞務工，是來深建設者，就是不叫工人！」

這樣的問題是趙學堯這樣的「知識分子」沒有能力也沒有願望回答的。改革開放以來，理論上的這些問題因「不爭論」被懸置起來。當年鄧小平提出「不爭論」是有道理的，在當時中國的語境中，「姓資」「姓社」的問題在機械、僵化的理論框架內的爭論將永無出頭之日，如果爭論，中國的改革就難以實踐。但是，當改革深入到一定程度的時候，當現實出現問題逼迫我們作出理論解釋的時候，我們卻兩手空空一貧如洗。於是，當工人罷工時，身爲寶島電子廠書記的常來臨說：「你們有意見就提，公司能滿足就滿足，不能滿足就說清楚。不要動不動就鬧罷工，那個沒意思。你們有你們的難處，老闆也有老闆的難處。老闆就不困難嗎？爲了找訂單，她幾天幾夜都沒合眼了。沒有訂單，我們就沒有活幹，沒有活幹大家都沒有錢賺。大家是一根繩上的螞蚱，這個道理不是明擺著嗎？」當年李大釗的「以勞動爲本位，以勞動者爲本位」的理論在這裡沒了蹤影。常來臨書記的立場非常明確：老闆的難處就是大家共同的難處，沒有老闆大家就都沒有錢賺，大家都不能活命。因此，老闆才是「本位」、資本才是「本位」。當然，包括寶島電子廠的工人並不是嚴格意義上的產業工人，他們來自貧困的鄉村，是爲生存不惜任何代價討生活的。「工人階級」的內涵已經發生了巨大的變化。是現實的全部複雜性使 90 多年過去後，不再困惑我們的問題才又一次浮出水面。

深圳是中國改革開放的前沿，是中國 30 年改革開放的縮影。那麼，是誰創造了深圳新的歷史？冠冕堂皇的回答是「人民」創造了深圳的歷史。但是，《問蒼茫》中的柳葉葉、毛妹們創造的歷史就是爲了創造自己一貧如洗有家難回的處境嗎？就是爲了創造毛妹因救火負傷沒人負責只能自殺的絕望嗎？事實上，究竟是誰創造歷史的問題，不僅是歷史學家曾經爭論的問題，那些有思考能力的作家在歷史演進的過程中也發現了其中的矛盾。史鐵生《務虛筆記》中的一個主人公、畫家 Z 提出的問題是：「是誰創造了歷史？你以爲奴隸有能力提出這樣的問題嗎？……那個信誓旦旦地宣佈『奴隸創造了歷史』的人，他自己是不是願意呆在奴隸的位置上？他這樣宣佈的時候不是一心要創造一種不同凡響的歷史麼？」「他們歌頌著人民但心裏想的是作人民的救星；他們贊美著信徒因爲信徒會反過來贊美他們；他們聲稱要拯救……比如說窮人，其實那還不是他們自己的事業是爲了實現他們自己的價值麼？這事業是不是眞的能夠拯救窮人並不重要，重要的是窮人們因此而承認他們在拯救窮人，這就夠了，不信就試試，要是有個窮人反對他們，他們就會罵娘，他們就會說那個窮人正是窮人的敵人，不信你就去看看歷史吧，爲了他們的『窮人事業』。他們寧可窮人們互相打起來。」「歷史的本質永遠都不會變。人世間不可能不是一個寶塔式結構，由尖頂上少數的英雄、聖人、高貴、榮耀、幸福和墊底的多數奴隸、凡人、低賤、平庸、苦難構成。怎麼說呢？世界壓根兒是一個大市場，最新最好的商品總會是稀罕的，而且總是被少數人佔有。」〔註 2〕

《問蒼茫》所提出的問題比《務虛筆記》要現實和具體得多，曹征路要處理的不是哲學或歷史觀的問題。他要處理的是深圳 30 年來被建構起的歷史之外的另一種歷史，是被遮蔽但又確實存在的歷史。在發現這個歷史的過程中，作爲作家的曹征路同樣充滿了「蒼茫」和迷惑，他試圖展現這個歷史而不是確切地判斷這個歷史。這是一段切近的歷史，在近距離的考察、表現這段歷史的時候，迷惑、困頓甚至茫然，就是我們共同的切身感受。

二、情感、立場和內心的矛盾

「底層敘事」、「新左翼文學」或被我稱作的「新人民性文學」發生以來，評論界和創作界有截然不同的兩種聲音。這本來屬於正常的現象。當「總體性」的文學理論瓦解之後，文學作品就失去了統一的評價尺度。因此，見仁

〔註 2〕史鐵生《務虛筆記》第十九「差別」，人民文學出版社 2007。

見智再所難免。從另外一個角度看，面對當下中國的現實，思想界的「新左翼」與「自由主義」的論爭已持續多年，至今仍未偃旗息鼓。文學界對這一論爭的接續是遲早的事情，於是「新左翼文學」的命名被隆重推出。無論是褒貶，曹征路都歷史性地站在了最前沿。2004 年 5 期的《當代》雜誌發表了他的《那兒》，一時石破天驚。在《那兒》那裏，曹征路在鮮明地表達自己的情感立場的同時，也不經意間流露了他的矛盾和猶疑。我當時評論這部作品時說：《那兒》的「主旨不是歌頌國企改革的偉大成就，而是意在檢討改革過程中出現的嚴重問題。國有資產的流失、工人生活的艱窘，工人爲捍衛工廠的大義凜然和對社會主義企業的熱愛與擔憂構成了這部作品的主旋。當然，小說沒有固守在『階級』的觀念上一味地爲傳統工人辯護。而是通過工會主席爲拯救工廠上訪告狀、集資受騙、最後無法向工人交代而用氣錘砸碎自己的頭顱，表達了一個時代的終結。朱主席站在兩個時代的夾縫中，一方面他向著過去，試圖挽留已經遠去的那個時代，以樸素的情感爲工人群體代言並身體力行；一方面，他沒有能力面對日趨複雜的當下生活和『潛規則』。傳統的工人在這個時代已經力不從心無所作爲。小說中那個被命名爲『羅蒂』的狗，是一個重要的隱喻，它的無限忠誠並沒有換來朱主席的愛憐，它的被趨趕和千里尋家的故事，感人至深，但它仍然不能逃脫自我毀滅的命運。『羅蒂』預示著朱主席的命運，可能這是當下書寫這類題材最具文學性和思想深刻性的手筆。」〔註 3〕事實上，朱主席的處境也是作家曹征路的處境：任何個人在強大的社會變革面前都顯得進退維谷莫衷一是，你可以不隨波逐流，但要改變它幾乎是不可能的。

《那兒》裏的工人階級是中國傳統的產業工人，也只有產業工人才能做出朱主席這樣決絕的選擇。但是，在《問蒼茫》中，「工人」的內在結構已經發生了根本性的變化。無論是柳葉葉、毛妹五姐妹，還是唐源等技術工人，他們都來自邊遠的鄉村，這些還不具有「工人階級」意識、也沒有產業工人傳統的農民，是爲了擺脫貧困或爲了生存來到深圳幸福村和寶島電子工廠的。因此，無論面對勞資衝突，還是具體的人與事，這個群體都存在著盲目性和搖擺性。需要指出的是，不具有產業工人意識和傳統的「農民工」，首先也是人。是人就應有人的尊嚴和權利。小說中，這些女孩子還沒有走出山區，就遭遇了「開處」的侮辱，而且是鄉長、村長老爹送來的，「怎麼折磨都行」。

〔註 3〕見拙文《中國的「文學第三世界」》，《文藝爭鳴》2005 年 3 期。

進入工廠之後，每天是十幾小時的勞動，還有隨時被解雇的威脅；在殘酷的生存環境中，有的墮落做了妓女，有的嫁給了曾給自己「開處」的馬經理風燭殘年的父親；毛妹則因救火重傷毀容，無人賠償甚至栽贓嫁禍被逼自殺……。這就是《問蒼茫》中工人的處境。曹征路描述和關注了底層如此嚴酷的生活，就已經表明了他的情感和立場。這是宣告「新新中國」和「告別悲情」時代到來的人所不能體察和理解的。

值得注意的是，曹征路在情感和立場傾向於工人的同時，他並沒有採取早期民粹主義者的思想策略，不是為了解決立場問題簡單地站在「勞工」一面。事實上，對柳葉葉等寶島電子廠工人存在的軟弱、功利、現實、盲目甚至庸俗的一面，同樣實施了批判。初來的柳葉葉不知道罷工的眞正含義，在她看來，罷工就有機會穿漂亮衣服到街上逛逛，同時又擔心拿不到「加班費」；機會主義分子常來臨因為沒有參與「開處」使柳葉葉免遭一劫，這不僅在道德層面使柳葉葉感佩不已，同時也被他空洞高蹈的話語煽動所迷惑：她愛上了他。這應該是一個新時代的正在成長的「新人」形象，我相信作家也是按照這樣的形象來塑造的，不然就不會將「打工詩人」、潛伏記者等都安插在她身上。但是，曹征路還是遵循了生活的邏輯，發現了這個「新人」難以蛻去的先天的巨大局限。這些都表明了曹征路面對「底層」時的巨大困惑和矛盾，也正是這樣的困惑、矛盾和焦慮，賦予了作品眞實性的力量和時代特徵。

同樣，《問蒼茫》在塑造常來臨、陳太、趙學堯、文念祖、何子鋼、遲小姐等人物時，都沒有做簡單化的處理。尤其是常來臨這個人物，這是我們在其他作品中未曾謀面的人物。他的特殊性、獨特性的發現，是曹征路的一大貢獻。這個軍人出身也待過業，在道德上有自我約束的人，他沒有參與招工時的「開處」，他的道德形象在小說的男性形象中幾乎鳳毛麟角，在《問蒼茫》的處境中，夫妻兩地分居還能夠做到「守身如玉」，堪稱道德楷模。但就是這樣一個有道德的人，能夠帶著山村來的女工逛深圳、說貼心話的人，在面對工人和資本的時候，他的人格分裂了：一方面，他願意為工人著想，並巧妙地改變了工廠集體辭工變相剝削的陰謀；一方面，在強大的資本神話面前，他無能為力舉步維艱。他曾對柳葉葉說，「有句話你一定要聽，你是個有前途的人，你和他們還不一樣，你還會有很大發展，還會有自己的事業。什麼叫現代化？什麼叫全球一體化？說白了就是大改組大分化。國家是這樣，個人也是這樣。一部分人要上升，一部分人要下降，當然，還有一部分人要犧牲。

這個是沒有辦法的事。」常來臨沒有說錯，現實的確如此；但他說對了嗎？哪部分人應該「上升」「下降」和「犧牲」？存在的就是合理的嗎？難怪最後連柳葉葉也悔不當初：

> 她想不通自己過去爲什麼那樣崇拜他，甚至偷偷地把他和別人作過比較，爲他激動得要死要活。可是現在，這個人的魅力到哪裏去了？他除了會講，還會什麼？他忽然變得那樣地醜惡，那樣地小人。那樣地走狗，那樣地工賊。她想起來了，他當初用那麼優美的腔調，動員大家長期爲老闆弟弟獻血，原來只不過是爲了自己的上升，爲了上升就心安理得讓別人去犧牲。明知別人會犧牲你還要做，那不就等於謀殺？

當然，柳葉葉的「醒悟」也未免偏狹。事實上，常來臨的問題和他的全部複雜性，遠不止柳葉葉經驗的那樣簡單。當「資本霸權」的現實和「資本神聖」的意識形態已經支配了整個社會生活的時候，常來臨個人的力量是微不足道的。因此，這雖然是個充滿了變數的機會主義分子，但同時也有讓人同情之處。他和文念祖、趙學堯等人畢竟還不是同一層面上的人。值得肯定的是，曹征路沒有道德化地評價人物和歷史。一個道德品質沒有問題的人，並不意味著他在大時代能夠明辨是非擔當道義。道德在這個時代的力量不僅蒼白，同時也不是評價人物唯一的尺度。因此，對常來臨這個人物，雖然訴諸了作家的批判，但也同時表現出了曹征路對這個人物的些許猶疑和矛盾。

三、《問蒼茫》的文學性或藝術力量

幾年來，對包括曹征路在內的書寫「底層」的小說文學性或藝術性的問題，一直存有爭議。詬病或指責最大的理由除了「展示苦難」、「述說悲情」、「底層」是社會學概念還是文學概念之外，就是「底層寫作」的文學性問題。這個問題似乎是在「專業」範疇裏的討論，對這個文學現象普遍的指責就是「粗糙」。對「底層寫作」文學性問題的討論是一個眞問題，遺憾的是，至今也沒有人能夠令人信服說清楚「文學性」究竟是怎樣表達的。這個問題就像前幾年討論的「純文學」一樣，文學究竟怎樣「純」，或者什麼樣的文學才屬於「純」，大概沒有人說清楚。站在民眾的立場上說話曾經是不戰自勝，「政治正確」也就意味著文學的合理性。但是，在今天的文學批評看來，任何一種文學現象不僅僅取決於它的情感立場，同時，也必須用文學的內在要求衡量它的藝術性，評價它提供了多少新的文學經驗。這些看法無疑是正確的。但是，需要強調的是，許多年以來，能夠引發社會關注的文學現象，更多的恰恰是它的「非文學性」，恰恰是文學之外的事情。我們不能說這一現象多麼合理，但它卻從一個方面告知我們，在中國的語境中一般讀者對文學寄予了怎樣的期待、他們是如何理解文學的。另一方面，急劇變化的中國現實，不僅激發了作家介入生活的情感要求，同時也點燃了他們的創作衝動和靈感。「底層寫作」正是在這樣的背景下發生的。但是，就像在文學領域沒有可能認同的「中國經驗」一樣，也沒有一個共同的「底層文學」特徵。

《問蒼茫》書寫了「底層」，但它的內涵要遠遠大於「底層寫作」；這部作品可能有些「粗」，但它是「粗礪」而不是「粗糙」。「粗礪」與書寫對象有關，寫小姐的牙床和草莽英雄，寫時尚的「小資」與下崗的女工，在作家的筆下肯定是不同的。因此，「粗礪」只是一個風格學的形容詞，而不是評定一部作品的尺度，尤其不是唯一的尺度。在我看來，《問蒼茫》之所以引起了普遍的關注甚至轟動，不僅在於作品全景式的反映了深圳改革開放的另一種歷史，同時也在於小說在藝術上取得的成就。小說在整體構思上，以「幸福村」作爲主要場景，以地方、家族勢力作爲歷史演進的支配性線索，事實上是一個隱喻。無論深圳如何被描繪爲一個「移民城市」，如何「現代」，但傳統的中國文化在任何一個地方都是一個「超穩定結構」，深圳當然也是如此。無論有多少外商、外資和內地各色人等的湧入，地方勢力在基層都是難以撼動的。文念祖雖然是個地道的農民，但在小說中他是左右幸福村眞正的主角，他是幸福村眞正的「王」。無論是臺商、教授、軍轉幹部、情人還是地方領導，事實上都是以他爲中心構成的社會。他成爲中心不止是他擁有資本，重要的是他和他的家族構成的地方勢力。他的言談舉止、內心需要等，與農民出身的「王」有極大的相似性：有了錢就要編外太太，甚至猖獗地生了孩子，始亂終棄；有了錢就要顯赫的身份，要教授陪伴左右裝點門面；最後就是將金融資本兌換成政治資本，要到「臺上坐一坐」。深圳無論表面上再「現代」、再「文明」，也不能改變文念祖深入骨髓的「王朝」觀念。在這個人物身上，我們可看到沒有經過現代文明洗禮、只有物的浮華，距離眞正的現代該是多麼遙遠。文念祖這個人物的深刻性，是通過作家具體細微的體察和纖毫畢現的生動描繪表達出來的。如果沒有傑出的藝術功力，人物的深刻性是無從表達的。

小說中還值得提及的是陳太這個人物。這是一個優雅、時尚、溫情、充滿女性深長意味的女臺商；作爲商人，她奔波勞碌籌款定單，給兩千多人提供了就業機會；但爲了賺錢，她也可以在試用期未滿就解雇工人，賺取轉正前的差價；風月場上她左右逢源遊刃有餘，但溫婉多情的背後又隱含著欲說還休的無盡蒼涼。弟弟病勢、罷工風潮、資金周轉等各種問題終於使這個優雅的女人徹底崩潰不辭而別。小說只是客觀地呈現了這樣一個女人，似乎沒有明顯的情感傾向，沒有憎恨也沒有意屬。但就是這樣一個看似尋常的人物，無意間卻給人留下了深刻的印象。是陳太身上的什麼東西打動了我們或吸引了我們的目光？是她的氣質高貴、風韻猶存、多情善感、紅顏薄命？似乎在是與不是之間。在我看來，陳太作爲一個「注意力人物」的搶眼之處，是在與周邊的人物比較中突顯出來的：常來臨的變數、文念祖的粗鄙、趙學堯的委瑣、遲小姐的功利等，這些人性的缺陷在陳太身上似乎都沒有，但她也不是一個讓人傾心的人物。她有可愛之處，但似乎又隔了一層什麼，一種難以言說或名狀的距離，使我們在遠觀的時候只能欣賞卻難以親近。曹征路在塑造這個人物的時候，拿捏的恰倒好處。遺憾的是最後將陳太處理成了一個商場上的「娜拉」，在人物塑造方法上落入巢臼，有簡單化或取巧之嫌。話又說回來，如果不是這樣，那還是陳太嗎！

在小說中，曹征路沒有商量地下了「狠招」和「猛藥」的人物就是趙學堯。這個人本來是一個學者、教授、一個知識分子。他初來乍到深圳時，還多少保有一點作爲書生的迂腐，還有一種難以融入的身份或道德障礙。但經過學生何子鋼的點撥訓導、特別是初嘗「成功」的快意之後，煥發或調動了他身上所有的潛能。無論是對權力、女人、金錢、利益，都以百倍的瘋狂攫取。但在獲得這一切的時候，他的卑微、委瑣和功於心計，都暴露無遺。這個時代知識分子的全部醜惡他都聚於一身。他爲文念祖處理情婦遲小姐的事情，爲文念祖登上政治舞臺舞文弄墨撲風捉影，沒有廉恥地拼湊「新三綱五常」，居然還和文念祖的太太發生了性關係。難怪遲小姐評價他說：「你自以爲很有學問，其實你也不是個東西。別以爲你喜歡談意義就很有意義了。你不要我的錢就說明你乾淨了？你比我還不如，我還敢做敢當你連這點勇氣都沒有。你掙的什麼良心錢？你鞍前馬後跑的是什麼？那都是太監幹的活兒」。曹征路是大學教授，他對當下知識分子的德行實在是太瞭解了。被「閹割」的趙學堯教授當然不是當今知識分子的表徵，但曹征路卻以寫意的方式刻畫出了知識分子的魂靈的某些方面。

《問蒼茫》在藝術上取得的成就還有很多。但僅此而已足以證明了《問蒼茫》在當下小說創作格局中的重要性。但我依然認爲，在中國的語境中，特別是在變革的大時代，眞正敢於觸及現實問題，表達我們內心不安、焦慮、矛盾和猶疑的作品，要遠比那些超拔悠遠、俊逸靜穆的作品更能給人以震撼。曹征路在一篇創作談中也曾說過類似的話：「小說失去了與時代對話的渴望，失去了把握社會歷史的能力，失去了道德擔當的勇氣，失去了應有的精神含量，失去了對這種關注作審美展開的耐心，無論如何是說不過去的。我不知道當代文學何日能恢復它應有的尊嚴。但毫無疑問在主義之上我選擇良知，在冷暖面前我相信皮膚。」〔註4〕對曹征路的上述表達，我非常認同。

蘇珊・桑塔格在《靜默之美學》中說：「每個時代都必須再創自己獨特的『靈性（spirituality）』。（所謂『靈性』就是力圖解決人類生存中痛苦的結構性矛盾，力圖完善人之思想，旨在超越的行爲舉止之策略、術語和思想）」〔註5〕曹征路在他的系列小說中，在某種程度上再創了我們時代獨特的「靈性」。這就是，在中國現代性的不確定性中，他發現或意識到了我們言說或表達的困境，這個困境事實上是我們的思想危機，在彷徨和迷茫中才會有「蒼茫」的發問。這既是對社會歷史發展進程的叩問，也是對個人精神領域的坦誠相見。他沒有信誓旦旦地專執一端，在情感、立場傾向底層的同時，他也表現出了內心的猶疑、矛盾和眞實的焦慮。但他感時憂國、心懷憂患，敢於觸及當下最現實和敏感的社會問題，顯示了他作爲作家未泯的良知和巨大勇氣。在五四運動 90 週年即將到來的時候，能夠讀到《問蒼茫》這樣的作品是我們的幸事。這就是：一個偉大的傳統歷經百年但仍有薪火相傳。於是我再次想到了魯迅先生爲殷夫《孩兒塔》序中的名言：「這是對於前驅者的愛的大纛，也是對於摧殘者的憎的豐碑。一切所謂圓熟簡練，靜穆幽遠之作，都無須來作比方」，〔註6〕因爲這文學屬於別一世界。

〔註 4〕曹征路：《我說是逃避，也是抗爭》，《北京文學・中篇小說月報選刊》總第 22 期。

〔註 5〕蘇珊・桑塔格：《激進意志的樣式》5 頁，上海譯文出版社 2007。

〔註 6〕《魯迅全集》（第六卷）494 頁，人民文學出版社 1981 年第 1 版。

現代性難題與南中國的微茫——
評鄧一光作品集《深圳在北緯 22°27'～22°52'》

深圳的歷史沿革，無論推演到秦漢還是魏晉，它引起世人廣泛關注還是新時期以來的事情。因此，這座歷史悠久的城市，仍然可以看做是中國最年輕的城市。城市雖然年輕，卻可以講述出多種歷史，它可以是「神話般地崛起座座城，奇跡般地聚起座座金山」的歷史，也可以是無數打工者的命運史；可以是股市冒險者的發達史或慘敗史，也可以是底層人小富即安的生活史。在不同人的眼裏，深圳就這樣可以書寫出非常不同的歷史。正是這種不同或差異性，使深圳這座城市的各個角落布滿了神秘或生動的各種故事。一座有故事的城市就像一個有故事的人一樣，充滿了魅力或新奇感。此前，我曾在彭名燕、李蘭妮、曹征路、盛可以、吳君、王十月、謝宏、畢亮等不同年齡作家的筆下讀到過不同的深圳。他們不同的感受和描摹使深圳變得迷離又清晰——說它迷離，是因爲深圳的五光十色亂花迷眼；說它清晰，是因爲有無數個具體形象的深圳場景和人物。但是，關於深圳故事和感受的講述還遠遠沒有結束，就像面對無數個新老城市一樣，每個人都有他揮之不去的一言難盡。

2009 年，鄧一光從武漢移居到了深圳。一個人居住地的變遷對他人來說無關緊要，但對當事人來說卻重要無比——一座城市就是一種存在狀態，一座城市就是一種心情。當然，在適應這座城市的過程中，他也發現了這座城市、發現了新的自己。就這樣，鄧一光作爲深圳的「他者」闖進了這座城市精神的心臟。於是幾年後，就有了這部《深圳在北緯 22°27'～22°52'》作品集。值得注意的是，鄧一光的這部作品集與其說講述的是深圳的故事，毋寧說他是通過深圳的各種人物、場景和符號，表達了他對這座城市的體會或想像，這種感受新奇而怪異，複雜又意猶未盡——深圳在他的作品中若即若離似是而非。但是，在他的講述中，我看到了他小說背後的隱解構，這就是：現代性的難題與南中國的微茫。

一、日常生活與文學的極端化

一個作家書寫什麼，表達了他在關注什麼。《深圳在北緯 22°27'～22°52'》這部作品集，書寫的人群或對象，基本是深圳的平民階層。平民就是普通民眾，他們不是這座城市的主導階層，但他們是主體階層。只有這個階層的存在與精神狀況，才本質地反映或表達了真實的深圳。過去我們也閱讀過很多表達深圳底層生活的作品，比如「打工文學」等，這一文學現象和命名本身，已經隱含了明確的階級意識和屬性。但在當下的語境中，那種簡單的民粹主義已經很難闡釋今天生活的全部複雜性。因此，在我看來，當鄧一光在表達深圳平民存在與精神狀況的時候，他不是講述這個階層無邊的苦難或淚水，不止是悲憫或同情。在他看似貌不驚人的講述中，恰恰極端化地呈現出了這個階層的存在與精神狀況。

這部由各自獨立的小說構成的作品集，無意間也構成了由外及內的認知序列。開篇的小說《我在紅樹林想到的事情》，虛擬了一個初來深圳的「我」，在朋友帶領下去「看房」。房就是家，是安身立命的基本條件，沒有房就沒有家。但深圳的房價高的令人乍舌，沒有能力買房的「我」被朋友建議「只能去紅樹林了」。紅樹林沒有房子，「我」卻鬼使神差地在夜裏遇到了一個男人，男人有房子，是母親留給他的，這並不重要，重要的是母親爲了這所房子付出的代價。母親是一個有很多男人的人：「我母親要和那麼多男人幹那種事情，就是說那些男人，他們很可能爲我現在擁有的這套房子掏過腰包，或者他們的一些人掏過。」後來母親和一個男人出國了。這是一個隱秘的事件，也是這個男人的難言之隱。當然這是一個隱喻，它被講述出來示喻的是，對平民階層而言，在深圳擁有一套房子該是怎樣的艱難。

但小說到這裡並沒有結束，當「我」兩次睡著醒來之後，天已經大亮。這是「我」看到了在紅樹林生存的生命，它們是各種自然界的生命。小說在注釋中說明：「深圳的紅樹林比鄰拉姆薩爾國際濕地——香港米埔保護區，是中國最小的國家級自然保護區。」但是，「1988 年以來，深圳城市建設中，不少於八項工程佔有了該保護區土地，面積達 147 公頃，占整個保護區面積的 48%，毀掉紅樹林 35 公頃，佔原植被面積的 31%。」小說從人的存在困境過渡到自然生態的困境，或者說，現代性的難題或它的兩面性已經日益突出地表現出來。住房是我們日常生活面臨的問題，但更嚴峻的問題可能已經涉及到世界的整體。

這是鄧一光的憂患。但他不是用「啓蒙者」的優越告誡或警示讀者，他是用最平實的日常生活——同時也以極端殘酷的方式將要表達的問題呈現出來。而《乘和諧號找牙》，似乎是在回答《我在紅樹林想到的事情》提出的問題，這就是人要學會「放棄」。現代性的過程是一個凸顯或膨脹欲望的過程，這個過程帶來的生活的便捷和物質的豐盈，同時它也是一個無限索取和佔有的過程，人對社會、對自然無休止的索取和佔有，一定會遭遇意料之外的報復。找牙的故事，就是對「放棄」的釋然或頓悟。但是，生活又遠沒有這樣簡單，它的全部複雜性就是讓人欲罷不能難以釋懷。《寶貝，我們去北大》，講述的是一對中年夫婦爲生活和生育奔波的故事。傅小麗和王川都已年近四十，還是沒有自己的孩子。但他們歷久彌堅相信一定會有自己的孩子。於是，他們一次次地去北大——北京大學醫院在深圳辦的一家醫院的生殖科。在生活方面，他們不得不節衣縮食：他們現在的早餐是開水泡飯和蝦雜麵醬，「有一段時間他們的早餐是麵包片。還有一段時間他給她煎火腿蛋，加一大杯『蒙牛』牌高鈣奶，用微波爐煮沸。自從物價上漲以後，他們調整了早餐品種。必須緊縮開支。他們要養三個老人，兩個讀書的妹妹。他們還要存錢買房，還要爲寶寶攢教育費。」這倒也沒有什麼，平民階層面對的生活就是這樣。但是，另一條線索同時出現了：一輛醉駕的 2003 年款道奇「戰斧」撞上了護欄。「戰斧」主人的母親掏出一張支票，非要兒子早上酒醒後能見到完美的座駕。這樣，作爲丈夫和師傅的王川，一邊要關照妻子去「北大醫院」，一邊要帶領三個徒弟幹到半夜。王川沒有怨言。講述者也心平氣和，但是讓人難以理喻的是這個被王川徒弟戲稱爲「繁漪」的女人，居然連半天的時間都不肯相讓，王川確實需要半天時間處理個人事情。女人說酒駕的「還是個孩子，他不願意等。」並一再強調這是一座文明城市，她告誡王川們：如果你「還想繼續活在這座城市裏，記住別玷污了它。」這當然是反諷，究竟是誰玷污了這座城市不言自明。面對這樣的生存處境，王川當然也有不能控制的時候，他曾經因爲傅小麗跳舞動手打過她：傅小麗跳的那支舞曲是《感恩的心》。也難怪王川的失控，生活破碎到了如此地步，要感誰的「恩」呢！

《萬象城不知道錢的命運》，用流行的說法是一篇典型的「底層寫作」：年關到了，打工的德林要購票回家過年。800 萬外來人口都要回家過年，買到車票就不是一件容易的事情。德林沒有買到票。沒有買到票的德林只能給家裏打電話：「母親問他們是不是不再生了——生兒子。細葉爲賬單和家用煩心。大女兒擔心今年的學費能不能一次交齊，小女兒只關心新年禮物。總之家裏四個女人，沒有人沒有問他什麼時候回家過年。」但是，有責任感、有良心的德林並不沮喪，他要寄錢給哥哥，救他出獄，要給母親、大女、二女剩下的都歸妻子細葉。德林最終當然也不能回家過年了。不能回家過年的德林卻並不難過，雖然萬象城琳琅滿目的商品與他沒有關係，深圳一切都是錢說了算。可家裏何嘗不是這樣呢。於是德林阿 Q 式地用想像的方式滿足了一次自己無限消費的過程，他「心裏一下子敞亮了。」雖然不能回家過年，但「他覺得這個年，他會過得不錯。」德林沒有眼淚和抱怨，他「身兼數職」的重負也沒有壓倒他。但是，他無邊的苦難不著一字盡得風流。

這些平民的生存狀態，沉澱在文學深圳的最底層，當然也是基礎。一旦鄧一光用文學的方式表達出來的時候，他就這樣讓我們認識了另一個深圳。

二、眼淚與夢

鄧一光在這部作品集中，無數次地寫到眼淚，當然也有夢。眼淚在現實中，它是一個人悲傷、無助以致絕望的情感表達；夢在幻覺裏，是一個人潛意識在睡夢中不自覺的虛幻實現，它可以飛翔、可以到任何地方，可以實現現實中不能或難以實現的願望或訴求。它們應該是一對矛盾。正是這樣的矛盾構成了深圳平民精神世界的一個方面。當然，任何文學作品都不免寫到眼淚和夢，但是在鄧一光的作品，眼淚不是我們慣常見到的生離死別，不是少男少女失去的愛情；他的人物的眼淚是惶恐、不安或者身份、生存焦慮的緊張造成的；夢也不是金榜題名黃金屋顏如玉，而是由於存在的荒誕感、不眞實性帶來的人內心潛在的試圖逃離的一種方式。如果是這樣的話，這些元素就構成了深圳平民精神世界的微茫特徵。

《離市中心二百米》講述的人物心理可能匪夷所思：一對有博士碩士學

位的夫婦，特別是女碩士，就想居住在市中心。他們找到了市中心的南北中軸線，然後在距市中心二百米的地方租到了一所房子。女碩士喜極而泣。她坐在窗臺上，「蜷縮在那裏，一把一把抹眼淚。天亮了她還在夢裏抽搭。」居住在市中心是一個夢，是一種身份的象徵。靠近市中心不僅意味著靠近了上流社會，更重要的是能夠實現做一個穩定的「深圳人」。因此他們打算消費時她才會說出：「酒店吃不慣，出門有圍龍屋客家食府，不行就元祿回轉壽司。誰叫咱們住在市中心。」然而，市中心的一切與他們並沒有構成實質性的關係。男博士最後還是沮喪地說：「我只知道，我不是深圳人，從來不是，一直不是。」深圳是移民城市，大多數人在這裡都沒有根。因此，是否是一個深圳人，與身體是否處在市中心沒有關係，它是一個與身份相關的文化問題。

《寶貝，我們去北大》中傅小麗，幾乎就沒有終止過眼淚。表面上看是她不能爲王川生一個他們共同的孩子，她甚至動過離開王川，爲王川再找一個女人生孩子的念頭。但本質的原因還是她的身份焦慮。這不僅不能成爲一個母親就不能做一個完整女人的焦慮，更重要的是她是否能夠成爲一個深圳人的焦慮。她也曾經和一個叫周立平的人「好」過，她的女朋友吳玉芳說：「傅小麗你要下決心，周立平眞的在乎你，他前妻纏他他都不幹，你只要和他睡了立刻就能住進產權房，你就是眞正的深圳人了。」傅小麗沒有跨出那一步，她還是王川的妻子，但她有自己對深圳的認識，她認爲自己就是一個深圳的多餘人，她對深圳而言「不再需要了。」王川安慰他說「需要」，「深圳念舊。」傅小麗說「念個屁。」「它在高速發展。它停不下來。它誰也不念。」傅小麗是在衝動中說出的話，但這樣的深圳認識顯然在內心潛伏已久。

但是，深圳不相信眼淚。現代性的過程起碼在當下是一個逐漸祛除情感的過程，人內心的友善、同情、悲憫、助人等品質，逐漸淡化，而越發凸顯的則是冷漠、觀望、無動於衷。人的情感更多的是在個人的「內宇宙」中展開。不止是深圳，任何城市都排斥外來的「他者」，我們在西方「成長小說」、「流浪漢小說」等作品中已經耳熟能詳，巴黎將非巴黎人稱作「外省人」都是例證。因此，任何人進入城市，都必須經歷一個受挫、失敗的過程。如果沒有鄉下作家進城的失意或挫折，鄉村文學田園牧歌式的詩意是難以想像和完成的。也正爲如此，那種逃離、遠行、排拒城市的夢，對外來者來說一直沒有終止。但是，現代性是一條不歸路，進入城市的外來者，除了不可抗拒的因素外，他們是絕不離開城市的。因此，夢就成了他們逃離的唯一形式。

《深圳在北緯22°27'～22°52'》，是一篇受到廣泛好評的小說。小說開篇就寫夢境，他「夢見自己在草原上，一大片綠薄荷從腳下鋪到天邊。」而且經常夢見草原：「在夢中，他就是一匹馬，撒著歡，無拘無束。從夢中醒來後，他還在大口的呼吸，胸脯劇烈地起伏，小腿肚子發緊，膀胱也發緊。而且他的後頸上有一層細細的汗。」不僅做監理工程師的丈夫做夢，做瑜伽教師的妻子也經常做夢。她告訴他昨晚的夢：「夢裏又變成了一隻蝴蝶。這一次，她在熱帶雨林裏快樂地飛翔，沒想到遭遇上劈頭蓋臉的雨。前兩次她在莫名的地方，一次是氣候乾燥的北非沙漠，一次是冰天雪地的南極。在北非的時候她能開口說話。在南極的時候她不能說，用的是啞語，因爲不習慣用觸角或足打手勢，差一點被一隻帝企鵝誤會了。」

做夢是健康人經常遇到的事，本來不足爲奇。但有趣的是，兩夫妻經常夢到的是馬和蝴蝶兩種動物。馬是與馳騁、奔跑相聯繫的動物；蝴蝶是飛舞的動物，而且翩翩多姿。馳騁和飛舞是自由的象徵，經驗表明，人越是缺乏什麼越是嚮往什麼。那麼，這兩夫妻究竟缺乏什麼呢？小說交待：「他們從不吃隔夜的食物，他們甚至不吃隔夜的蔬菜。」這表明他們在經濟上沒有問題；他們夫妻感情很好，妻子經常「蛾蛹似的鑽進他腹下，嘴唇貼在他小腹上，吮吸著」睡覺。排除夫妻生活的各個方面都沒有問題後，我們發現，這是深圳，問題就出在深圳上。我們看到監理的工作狀態是：「整個白天他都在工地上沒頭沒腦地奔波。」因爲在深圳：

> 沒有人偷懶。在深圳你根本別想見到懶人。深圳連勞模都不評了，評起來至少八百萬人披紅掛綠站到臺上。但沒有人管這個，也沒有人管你死活。深圳過去提倡速度，現在提倡質量，可在快速道上跑了三十年，該不該慣性都在那兒，剎不住。

於是監理感到的就是：「他累，卻只能忍著，無處可說。」監理的疲憊傳染了妻子，於是妻子的夢也多了起來。更糟糕的是，不止是這一對夫妻，幾乎所有的人，「他們焦慮或鎮定，不安或頑忍，掩飾或坦然，卻同樣孤獨地找不到同類。」所以深圳這座光鮮、輝煌的城市正是用它的意想不到的另一面作爲代價實現的。現代性的承諾只實現了一部分，而它遮蔽的恰恰是需要發現的。這是一個難題，這個難題鑄成的就是南中國精神或心理上的微茫。鄧一光在作品集的後記中說：「任何城市和任何時代都存在至少兩種城市和時代認知，一個是現實的城市或時代，一個是想像的城市或時代。小說當然要承擔時代及歷史記憶的打撈和記錄功能，但先在性的，行動著的想像力才是小說與生俱來的責任。小說的意義更在於，它是人類人文精神的感性象徵、細節佐證和精神索引，唯有這一點，它的意義超過了美輪美奐的城市建築。」這是一種小說理念。它要表達的是，小說既是現實的，同時也飛翔的。

三、空間與場景

空間是小說人物展開活動的場域，這個空間可以是開放的，也可以是封閉的。但它一定是一個特定的空間，短篇小說尤其如此。同時，不同空間具有不同的功能，它制約或限制著小說的內在結構及人物關係。這與其他敘事文學的形式功能是一樣的。

《乘和諧號找牙》，小說題目在表達荒誕性的同時，也告知了小說展開的空間——和諧號車廂裏。小說緣起於「我」的牙丟了，而且言之鑿鑿丟在了廣州，乘和諧號就是爲了去廣州找牙。在即將開車時，來了一位年輕女人。「我」幫助年輕女人放好了巨大的行李，女人卻坐在了「我」座位上，「我」只好另尋座位。但女人卻追了過來，兩人無可避免地攀談起來。車廂是一個封閉的空間，但它是一個流動的空間。流動的空間與兩人交流的升溫和深入構成了同構關係，空間的流動性使小說有了律動感。流動就是不確定，一切未果，於是就有了懸念。果然，這位有輕微傾述強迫症的女人，也有丟失的東西，而且對女人來說是致命的——乳房。她自己說那是非常迷人的乳房，「您能想到的最美的乳房」。女人沒有乳房就失去了性別體徵，所以她說她的身體都不見了。「和諧號」到了終點，車門打開後，一個封閉的空間敞開。這是小說有了結果：丟失牙齒的「我」頓時釋然：「看來誰都有東西在不經意之中丟失掉。我丟失的是牙齒，別人丟失的是另外什麼東西。」於是他放棄了尋找牙齒的努力，又買一張返回和諧號的車票回深圳了。只有在敞開的空間裏，在與他人比較中才會發現，個人得失可能不那麼重要，放棄或許更重要。

《羅湖遊戲》展開的空間是一家餐廳。餐廳是一個敞開的空間，是公共場域。這個場景的設定，猶如一個戲劇舞臺，或者熒屏或銀幕，它就是爲觀眾設定的。果然，四個食客如期而至地登場了。他們先是等位，然後是我們在餐廳慣常見到的場景：點菜、喝酒、聊天。然後由於酒精的作用，將聚餐推向高潮。不同的聚餐有不同的高潮或結束方式，那是由聚餐人的身份和關係決定的。當然，我們必須關注聚餐談話的內容——不同的群體、不同身份的聚會，談話內容一定有所不同，但有一點是共同的，那就是他們在談論什麼，就一定是在關注什麼，他們的話題有通約關係，也就是共同懷有興趣。這是一個敞開的場景，但是你發現，這個敞開的場景並沒有實現「公共空間」的功能，四個人構成了一個封閉的小圈子。當然，聚餐是私人性質，可以不與之外的任何人打交道。但是故事講述者顯然有旁及整個場景的機會或可能，但他都沒有涉及。人與人之間的關係在這裡構成一種隱喻。然後我們聽到的是這樣一些談話內容：「我要是店家，不會讓大胸的服務生寫菜單」；「剛才你們誰推我？」；「說說羅湖遊戲，是怎麼回事？」；「誰是廖眞珍？我們辦公室一個老姑娘」等等，這些話題散亂而無序，之間沒有任何聯繫，就像這四個人的關係一樣。聚餐結束時，居然「我們誰也沒有理誰」。講述者「我」突然發問：「他們是誰？他們是幹什麼的？」這個發問即是四個人沒有任何關係的必然結果，也是對這場聚會的巨大解構。因此有了這樣一個合乎邏輯的結尾：

> 關於這頓飯，疑點很多。我爲什麼非得在食府等位？我來這裡幹什麼？那個大廚模樣的男人是誰？羅湖遊戲到底是什麼遊戲？怎麼玩？知道最後他們都沒說。還有，我根本不認識他們。我是說，林潔也好，郭子和熊風也好，我不認識他們。我連他們叫什麼都不知道。他們的名字是臨時取的，我取的湊合著用一下，以免把人弄混了。所以三個人都取了單名。
>
> 名字這東西，你可以信，也可以不信。

小說的荒誕性至此呈現出來。這個荒誕性是通過戲劇化的方式得到表達的，比如那個「羅湖遊戲」一直隱藏在幕後，它的謎底始終沒有揭開，它就像被等待的那個「戈多」，究竟是遲遲不臨還是子虛烏有已經不重要，因爲它就如同那三個被虛構的人物一樣，是符號化的元素被設定的，他們是誰都一樣。存在主義哲學在當下的日常生活中仍然沒有退場，人與人難以溝通的絕對性，構成了小說荒誕性的哲學基礎。

《仙湖在另一個地方熠熠閃光》，與《羅湖遊戲》大不相同，它的空間是一個封閉的場景——私人居室。人物也只有他和她兩個人。一對成年男女在一個私密空間裏，原本是一個被「窺視」的所在——它喻示著纏綿、曖昧、情色等等。而這兩人的關係也確實詭秘，此時的他們是一次私密的幽會：兩人的關係顯然不同尋常，這從他們的口吻、眼神、動作能體現出來。尤其女人的關切、理解和自然的行爲，給人深刻印象。但是，他們接觸了之後我們發現，兩人又像是兩條軌道上跑的車，總是不能交匯，就像都在守著一個不可言說的秘密，誰都不肯先交出來。因此，我們窺視到的情況可能會讓很多人大失所望：我們只見那個男的非常不安，一直在看電視裏日本福島核電站泄漏的新聞；女的則不關心這件事，她心不在焉地讀自己喜歡的書。他們在一起的四天裏，也交談、也散步、也做飯，但奇怪的是他們沒有身體接觸。這種人物關係一直以神秘的方式向前流淌。直到小說即將結束時我們才得知：他們曾經是大學同學，是曾經的戀人並且有一個共同的孩子。但此時的他們已經各自有了歸屬，這個女人也許過兩天，可以開著她的布加迪，過了羅湖回到香港半山的豪宅裏。因此，這是一次爲了告別的聚會，一切都結束了。這也是他們四天同居一室，各懷心腹事的最終原因。那個封閉的私人空間，可以讓他們的身體與世隔絕，他們的心卻在各自的軌道上飛翔。深圳隱秘或堂而皇之的角落，就隱藏著無數這樣的隱秘故事，它們漂浮或散落在深圳汪洋一樣的生活中，使這座英姿勃發的城市迷離又絢爛。

小說有鮮明的先鋒文學的氣質，特別是在敘事視角上。這裡的敘事視角是「後視角」：只有講述者把當事人的經歷全部呈現出來時，一切才浮出水面。我曾經多次講過，在當代中國，是否受過先鋒文學的洗禮是大不一樣的。鄧一光的小說不止是講述故事，故事只是他小說的一個元素，他要通過這些時斷時續的故事線索，處理的是人物的精神狀態或處境，他是以處理人物的精神和心靈事務爲旨歸的。荒誕性、不確定性和人物命運的不可知性，構成了他小說的內在結構。他對小說的理解和處理方式，使他這部作品集鮮明地區別於當下所有書寫都市生活的作品，從而在短篇小說創作中獨樹一幟。

當下中國的社會構型還遠遠沒有完成，以城市文明爲核心的新文明正在建構當中。深圳作爲新興的一線城市，作爲新文明崛起的一個「個案」，具有鮮明的典型性和代表性。新文明建構過程所有的問題在深圳都可以輕易地找到或看到佐證。在這樣的時候，鄧一光身置其間恰逢其時，他的小說從一個方面爲我們記錄或揭示了深圳精神狀況的某些方面。他在這本書的後記中說：「這部短篇小說集裏的故事來自我在深圳一年的生活。它更像一部文學筆記。也許我每年都會寫一些。……如果十年以後我還在寫，寫下幾十個甚至更多的篇什，他們會形成我對這座城市的認知史。」現在開來，鄧一光已經部分地實現了自己的期許。

我稍顯不滿足的是，他的這些傑出的小說，在結構上可能有些雷同。它們都是實寫的姿態，寫具體的日常生活，然後虛寫，寫一個意象或具有象徵性的事物，都是先在地上預熱，然後飛向空中。或者說，這些小說都是試圖在具體生活中發現哲學，發現抽象的、令人震驚的感悟，然後讓那些無關緊要的日常瑣事煙消雲散。比如房子與紅樹林、牙齒與放棄、聚餐與存在主義、深圳與草原等等，這些想法確實不錯，但如果用得多了，似乎就有重複的感覺。我覺得，是不是這些小說是在一個時段裏集中創作的原因，是鄧一光無意識形成一種思維定勢帶來的後果？這當然是揣測，但是否也是問題呢？

在不確定性中尋找道路

——評關仁山的長篇小說《麥河》

鄉村中國的改革開放以經歷了30餘年，對三十多年來中國鄉村改革的評價並不相同。2010 年，我讀過兩部有代表性的鄉村題材的小說。一部是劉亮程的《鑿空》，一部是關仁山的《麥河》。這兩部作品是對鄉村中國歷史命運的兩種敘述。《鑿空》的敘述緩慢悠長，對既定的鄉土生活極端迷戀甚至迷狂；《麥河》則大不相同。《麥河》是作家關仁山繼《天高地厚》、《白紙門》等長篇小說後，又一部表現當下中國鄉村生活的長篇小說。無論對關仁山的創作做出怎樣的評價都另當別論，有一點必須肯定的是，關仁山是一位長久關注當代鄉村生活變遷的作家，是一位努力與當下生活建立關係的作家，是一位關懷當下中國鄉村命運的作家。當下生活和與當下生活相關的文學創作，最大的特點就是它的不確定性，不確定性也意味著某種不安全性。如果是這樣的話，這種創作就充滿了風險和挑戰。但也恰恰因爲這種不確定性和不安全性，這種創作才充滿了魅力。關仁山的創作幾乎都與當下生活有關。我欣賞敢於和堅持書寫當下生活的作家作品。

《麥河》是表現當下鄉村中國正在實行的土地流轉政策，以及面對這個政策麥河兩岸的鸚鵡村發生的人與事。實行土地流轉是小說的核心事件，圍繞這個事件，小說描繪了北中國鄉村的風情畫或浮世繪。傳統的鄉村雖然在現代性的裹挾下已經風雨飄搖，但鄉村的風俗、倫理、價值觀以及具體的生活場景，並沒有發生革命性的變化，這就是我曾經強調過的鄉村中國的「超穩定文化結構」。但是，鄉村中國又不是一部自然發展史，現代性對鄉村的改變又幾乎是難以抗拒的。因此，鄉村就著處在傳統／現代的夾縫中——面對過去，鄉村流連往返充滿懷戀；面對未來，鄉村躍躍欲試又四顧茫然。這種情形，我們在《麥河》的閱讀中又一次經驗。有趣的是，《麥河》的敘述者是由一個「瞎子」承擔的。三哥白立國是個唱大鼓的民間藝人，雖然眼睛瞎了，但他對麥河和鸚鵡村的人與事洞若觀火瞭如指掌。他是鸚鵡村的當事人、參與者和見證者。三哥雖然是個瞎子，但他心地善良，處事達觀，與人爲善和寬容積極的人生態度，給人留下了深刻的印象。在某種意義上他是鸚鵡村的精神象徵。但作爲一個殘疾人，他的行動能力和處理外部事務的局限，決定了他難以主宰鸚鵡村的命運。他唯一的本事就是唱樂亭大鼓。但是這個極受當地農民歡迎的地方曲藝，能夠改變鸚鵡村貧困的現實和未來的命運嗎。因此，小說中重要的人物是曹雙陽。這是一個我們經常見到的鄉村「能人」，他見多識廣、能說會道，曾經和黑道的人用眞刀眞槍震懾過黑石溝的地痞丁漢，也曾經爲了合股開礦出讓了自己的情人桃兒。這是一個不安分、性格及其複雜的人物，也是我們常見的鄉村內心有「狠勁」的人物。他是當上「麥河集團」的老總以後重新回到鸚鵡村土地上的。他希望村民通過土地流轉加入「麥河集團」，實現鸚鵡村的集體致富。所謂土地流轉是指土地使用權流轉，土地使用權流轉的含義，是指擁有土地承包經營權的農戶將土地經營權（使用權）轉讓給其他農戶或經濟組織，即保留承包權，轉讓使用權。也有的地區將集體建設用地可通過土地使用權的合作、入股、聯營、轉換等方式進行流轉，鼓勵集體建設用地向城鎭和工業園區集中。其要點是：在不改變家庭承包經營基本制度的基礎上，把股份制引入土地制度建設，建立以土地爲主要內容的農村股份合作制，把農民承包的土地從實物形態變爲價値形態，讓一部分農民獲得股權後安心從事二、三產業；另一部分農民可以擴大土地經營規模，實現市郊農業由傳統向現代轉型。

土地對農民是太重要了。歷朝歷代只有處理好土地問題，鄉村中國才有太平光景。對於農民來說，土地分下來容易合起來難。但土地流轉不是合作化運動，它是充分自由的，可以流轉也可以不參加流轉。對鄉村中國來說這當然是又一種新的探索。就鸚鵡村而言，由於雙羊的集中管理和多種經營，鸚鵡村已經呈現出了新的氣象，農民的生活和精神面貌發生了顯著的變化。當然，小說是寫人物命運的。圍繞麥河兩岸土地流轉這個「事件」，《麥河》在描繪冀北平原風俗風情的同時，主要書寫了鸚鵡村民在這個時代的命運和精神狀態。曹雙羊是一個「能人」，但也誠如桃兒所說，這是一個患了「現代病」的人，他被金錢宰制，現代人所有的問題他幾乎都具備。但他最終還是回到了土地，對土地的敬畏才最終成就了這個能人。瞎子三哥的眼睛最後得以復明，這當然不是他說的「因果論」。但這個「大團圓」式的結局還是符合大眾閱讀趣味的。這個人物是《麥河》塑造得最成功的人物，他是樂亭大鼓的傳人，是一個民眾喜聞樂見的人物。在他身上我們才得以感受典型的冀北風情風物。應該說，就這個樂亭大鼓將《麥河》攪動得上下翻飛風情萬種。可以肯定的是，關仁山對三哥這類民間人物和樂亭打鼓相當熟悉。他身邊的蒼鷹是個「隱喻」，這個鳥中之王，因爲飛得高才看得遠。三哥與蒼鷹「虎子」是相互的對象，用時髦的話說，他們有「互文」關係。

《麥河》中桃兒這個人物我們在《九月還鄉》中似乎接觸過；她是一個來自鄉村的賣淫女，但做過著類營生的人並非都是壞人。桃兒自從回到鸚鵡村，自從和瞎子三哥「好上」以後，我們再看到的桃兒和我們尋常見到的好姑娘並沒有不同。她性情剛烈，但多情重義。她不僅愛三哥，而且最終治好了三哥的眼疾使他重見光明。這裡當然有一個觀念的問題。自從莫泊桑的《羊脂球》之後，妓女的形象大變。這當然不是作家的「從善如流」或庸俗的「跟進」。事實上妓女也是人，只是「妓女」的命名使她們必須進入「另冊」，她們在本質上與我們有什麼區別嗎？未必。桃兒的形象應該說比九月豐滿豐富得多。如果說九月是一個從妓女到聖母的形象，那麼桃兒就是一個冀北普通的鄉村女性。這個變化可以說，關仁山在塑造鄉村女性形象方面有了很大的超越。

中國的改革開放本身是一個「試錯」的過程，探索的過程。中國社會及其發展道路的全部複雜性不掌控在任何人的手中，它需要全民的參與和實踐，而不是誰來指出一條「金光大道」。事實證明，在過去那條曾被譽爲「金光大道」的路上，鄉村中國和廣大農民並沒有找到他們希望找到的東西。但麥河兩岸正在探索和實踐的道路卻透露出了某種微茫的曙光。但這一切仍然具有不確定性，雙羊、三哥、桃兒們能找到他們的道路嗎？我們拭目以待。

鄉村文明崩潰的前史後傳
——評關仁山的長篇小說《日頭》

關仁山是一位長久關注當代鄉村生活變遷的作家，是一位努力與當下生活建立關係的作家，是一位關懷當下中國鄉村命運的作家。當下生活和與當下生活相關的文學創作，最大的特點就是它的不確定性，不確定性也意味著某種不安全性。如果是這樣的話，這種創作就充滿了風險和挑戰。但也恰恰因爲這種不確定性和不安全性，這種創作才充滿了魅力。關仁山的創作幾乎都與當下生活有關。我欣賞敢於和堅持書寫當下生活的作家作品。他的《天高地厚》、《白紙門》、《麥河》等長篇小說，在批評界和讀者那裏都有很好的評價。現在，關仁山又發表了他新創作的長篇小說《日頭》。《日頭》是關仁山講述的冀東平原日頭村近半個世紀的歷史與現實，小說對中國「史傳傳統」的自覺承傳，使《日頭》既是虛構的故事或傳奇，同時也是半個世紀鄉村中國變革的縮影。冀東平原的風土人情愛恨情仇，就這樣波瀾壯闊地展現在我們面前。重要的是，關仁山書寫了鄉村文明崩潰的過程和新文明建構的艱難。他的文化記憶和文學想像，爲當下中國的鄉土文學提供了新的經驗和路向。

如果說《天高地厚》、《麥河》等小說，還對鄉村中國的當下狀況多持有樂觀主義，更多的還是歌頌的話，那麼《日頭》則更多地探究了當下中國鄉村文明崩潰的歷史過程和原因。

小說從文革發生開始，日頭村成立了造反組織，紅衛兵也進入了日頭村。「日頭村很多事說不清來龍去脈，只知道狀元槐、古鐘和魁星閣。」千年老槐樹上掛著古鐘，爲金狀元修的魁星閣這三件東西是日頭村的象徵，也是日頭村的文化符號。但是，文革首先從燒魁星閣開始：「魁星閣著火了！火光簇簇，一片通明，血燕四處驚飛，整個天空好像塗滿了血。我和老槐樹一道，眼睜睜看著文廟的大火燒了起來。大火燒得凶，像跟文廟有仇似的。天亮時文廟全都燒塌了，只剩下半堵牆。紅衛兵排起長隊，向著殘垣斷壁鼓掌。黑五說。這是毛澤東思想的偉大勝利！讓我們歡呼吧！」小學校長金世鑫突然跪倒在地，「仰天長嘯：日頭村的文脈斷了，文脈呀！沒了文脈，我們和子孫後代都要成爲野蠻人啊！」接著是批鬥金世鑫。這一切都是在造反司令權桑麻指指使下完成的。金家和權家有世仇，這個世仇可以追溯至土改。故事講述者老軫頭追憶說：

我一下子想起了土改。權家和金家鬧出了人命。

我眼前浮現了那悲慘的一幕。村農會主席是腰裏硬他爹權均義，他派權桑麻他爹權老歪帶民兵到地主家去封鎖財產，叫做「封家」，貼上封條，嚴禁動用。我是民兵，權老歪也帶我去了。

我們路過金家的時候，權老歪瞅見了鄉紳金成功。權老歪站住了，歪著脖子說：金成功家有過雇工，他咋沒評上地主啊？有人說：人家是鄉紳，有文化，受人敬重！權老歪劈頭就罵：啥雞巴鄉紳，就是大地主！把金家也給我封了！我心發軟，退了兩步。

權老歪瞪了我一眼，親手把金家封了。

隔了幾天，開展鬥爭地主。村裏農會召集開了鬥爭會。權老歪主動請戰，鬥爭金成功，強迫金成功主動交代剝削、壓迫農民的罪行。那一天，金成功被拉到狀元槐下，金成功不服，權老歪像虎狼一樣，把金成功扒光了衣裳，往他身上潑大糞。權老歪嗤嗤地笑，笑時捂著嘴巴。這笑聲像刀子一樣戳在我的心上，我腦子一懵，反應不過來。

權老歪踹了金成功一腳，金成功摔倒了，滿身臭糞。

權老歪逼迫金成功在大糞上爬，又一桶大糞潑上去，金成功被糞淹了，金成功在糞便上爬著，摔倒，趴著不動了，慘不忍睹。權老歪歪著腦袋狂笑著。正午時分，權均義和工作組過來了。權均義大罵權老歪：咱祖宗可沒幹過你這號瞎事啊！權老歪見權均義怒了，這才罷了手。我和二愣將臭哄哄金成功背到家裏。屋裏有一股難聞的臭糞味。金成功灰著臉，已剩了半口氣，夜裏就上吊自盡了。

後半夜，權老歪得了怪病，大叫一聲，吐血而亡。

唉，金家和權家的仇冤啥時了啊？

於是，權家與金家的爭鬥，成了日頭村一直未變的生活政治。「權桑麻掌權以後，視天啓大鐘、狀元槐和魁星閣爲眼中釘。」權桑麻的這種仇怨，只因爲日頭村的這三個文化符號與金家有關。因此，從土改一直到文革，權家一直沒有終止對金家的打擊和爭鬥。這幾個事件，集中表達了日頭村鄉村文明和倫理的崩潰過程。

這個過程當然不是始於關仁山，丁玲的《太陽照在桑乾河上》、周立波的《暴風驟雨》、趙樹理的《李家莊的變遷》等反映土改鬥爭的小說，都有詳盡的對地主鬥爭和訴諸暴力行爲的描寫。比如對錢文貴的批鬥、對韓老六的批鬥，而李如珍則在批鬥中被活活打死。那個時代，只要把人命名爲「地主」、「富農」，無論怎樣羞辱、折磨直至肉體消滅，都是合法的。而這些反映土改鬥爭的小說，都對這些暴力行爲給與了熱情贊揚，這一立場在今天看來是需要討論的。從某種意義可以說，鄉村中國鄉紳制度的終結，也就是鄉村中國文明崩潰的開始。《日頭》也寫到了日頭村的這些場景，從土改到文革。但是，關仁山不是在謳歌這些暴力和破壞行爲，他在展現這些場景的時候，顯然是帶著強烈的反省和批判立場的。

小說中的兩個主要人物——金沐灶、權國金，他們都是當代鄉村青年。但是權國金，繼承了祖上仇怨心理，無論是戀愛還是日頭村的發展道路，一定要和金沐灶鬥爭。這既與家族盤根錯結的歷史淵源有關，同時也與父親權桑麻的灌輸有關。權桑麻曾說：「老二，你哥不在，爹跟你說幾句私密話。這麼多年來，你爹最大的貢獻是啥？不是搞了企業，不是掙到了多少個億的錢，而是替權家豎了一個敵人，就是金家。不管金沐灶救沒救過你的命，你都不能感情用事。因爲，我們家族要強大，需要一個更強大的敵人。你懂這個道理嗎？」這就是權桑麻的鬥爭哲學。

但是，改變鄉村命運更強大的力量或許還不是權、金兩家的爭鬥。日頭村也終於在招商引資的潮流中辦起了工廠，權家掌控著工廠。老軫頭和金沐灶曾有這樣一段對話：

年輕人都進了企業，或是去外地打工，不管土地的事兒。只有年老的在地裏巴結，莊稼長成拉拉秧，只能混口飯吃。工業把土地

> 弄髒了，河水泡渾了，長出的東西，都是髒的。我坐在地頭，一坐就是老半天，看著那些青草長出來，越長越高，埋了莊稼，埋了一塊地一塊地的莊稼，後來，莊稼地成了草地。他們不要莊稼了，不要糧食了。一想這些，我就哐哐地敲鐘，敲得漫不經心，隨意自如。
>
> 金沐灶也常常發呆。那天他和我並排坐在地頭。我掐了老煙葉，嘴唇舔了紙，給他包了一個喇叭筒煙捲。金沐灶默默吸了兩口，說：資本的威力太大了。我這個小鄉長沒招兒啊，沒人聽我的。我吸著喇叭煙說：你是鄉長，都沒人聽，那更沒人聽的這個敲鐘的！金沐灶說：轸叔，我當這個鄉長，這就是我想要的結果嗎？我想在工業化和現代農業發展上找到平衡點，但找不到。工業化太強大了，擋不住吧！

鄉村中國的發展並沒有完全掌控在想像或設計的路線圖上，在發展的同時我們也看到，發展起來的村莊逐漸實現了與城市的同質化，落後的村莊變成了「空心化」。這兩極化的村莊其文明的載體已不復存在；而對所有村莊進行共同教育的則是大眾傳媒——電視。電視是這個時代影響最爲廣泛的教育家，電視的聲音和傳播的消息、價值觀早已深入千家萬戶。鄉村之外的滾滾紅塵和雜陳五色早已被接受和嚮往。在這樣的文化和媒體環境中，鄉村文明不戰自敗，哪裏還有什麼鄉村文明的立足之地。鄉村再也不是令人羨慕的所在，很多鄉村，大可以用「荒涼衰敗」來形容。與此同時，「鄉村的倫理秩序也在發生異化。傳統的信任關係正被不公和不法所瓦解，勤儉持家的觀念被短視的消費文化所刺激，人與人的關係正在變得緊張而缺乏溫情。故鄉的淪陷，加劇了中國人自我身份認同的焦慮，也加劇了中國基層社會的秩序混亂。」（見《中國新聞周刊》總第540期特稿《深度中國‧重建故鄉》，2012年3月29日。）這就是鄉村文明崩潰的前世今生。

在火苗的說服下，權國金把魁星閣又建了起來。但是在金灶沐看來：「這表面看是好事，細想想，這又不是什麼好事，也許是一個陷阱，是一個難以預料的災難。如果不在人心中建設魁星閣，浮華的建築當年震不住權桑麻，以後它照樣震不住權國金的。我對未來的魁星閣還是充滿憂慮啊！是什麼讓我這樣憂慮，它的深層原因到底是什麼呢？」作爲鄉長的金灶沐顯然看到了鄉村中國文明的淪陷，但是他又能怎樣呢？

谷縣長批評權國金招商不利。權國金便夥同鄺老闆破壞耕地挖湖，爲了動員村民拆遷，人們都被趕到簡易安置房裏去了。但是：

> 這嚴酷的一天，說來就來了。
>
> 一輛輛警車，警察趕來了。在拆遷現場拉開了警戒線，還出現了特警，特警們拿著盾牌，車裏備著催淚彈。
>
> 開場是權國金蠻有氣勢的講話：鄉親們，今天的日子應該記入日頭村的歷史。我們搞城鎮化，搞現代農業，就得大量轉移農民。必須不惜一切代價把農民轉移出去，表面看，我們沒離開燕子河，沒離開這塊地兒，其實，是質的變化，你們由農民變市民啦！這是大轉型時代，大夥都忍點痛苦，作出一點犧牲，也是給國家做了貢獻。我堅信，我們明天的日子會越來越紅火，我權國金，代表村委會謝謝大家啦！
>
> 他說著，鞠了躬，還掉了掉眼淚。

於是，「村口的石碑被挖了出來。蟈蟈揮舞大錘砸著，兩聲脆響，石碑斷裂了。」石碑是一個象徵性的事物，石碑的斷裂表明日頭村已不復存在。當鄉村文明的載體已經被徹底顛覆的時候，鄉村文明哪裏還有藏身之地。

權國金不止是日頭村獨特的人物。從某種意義上說，他是中國從土改經文革再到鄉村城鎮化改造過程中，形成的「特權農民」的一個典型。他不僅作風上專橫跋扈，而且個人品性上厚顏無恥，從個人生活，比如失去性功能後專門拍攝女人的腳，一直到後來的侵吞佔地款。鄉村文明的終結雖然是中國社會發展整體趨勢決定的，但是，在鄉村中國內部，即便沒有外力的推動，傳統鄉村文明也在權國金這類人物的踐踏下名存實亡了。

小說中的老槐樹流血、血燕、天啓鐘自鳴、敲鐘不響、狀元樹被燒大鐘滑落響了三天三夜、枯井冒黑水、紅嘴烏鴉的傳說等，都有《白紙門》的遺風流韻，也有《百年孤獨》的某些影響。這些魔幻或超現實的筆法，豐富了小說的文化內涵；另一方面，小說用中國古代審定樂音的高低標準「十二律」作爲各章的命名，不僅強化了小說的節奏感，同時與小說各章的起承轉合相吻合。這一別開生面的想像，也是中國經驗在《日頭》中恰到好處的表達。《日頭》是關仁山突破自己創作的一次重要的挑戰，一個作家突破自己是最困難的。關仁山韜光養晦多年，他用自己堅實的生活積累和敏銳觀察，書寫了日頭村傳統文明崩潰的前世今生，實現自己多年的期許。他對鄉村中國當下面臨的問題的思考和文學想像，也應和了我曾提出的一個觀點：鄉村文明的崩潰。並不意味著對鄉村中國書寫的終結，這一領域仍然是那些有抱負的作家一展身手前途無限的巨大空間。

本土敘事與全球化景觀
——評吳玄的小說

吳玄是新近崛起的小說家。他出生於60年代中期，當批評無能爲力或捉襟見肘的時代，他就理所當然地被歸於60年代這個不知所云的群體裏。對60年代以後出生的作家，批評界的反映是十分怪異的：一方面，他們因提供了新的小說經驗，爲批評家對文學的闡釋提供了新的話語空間，於是這代作家莫名其妙地迅速「竄紅」，在一段時間裏，60年代作家幾乎成了當下小說家的另一種命名；一方面，60 年代作家的複雜性和多樣性，以及他們與「先鋒」乃至傳統文學的曖昧關係，彷彿他們又不大被信任：他們既沒有作爲資本的集體記憶，又沒有對當下「狂歡」生活的切實體驗。他們彷彿是被懸置起來的一代人。這樣一個「尷尬」年齡段的作家群，就在這樣一種語焉不詳的批評語境中被談論著。但事實並不這樣簡單。在我看來，即便同是60年代出生的作家，只要認眞閱讀他們的作品，其實他們是非常不同的。批評界願意概括出「60 年代」這樣一個概念，本身就表達了批評家的某種理論惰性。概括／指認，是批評界多年慣用的方式，但在當下的批評實踐中，這已經是一種失效的批評策略。當多元文化實踐爲概括帶來困難的時候，我們能做的也許就是具體作家的具體分析。

吳玄是這個年齡段作家群體中一個，我與他只有一面之緣。他給我的第一印象是謙虛、靦腆，似乎不善言辭。但他目光中流露出的那種年輕人少有的質樸和誠懇，給人一種親切和信任。當我部分地閱讀了他的小說之後，「文如其人」的說法在吳玄這裡得到了證實。當然這不是評價小說的尺度，但某種感覺確實會給批評以影響。我要說的是，吳玄小說表達的是本土敘事和全球化景觀，但他的小說不風頭、不張揚，那裏有一種憂傷，有一種反省，有一種揮之不去的眞實的體會和矛盾的心態。在很長一段時間裏，我覺得我在期待著這種閱讀，期待著吳玄的小說中流淌的那種情感和思緒，那種難以名狀欲說還休的、對轉型極限時代的生活既深懷嚮往又憂心忡忡的那種心境。顯然，吳玄深刻地感知了生活的變動，感知了正在建立和正在坍塌的生活秩序。於是，吳玄的小說很像「一個蒼涼的手勢」，那裏既有無可奈何的詠歎，也有輓歌式的傷感。但就吳玄的文學觀念而言，他的現代是「反現代」的，批判性構成了他的小說的總體傾向。

一、來自「西地」的憂傷故事

「西地」是吳玄幾篇小說的地名。這個不為人知的、來自本土的虛構之鄉與我們說來彷彿十分遙遠又陌生，它近乎原始的人際關係以及生活方式，似乎只存在於 20 世紀的現代小說中。但吳玄的「西地」與我們熟悉的充滿了詩意的鄉村又有極大的不同。在我的閱讀經驗中，鄉村與作家似乎存在著永遠不能拆散的精神關聯，鄉村是作家永遠的精神故園，是一個遙遠而又親近的夢。美國小說家馬克・吐溫對家鄉密西西比河鄉村生活的描摹，意大利小說家維爾加對故鄉西西里島鄉村底層生活的敘述，福克納對美國南方風情畫般的描繪，以及俄羅斯小說家屠格涅夫、契珂夫、托爾斯泰等對俄羅斯廣闊的草原、森林和鄉村生活的由衷贊美，以及拉美「爆炸文學」對古老的民族傳統和神秘地域的醒目記載，都在表明，鄉村像母體一樣孕育了無數作家和他們的經典作品。在我國，從現代小說的奠基者魯迅一直到茅盾、沈從文、趙樹理、孫犁、高曉聲甚至更年輕一代作家那裏，中國鄉村始終被持久關注。這些作家無一不逃離了鄉村，成為城市的鄉村移民或來自鄉村的知識分子。但在城市——這個現代文明造就的怪物中，他們的靈與肉、現實和精神發生了分離，他們感到了某種不適或壓抑。當他們陷入了心理困境的時候，就會情不自禁地想到了記憶中的鄉村。鄉村作為一個烏托邦式的符號便具有了無盡的價值。在 20 世紀的中國，只要擁有了「鄉村情結」以及與之相關的民粹主義傾向，作家即可戰無不勝。但是對鄉村「建構」式的想像，我們只能理解為是一種對「現代」的恐懼和精神流亡。

另一方面，對鄉村的情感關係還隱含著一種未被言說的政治合法性。中國革命勝利走的是「農村包圍城市」的道路，遍佈全國的農村根據地曾是中國革命的保障，農村與革命的親緣關係猶如母子。中國是傳統的農業國家，中國革命與農村又有著天然的情感聯繫，這無論對政治家還是文學家的心態都會產生久遠而深刻的影響。城市作爲現代文明的象徵，也是資本主義成功的象徵，大量的原始積累造就了城市的現代文明，光怪陸離的繁榮景象隱含著背後不能歷數的殘酷和血腥。因此，城市也是罪惡的象徵，與純樸明麗天然的鄉村相比，它確實是齷齪骯髒的。面對這樣的「現代生活」，中國現代詩人或作家，除了郭沫若在《筆立山頭展望》中對大工業的滾滾黑煙一詠三歎之外，還極少有人對現代文明的負面效應予以由衷的讚頌，這一「現代」崇尚卻使這位異軍突起的狂飈詩人從現代的行列驟然退出。在更多的作品裏，文學家對「現代」的批判幾乎成了一個不大不小的傳統。在劉吶鷗描述的賽馬場、大旅館、海濱浴場、夜總會、特別快車等都市生活場景中，我們目睹了「現代」資產階級男女狂歡的日夜；在郁達夫的小說中我們深切感受了城市給他造成的心理和情感傷害，他的苦悶與傷感至今仍可視爲城市心態的經典；在沈從文的小說中我們則讀出了鄉村移民身居「現代」中的諸多挫折和搏鬥，又不得不在精神上重返故里；在茅盾的小說中我們則讀到作家對城市無情的揭示和失意感受。城市的罪惡在中國並不發達的城市中仍有觸目驚心的彌漫。現代化帶來了物的豐盈也帶來了無可迴避的負面效應。

現在，吳玄似乎是在接續回答前輩們提出的問題：文學怎樣面對「現代」生活。《西地》是一部中篇小說，講述的是敘事主人公家鄉西地發生的故事。敘事人「呆瓜」在這裡似乎只是一個「他者」，他只是間或地進入故事。但「呆瓜」的成長歷程卻無意間成了西地事變的見證者：西地本來沒有故事，它千百年來就像停滯的鐘錶一樣，物理時間的變化在西地沒有得到任何反映。西地的變化是通過一個具體的家庭的變故得到表達的。不幸的是，這個家庭就是「呆瓜」自己的家。當「呆瓜」已經成爲一個「知識分子」的時候，他的父親突然一紙信函召回了遠在城裏的他，原因是他的父親要離婚。這個「離婚」案件只對《西地》這篇小說十分重要，對西地這個酋長式統治的村落來說並不重要。「呆瓜」的蒞臨並不能改變父親離婚的訴求或決心，但「呆瓜」的重返故里卻牽動了情節的枝蔓並推動了故事的發展。如果按照通俗小說的方法解讀，《西地》就是一個男人和三個女人的故事，但吳玄要表達的並不止是「父親」的風流史，他要揭示的是「父親」的欲望與「現代」的關係。「父親」本來就風流，西地的風俗歷來如此，風流的不止「父親」一個。但「父親」的離婚以及他的變本加厲，卻具有鮮明的「現代」色彩：他偷賣了家裏被命名爲「老虎」的那頭牛，換回了一隻標誌現代生活或文明的手錶，於是他在西地女性那裏便身價百倍，女性豔羡也招致了男人的嫉妒或怨恨。但「父親」並沒有因此受到打擊。他在外面做生意帶回來的李小芳是個比「呆瓜」還小幾歲的女人。「帶回來」這個說法非常有趣，也就是說，「父親」見了世面，和「現代」生活有了接觸之後，他才會把一個具有現代生活符瑪意義的女人「帶回」到西地。這個女人事實上和「父親」相好過的女教師林紅具有對象的相似性。林紅是個「知青」，是城裏來的女人，「父親」喜歡她，她的到來使「父親」「比先前戀家了許多」，雖然林紅和「父親」只開花未結果。但林紅和李小芳這兩件風流韻事，卻從一個方面表達了「父親」對「現代」的深刻嚮往，「現代」和欲望的關係，在「父親」這裡是通過兩個女性具體表達的。

林紅因爲懷孕離開了「父親」，李小芳因爲「父親」喪失了性功能離開了「父親」，「父親」對現代的欲望化理解，或現代欲望對「父親」的深刻誘惑，最終使「父親」仍然與現代無緣而死在欲望無邊的渴求中。這個悲劇性的故事在《髮廊》中以另外一種形式重演。故事仍然與本土「西地」有關。妹妹方圓從西地出發，到了哥哥生活的城市開髮廊。「髮廊」這個詞在今天是個非常曖昧的場景，它不僅是個美容理髮的場所，同時它和色情總有秘而不宣的關係。妹妹和妹夫一起開髮廊用誠實勞動謀生本無可非議，但故事的發展卻超出了我們的想像：先是妹夫聚賭輸了本錢，然後又被人打成高位截癱；接著妹妹在一個溫情的夜晚不經意地當了妓女，妹夫不能容忍妻子做妓女，輪椅推倒大街上辱罵妻子時被卡車撞死。這些日常生活事件在任何一個地方都有可能發生，重要的是西地的後代們對無可把握的生活變動的態度。髮廊因爲可以賺錢，他們就義無返顧地開髮廊，當做了妓女可以更快地賺錢的時候，方圓居然認爲沒有什麼不好。貧困已經不止是一種生存狀態，同時它也成了一種生存哲學。妹夫李培林死了之後，方圓曾回過西地，但西地這個貧困的所在已經不能再讓方圓熱愛，她還是去了廣州，還是開髮廊。

方圓對「現代」的嚮往與《西地》中的父親有極大的相似性，他們是兩代人，但現代欲望的引誘都使他們難以拒絕，時間在西地是停滯的。但「現代生活」給西地帶來的是什麼呢？《西地》和《髮廊》給了我們複雜和難以言說的回答。

二、全球化時代的電子幻覺

吳玄的小說往返於城市和鄉村之間，體驗和述說著現代和過去。我們發現，吳玄對停滯的過去似乎有一種情感的眷戀，但在理智上他又不得不揮起批判之劍，他對熟悉的鄉親深懷「哀其不幸，怒其不爭」的悲憫。面對本土的故事吳玄的心情是很複雜的。但當他回到城市，回到現代生活場景的時候，吳玄的批判變得堅定而不再遲疑。當下的中國城市正在經歷著前所未有的「全球化過程」，不僅到處都是麥當勞、可口可樂、超級商場和金融機構，選美大賽和世界小姐，而且也可以輕而易舉地接受來自美國大片和 DVD 的文化洗禮。更有甚者，「網絡」這個天涯若比鄰的電子幻覺，已經成爲城市不可缺少的「幻覺添加劑」式的「電子鴉片」。它將世界虛幻地整合爲地球村的同時，也使許多人特別是青年患了「網絡病」，在他們那裏，網絡不止是工具，是一個獲取信息的手段，網絡在他們那裏已經成了親親愛人，一個生活中不能分離的「愛侶」。因此網絡在創造了許多經濟奇跡的同時，也帶來了意想不到的病態式的文化奇觀。

《誰的身體》是一個不知身在何處的莫名其妙的命名和詰問。網蟲「過客」或者現實生活中的傅生，成功地實施了一次「網戀」行動，同時也成功地在現實中對一個女性訴諸了性行爲。但當網上那個稱爲「一條浮在空中的魚」要從網上下來乘飛機見「過客」的時候，「過客」的朋友「一指」接替了「過客」的命名——「一指」就成了「過客」，然後「一條浮在空中的魚」就成了剛被命名的「過客」其實是「一指」的情人。這時，網蟲「過客」的心情是十分複雜的，他雖然和李小妮發生過一次性關係，但他們的分手沒有給「過客」任何打擊，但當「浮在空中的魚」眞的來到身邊之後，接觸「魚」的身體的不是「過客」卻是「一指」，但「魚」堅信那就是「過客」。兩個「過客」同「魚」的關係就是在命名中實現並倒錯的，於是，接觸「魚」的身體是誰的身體就構成了問題。當「過客」試圖重新在生活中找回「過客」的身份時，他永遠失去了可能，這時的「過客」因對象的差錯不再是「過客」而只是一個「嫖客」了。這個困惑不僅是當事人「過客」、「魚」和「一指」的，同時也是我們共同的。電子幻覺就這樣把符號、身份和命名帶到了日常生活，電子幻覺的世界就是符號帝國，眞實的人反而不重要了，科技霸權就是這樣改變了人性和人的社會屬性。

《虛構的時代》彷佛是《誰的身體》的另外一種注釋：網蟲章豪在網上

是「失戀的柏拉圖」，在網上他遇到的女性叫「冬天裏最冷的雪」，他們興致盎然地用網上語言在交流而對現實的男女之事失去了興趣。當妻子需要溫存的時候，章豪居然發現找不到身體的感覺了，而對一個符號式的人物「雪」產生了極大的情感甚至是身體需要。但他們眞的見面之後，反而沒有任何感覺，他們必須生活在網上，生活在虛構和想像中。這個故事的有趣還與另一個人物「諾言」相關。諾言是章豪的老婆，但在「虛構的時代」老婆與網上情人比較起來是非常邊緣的，諾言幾乎採取了一切手段試圖將章豪拉回到現實生活世界，她好言相勸、帶他到迪廳跳舞，但一切都不能改變章豪對新生活——網上生活的盎然興趣，迫不得已諾言最後只能對電腦訴諸於暴力，她銷毀了電腦才結束了過去的時代。

《誰的身體》和《虛構的時代》也許稍有誇張，但故事巧妙的構思和豐富的想像，以比現實生活更生動的方式，無情地揭示了電子幻覺時代的問題和病患。通過小說我們可以感知的是，網絡爲這個時代提供的不止是一個後現代的工具，同時它也帶著工具理性的哲學一起進入現代生活的，他所改變的不止信息的分享、通訊的便捷，同時它也以神話或霸權的方式改變了人的思維、情感乃至心理感知生活的方式。

當然，吳玄首先是一個小說家，儘管他在小說中提出非常重大的問題，比如如何面對本土的「前現代壯況」，如何理解普通人從前現代向現代的跨越，如何看待人的欲望或來自本能的渴求，而進入現代乃至後現代的人們，又是如何並發了現代病，城市經典的生活場景是否存在始料不及的問題等等。但這一切吳玄首先是用小說的方式表達的。小說要有趣味、要好看、要行雲流水般的流暢，當然還要有一個好的故事和給人以印象深刻的人物。這些看法可能很傳統，但用吳玄在本期刊物同時刊出的創作談的說法是，「我們和傳統的關係爲什麼一定是戰鬥的關係，爲什麼不可以是繼承的關係。講故事，塑造人物，關注現實，對小說究竟有什麼不好，小說喪失了故事，喪失了人物，只剩下一個文本實驗，這樣的小說才算是好小說嗎？從敘事史上看，會講故事，是一種了不起的智慧。」吳玄的這一看法很長時間沒有作家這樣說了，但這些常識性的看法對於小說創作來說，確實重要無比。只要我們能夠說出誠實的體會，就會發現，給留下印象的作品，大部分與人物和故事相關。

當然，這樣理解現代小說並不全然合理。事實上，每一次文學形式的「暴動」都會給我們以巨大的財富或遺產，但我們得承認，我們喜歡的小說都是

「關己」的，都是與我們的生活和困惑相關的，這與題材無關，有關的是作家在自己的範疇內表達的文學觀念和對生活的認知。這也誠如吳玄在同一篇文章中所說：「現在，先鋒文學與巴爾扎克和托爾斯泰們一樣，也成了一個文學傳統。先鋒文學如果送進醫院診斷，大概是有精神分裂的症狀的，時而躁狂、時而躁鬱，孤獨、冷漠、焦慮，又極度自戀、狂妄、不可一世，自以爲是上帝，並且有嚴重的俄狄浦斯情結，企圖摧毀歷史。這樣的傳統是不無危險的，就像家裏有個神經病的父親。但是，我對先鋒文學還是充滿了敬意，先鋒文學至少使人明白，什麼是可能的，什麼是不可能的，文學史大約很需要一次瘋狂。我從先鋒文學那兒，不僅是繼承了瘋狂的精神，也學到了不少技術，我只是厭煩先鋒那種戰鬥的姿態，那種病態的性格，那種嚇唬人的表演。小說不能拒絕讀者，讀者不在場是可怕的。經歷了先鋒之後，就像是病了一場，我想回到故事，回到人物，回到現實。這樣說也相當麻煩，好像是回到了 19 世紀，還是換種說法，回到想像力可以生長的地方吧。」

我非常欣賞吳玄的這樣坦率的表達，那是因爲吳玄在小說中實現了他期許，他的小說之所以是有力量的小說，與他對當下文學狀況的反省和檢討是聯繫在一起的。他對傳統生活和文學觀念的理解，以及他用小說的形式對當下生活眞實體會的述說，許多年過去之後，仍然是有價值的。

中國式的「反烏托邦」小說

——評老奎的中篇小說《赤驢》

這裡集中討論老奎的《赤驢》。之所以這樣做，不是說老奎寫了一部石破天驚的偉大小說，也不是說老奎對小說創作做出了具有顛覆性的貢獻。在我看來，老奎這部《赤驢》的價值在於它是中國第一部「反烏托邦」小說，他用我們不曾見過的視角和內容，發現了另一個「文革」。

文革期間，「下放幹部」和知青是被流放的兩個知識群體。這兩個知識群體文革期間「走向民間」，與延安時期完全不同。延安時期的走向民間，毛澤東是讓知識分子、特別是作家藝術家實現思想、情感和表達方式的「轉譯」。也就是要求他們通過向人民大眾的學習，能夠創作出有中國作風和中國氣派、老百姓喜聞樂見的文學藝術作品，從而實現民族全員動員，建立一個現代民族國家的總體目標。而文革期間的知識分子下鄉，最主要的目的則是「接受貧下中農的再教育」。因此，當文革結束，這個兩個知識分子群體回到城裏之後，最急於表達的就是控訴自己在「廣闊天地」的悲慘遭遇。這是「傷痕文學」、「反思文學」共同的特點也是最大的問題。在「知識分子」的「傷痕」中，中國最重要的問題、特別是鄉村問題，在知識分子的敘述中幾乎是看不見的。我們看到的只是知識分子的苦難，農民的苦難或者「賤民」的苦難甚至不被當做問題對待。也正因爲如此，「傷痕文學」或「反思文學」沒有留下像樣的作品。後來，我們在周克芹的《許茂和他的女兒們》、古華的《芙蓉鎮》、《爬滿青藤的木屋》等小說中，看到了中國農民文革期間的眞實狀態，我們被深深震撼了。也正是從那時起，流行中國將近四十年的以「階級鬥爭」爲主要內容的「農村題材」小說，重新回到了「新鄉土文學」。

現在，我要討論的小說《赤驢》，作家老奎名不見經傳，甚至從來沒有在文學刊物上發表過作品。這部《赤驢》，也是首發在他的小說集《赤驢》中。當我第一次看到小說的時候，我有如電擊：這應該是中國第一部「反烏托邦小說」。它書寫的也是鄉村中國文革時期的苦難，但它與《許茂和他的女兒們》、《芙蓉鎮》、《爬滿青藤的木屋》等還不一樣。周克芹、古華延續的還是五四以來的啓蒙傳統，那時的鄉村中國雖然距五四時代已經六十多年，但眞正的革命並沒有在鄉村發生。我們看到的還是老許茂和他女兒們不整的衣衫、木訥的目光和菜色的容顏，看到的還是鄉村流氓無產者的愚昧無知，以及盤青青和李幸福無望的愛情；而《赤驢》幾乎就是一部「原生態」的小說。這裡沒有秦秋田，也沒有李幸福。或者說，這裡沒有知識分子的想像與參與。它的主要人物都是農村土生土長的農民：飼養員王吉合、富農老婆小鳳英以及生產隊長和大隊書記。這四個人構成了一個「三個男人和一個女人的故事」。但是這貌似通俗文學的結構，卻從一個方面以極端文學化的方式，表達了文革期間人與人的關係以及人與權力的關係。

小鳳英出身於貧下中農，但她嫁給了富農分子，也就成了「富農分子家屬」。生活在社會最底層的「賤民」，雖然沒有飛黃騰達的訴求，但這一命名還會讓她低人一等忍氣吞聲。爲了生存，小鳳英也向其他村民一樣偷糧食。但是這一次卻讓老光棍兒飼養員王吉合抓住了。小鳳英不認賬，王吉合不罷手，於是，小鳳英只好答應讓王吉合從她褲子裏往外掏糧食。

> 小鳳英說著就鬆開了褲腰帶。王吉合大概是氣懵了頭，不管三七二十一上去就把手伸了進去，抓住一把玉茭往出抽時，碰到一團毛乎乎的東西，嚇得他趕緊鬆開糧食把手抽了出來。
>
> 小鳳英看王吉合嚇成這孫樣，就小聲說：「吉合叔你是正經人，掏吧沒事兒。」王吉合就又傻乎乎地把手伸了進去，小鳳英就趕緊捏住他的手往那地方摁，王吉合也禁不住摸了幾下，感覺出跟他從小孩兒身上看到的大不一樣，知道已不是什麼好看、乾淨的東西，卻也不想住了手，一會兒就把小鳳英鼓搗得不成人樣兒了。於是趕緊頂上門兒，倆人到那邊一個空驢槽裏馬馬虎虎地來了一回。

此後王吉合便和小鳳英不斷發生這種關係。更爲荒唐的是，每次完事後，小鳳英都要按照「數字」從王吉合那裏拿走一定數量的糧食或食鹽。久而久之小鳳英懷了孕。這件事情讓王吉合頗費躊躇：他是一個鰥夫，有了骨血本應歡天喜地；但他又是縣上的勞模，一個紅色飼養員。這種事情一旦敗露，不僅他個人失了名譽，重要的是大隊、縣上也不答應。當支書知道了這件事時，支書說：「如果讓縣裏知道了，你的黨籍保不住，我的支書也得免了，丟不丟人？現在聽我的，你和小鳳英的事，哪兒說哪兒落，說到這屋裏爲止，再也不能對第三個人說了記住沒有？出了這間屋該怎麼還怎麼，就當啥事也沒有。至於給不給小鳳英掛破鞋遊街，等你開完會再說。但我可告訴你，以後，特別是現在這關鍵時候，你絕對不許跟她再有問題了，記住了沒有？」王吉合自是感恩不盡。事情終於有了轉機：王吉合因欲火中燒，小鳳英不在身邊，他在與母驢發生關係時被母驢踢死。隊長看了現場說，王吉合喂驢時不小心讓驢給踢死了，說吉合同志活的光榮死的壯烈，他一心想著集體卻落了個外喪。王吉合與小鳳英的風流韻事也到此爲止沒了後話。

但是，小鳳英肚子裏的孩子一天天長大，富農王大門將老婆小鳳英告到了書記這裡。書記用反動家庭拉攏貧下中農等說法把王大門嚇來回去。但他讓小鳳英到他家裏來一趟：

> 支書嚴肅地說：「你一個富農家的老婆勾引一個貧下中農，這是拉攏腐化革命群眾，何況王吉合又是村革委委員，縣裏的典型，你這不是拉革命幹部下水嗎？光這一條就夠你受了，再加上你用這個騙取生產隊的糧食，更是罪加一等。」
>
> 小鳳英用乞求的聲音說：「王吉合也死了，你就饒了我們吧，大門說你不是已經答應要饒過我們嗎？求求支書你了。」
>
> 支書見時機已成熟，便把小板凳往前移了移，坐到小鳳英腿跟前，淫笑著說：「都說王吉合是騾馬骨頭不留後，我就不信他能叫你懷上孩子，我看看到底是不是。」說著伸出手就去摸她的肚子。小鳳英急忙撥開他的手，喘著氣說：「支書你不能這樣，俺不是那種人。」支書笑著說：「你還不是那種人，咋把肚子也弄大了？」小鳳英趕緊站起來說：「俺眞不是你想的那種人，要不是沒辦法俺也不。」
>
> 支書看小鳳英很不識相，便站起來背著手說：「好好好，那咱就公事公辦，你回去等著掛破鞋遊街吧。」

> 小鳳英瞧支書一臉凶相，便哀求道：「別別別這樣，俺依你，可肚裏的孩子都這麼大了，俺怕傷著了孩子，等生了孩子再，行不行啊？」
>
> 支書搖搖手說：「那就算了，你走吧。」
>
> 小鳳英使勁抿抿嘴，狠狠心說「我也豁出去了」，然後走過去到炕上把褲子脫了下來，支書也很利索地把褲子一脫就要往她身上趴，小鳳英趕緊用兩手托著他的膀子說：「你輕點兒，你千萬別使勁兒壓我的肚子，啊，哎呦哎呦，輕點兒輕點兒……。」

小鳳英和王吉合苟且，是爲了生存活命。小鳳英主動獻身，是因爲王吉合掌握著喂牲畜的糧食。因此，小鳳英與王吉合的關係，既是交換關係也是權力關係。如果王吉合沒有糧食資源，小鳳英不可能或者也沒有理由與王吉合發生關係。王吉合雖然是個粗俗不堪的普通農民，但因爲他借助掌控的糧食資源，畢竟還給小鳳英以某種補償，小鳳英儘管屈辱，但在物資緊缺時代她度過了難關；權力關係赤裸的醜陋，更體現在書記與小鳳英的關係上。書記是利用自己掌控的公權力以權謀私，通過權力關係換取性關係。也就是今天說的「權色交易」。因此，「土改」期間對中國鄉紳階層、地主階層的重新命名，不僅重新分配了他們的財產，更重要的是改變了他們此後若干年的命運。文革期間他們的命運尤其悲慘，王大門、小鳳英的卑微人生，由此可見一斑。文革期間權力的宰制不僅體現在書記明目張膽對性的索取，也體現在隊長對糧食的無償佔有。王吉合爲了掩人耳目，將給小鳳英裝有糧食的口袋放到一個草垛裏，無意中被隊長發現，他拿走了糧食卻賊喊捉賊。

文革構建了一個虛假的「道德理想國」，道德理想主義是文革意識形態重要的組成部分。那個時代最著名的口號是：「一不怕苦，二不怕死」、「一不爲名，而不爲利」、「要鬥私批修」、「狠鬥私字一閃念」等。但是，文革的道德理想主義訴求最後只能走向它的反面。在虛假的道德理想主義背後，恰是道德的全面淪陷。因此，「底層的淪陷」並非起始於金錢價值觀支配下的著名的山西「黑磚窯」事件。從道德理想迅速轉換爲金錢理想，看起來不可思議，但其間的內在邏輯是完全成立的：金錢是構建權力關係和等級關係的另一種方式，它的支配力量是金錢資本；文革期間的道德理想主義本來就是權力構建的產物，民眾的盲目認同也是建立在權力關係的邏輯之中。那個時代不斷迎接和慶祝的「最新指示」、「最高指示」的虛假狂歡，從另一個方面證實了這一點。因此，從道德崇拜到金錢崇拜的轉換，都在權力結構裏完成。如果是這樣的話，那麼，我們就可以判斷，無論文革的道德理想還是今天的金錢崇拜，核心問題都是權力的問題。

我之所以推崇《赤驢》，更在於它是中國第一部「反烏托邦」小說。20世紀西方出現了「三大反烏托邦小說」：喬治・奧威爾的《1984》、阿道司・赫胥黎的《美麗新世界》和尤金・扎米亞京的《我們》。三部小說深刻檢討了烏托邦建構的內在悖謬——統一秩序的建立以及「集體」與個人的尖銳對立。在「反烏托邦」的敘事中，身體的凸顯和解放幾乎是共同的特徵。用話語建構的烏托邦世界，最終導致了虛無主義。那麼，走出虛無主義的絕望，獲得自我確證的方式只有身體。《1984》中的溫斯頓與裘麗婭的關係，與其說是愛情毋寧說是性愛。在溫斯頓看來，性欲本身超越了愛情，是因爲性欲、身體、性愛或高潮是一種政治行爲，甚至擁抱也是一場戰鬥。因此，溫斯頓嘗試去尋找什麼才是眞正屬於自己時，他在「性欲」中看到了可能。他贊賞裘麗婭是因爲她有「一個腰部以下的叛逆」。於是，這裡的「性欲」不僅僅是性本身，而是爲無處逃遁的虛無主義提供了最後的庇護。當然，《赤驢》中的王吉合或小鳳英不是、也不可能是溫斯頓或裘麗婭。他們只是中國最底層的斯皮瓦克意義上的「賤民」，或葛蘭西意義上的「屬下」。他們沒有身體解放的自覺意識和要求，也沒有虛無主義的困惑和煩惱。因爲他們祖祖輩輩就是這樣生活。但是，他們無意識的本能要求——生存和性欲的驅使，竟與溫斯頓、裘麗婭的政治訴求殊途同歸。因此，在這個意義上，《赤驢》才可以在中國「反烏托邦」小說的層面討論。它扮演的這個重要角色，幾乎是誤打誤撞的。

從百年文學史的角度來看當下小說的發展，「身體」仍然是一個重要的關鍵詞。除了自然災難和人爲戰爭的飢餓、傷病和死亡外，政治同樣與身體有密切關係。一個極端化的例子是「土改」，當一個人被命名爲「地主」、「富農」時，不僅隨意處置他個人財產是合法的，而且對他任何羞辱、折磨甚至訴諸身體消滅都是合法的。我們在《太陽照在桑乾河上》、《李家莊的變遷》等作品中都耳熟能詳；在講述文革的小說中，對意識形態的「敵人」，實施最嚴酷的肉體懲罰或精神折磨，也是合法的，比如《布禮》中的鍾亦誠、《晚霞消失的時候》中的楚吾軒等；同樣，文革結束之後，張賢亮、王安憶等率先表達的「身體」解放，雖然不乏「悲壯」，但也扮演了敢爲天下先的「文化英雄」的角色。張賢亮的《綠化樹》、《男人的一半是女人》，王安憶的「三戀」等，無疑是那個時代最重要、也最有價值的小說。但是，這些欲言又止猶疑不決的「身體解放」訴求，比起《赤驢》來顯然有著明顯的知識分子的局限性，也隱約表現了知識分子鼠首兩端的不徹底性。老奎作爲一個來自「草根」的基層作家，他以生活作爲依據的創作，不經意間完成了一個重要的文學革命：那就是——他以「原生態」的方式還原了文革期間的鄉村生活，也用文學的方式最生動、最直觀也最有力量地呈現了一個道德理想時代的幻滅景觀。但是，那一切也許並沒有成爲過去——如果說小鳳英用身體換取生存還是一個理由的話，那麼，今天隱秘在不同角落的交換，可能就這樣構成了一個欲望勃發或欲望無邊的時代。因此，性、欲望，從來就不僅僅是一個本能的問題，它與政治、權力從來沒有分開。

生活的深水區　人性的縱深處

——評王手的幾個短篇小說

初讀王手的短篇小說，感到非常震動。這個震動並不是說王手書寫了多麼重大或尖端的事件，寫了多麼離奇的故事或人物。恰恰相反，王手的小說都是典型的日常生活、普通人的尋常日子。但是，就在這貌不驚人、看似信手拈來的平常生活中，顯示了王手作爲小說家的銳利和鋒芒：他波瀾不驚、從容不迫的敘述，將我們逐漸引向了生活的深水區，逐漸觸摸到了我們曾經經歷卻不曾注意的人性的深處。在最平實的文字中，隱含著他一眼望穿的老辣。他的小說有「殺氣」。這個殺氣不是血雨腥風刀光劍影，而是一種綿裏藏針的征服力量。就像武林高手，雖然也是一招一式不露痕跡，但他的不同是在不露痕跡中隱含著致命的「絕殺」。

王手的小說中都是我們常見的市井人物、「知識分子」和平民等普通人。比如《雙蓮橋》中的「埠頭」烏鋼、《軟肋》中的龍海生、《西門的五月》中的西門、《買匹馬怎樣》中的王勃和李回珍、《誰的聲音》中樓上樓下的兩戶人家。既然是尋常人物，就決定了他們的生活方式和範疇。他們不可能對社會產生超出他們生活範疇的影響，也不具有支配的可能。因此，王手的小說沒有大敘事。但他同樣對生活的流水帳和家長里短沒有興趣。比如他寫比較霸道的市井人物，這樣的人物我們在《水滸傳》等作品經常見到。像「潑皮牛二」、西門慶、蔣門神等。《軟肋》中的龍海生和「潑皮牛二」有譜系關係，表面上他們有相似性。但仔細識別會發現他們是非常不同的：牛二只是一個市井無賴，施耐庵只是在外部刻畫了這個無事生非的「滾刀肉」性格。王手的龍海生雖然也有「凶相」、有「盟兄弟」，經常無理取鬧尋釁滋事爲所欲爲甚至衝擊廠部，不把廠長放在眼裏。但這個江湖人物有識相的時候，也有軟肋。龍海生的軟肋是他的女兒。他做的一切都是爲女兒。特別是工友爲慶祝他女兒考取重點中學、女兒說出了父親在自己心中形象的時候，龍海生徹底被打敗了。因此，王手既從古代文學中汲取了某些符號化的元素，又從西方小說中汲取了關於人性複雜性的理解。在這個意義上，王手的小說既是中國本土的，又是「現代」的。如果把《軟肋》和《雙蓮橋》一起讀會更有意思。《雙蓮橋》似乎是從另一個方面闡釋了《軟肋》。文革時期的雙蓮橋非常混亂，無政府的狀態爲民間「權威」人物的出現提供機會。雙蓮橋的「埠頭」就是在這時出現的。烏鋼無意中做了「埠頭」，他用「釘拳」收拾了幾個江湖人物，於是在民間被神話了，甚至有人認爲他還「殺過人」。但烏鋼不是十惡不赦的壞人，公安局周密的調查仍然不能證實烏鋼有問題。「埠頭」經過公安局整頓之後作鳥獸散。有趣的是，沒了「埠頭」的瓜船：「歇不是，上也不是，都吃不准，像沒有人指引方向一樣，沒有著落。那些接瓜的下家，他們到底接不接？接過來會不會受到質疑？心裏一點也沒有底。於是，埠頭很快蕭條了，冷清了，人影也沒有了。」埠頭被清理了，也「沒有人說了算了」。民眾對強勢人物的依賴心理是一個普遍心理，也是至今也沒有發生革命性變化的心理。因此，龍海生、烏鋼等才有了成爲「老大」的土壤，這既是他們的選擇，同時也是一種被選擇。小說最後對當下消費場所的描述，雖然寥寥幾筆看似漫不經心，但他點到爲止地說了與歷史相關的某些隱秘。

《西門的五月》，就題材來說也無驚人之處。一個日子也安穩的中年男人，每年五月都要到上海去一次。去上海的目的就是「想著能和小雨睡一覺」。他先後兩次來到了上海，但兩次都沒有得逞，兩次都在小雨「溫柔的一刀」面前不戰自敗。西門返回的途中又邂逅了一個美貌姑娘，西門居然荒唐地應邀以「男朋友」身份陪她到海寧參加唱詩會的演出。飯也一起吃了，房間也一起住了。但西門還是沒有得逞。這個空虛的中年男人還是兩手空空一無所獲。小說對這個時代青年女性心理的把握爐火純青，中年男人的無奈無措和無處述說的尷尬、可憐和悲哀處境，被書寫得淋漓盡致。如果說西門的「痛苦」是咎由自取，苦酒是自己釀造的話，那麼《誰的聲音》的關係就複雜了。現代公寓的居住環境，既老死不相往來，又一定會發生一些關係。樓上的妻子對聲音極爲敏感，於是便焦慮、憤怒乃至幾近崩潰。於是進一步導致了漫長的拉鋸式的相互報復的「戰爭」：樓下聽到聲音便向樓板敲擊，樓上聽到敲激聲便越發將聲音弄得更響。這樣日子的痛苦可以想像的。但是王手並沒有止步於對鄰里糾紛的表現。爲了躲避聲音對妻子的折磨也爲了避免矛盾升級，樓上的搬到了別的地方。沒有聲音的日子清淨了，但好像又少些什麼。敘述者對樓下的人家不免惦記起來。原因是他有了「癔聽症」和「幻聽」的知識。患這個病症的人非常痛苦，特別是女人：「女人有時候更容易落入一種極端，極端才會無端地生起事情，且不可理喻。而男人一般會相對理智。」正是這兩個男人的網絡溝通，發現了問題的嚴重性。事實上，樓上女人患有大體相似的病症。什麼是同病相憐，什麼是感同身受，什麼是理解和友善。王手在一個看不見摸不著的「聲音」裏發現了。這個發現給人以石破天驚的震撼和感動。

《買匹馬怎樣》是一個怪異的小說，是一篇在荒誕中有隱喻性的小說。夫婦兩人從商量買車到決定買馬到最後什麼也不買，過程看似符合邏輯，妻子也大智若愚地配合。但小說顯然是對當下生活荒誕性的書寫，是對生活不確定性的書寫。車、馬這些物的世界對人的誘惑或左右，已經成了生活的支配性力量。人被物的異化已經成爲生活的常態。當然，這也是一篇非常有趣、可以做多種解讀的小說。

總體說來，王手的小說深入到了生活的深水區，他觸摸到了人性的縱深處。他處理的是人的心理、精神、靈魂的領域，關心的是當代人內心的問題。尤其是對人的不安、焦慮、彷徨、空虛、脆弱及表現形式的發現。昆德拉在《小說的藝術》中說：「小說存在的理由是要永恒地照亮『生活世界』，保護我們不至於墜入『對存在的遺忘』」。因此，當王手以小說的形式照亮「生活世界」的時候，我們可以肯定地說：原來生活和人性是被發現的。